Roger Graf

Tödliche Gewissheit

Ein Fall für Philip Maloney

Kriminalroman

Atlantis

Die Originalausgabe erschien 1995
im Haffmans Verlag, Zürich.

www.atlantisliteratur.ch
Covergestaltung: Lara Flues
Covermotiv: © Coen Pohl
Satz: Tristan Walkhoefer, Leipzig
Gesetzt aus der Stempel Garamond LT / 230130
Druck und Bindung: GGP Media GmbH, Pößneck
Auch als E-Book erhältlich
ISBN 978 3 7152 5511 8

Für meine Schwester Jeannette

»Der Experimentator, denke er, habe nichts anderes zu tun, als zu experimentieren, er frage schließlich nicht mehr, warum er experimentiere, er habe diese Frage nicht zu stellen, er experimentiere sich zu Tode.«

Thomas Bernhard, *Das Kalkwerk*

I

Nebel lag über der Stadt. Auf den Straßen hörte man eilige Schritte, und man sah Lichter von Autos, deren Fahrer heilfroh waren, wenigstens ein paar Meter weit zu sehen. Es war keine Nacht für Spaziergänge. Die Einschaltquoten der verschiedenen TV-Sender erreichten Traummarken und in den Bars spülten die einsamen Säufer den letzten Rest an Willensstärke weg. In solchen Nächten sehnen sich selbst die abgebrühtesten Menschenfeinde nach einem Zipfel an Gemeinsamkeit.

Ich selbst konnte mir das abschminken. Ich war beruflich unterwegs. Die Schubertstraße war eine jener Seitenstraßen, die zu den Albträumen aller Taxifahrer gehören. Meiner fluchte unentwegt vor sich hin, als er dreimal vergeblich versuchte, links abzubiegen, und dabei jedes Mal in einer Sackgasse landete. Abwechslungsweise machte er dafür die Politiker und den Nebel verantwortlich. Vermutlich hielt er auch das Wetter für eine Schikane der neuen Regierung, der es, wie allen Regierungen zuvor, nach seiner lautstark kundgegebenen Meinung zu urteilen, nur darum ging, den Taxifahrern das Geschäft zu vermiesen. Ich machte den Kerl darauf aufmerksam, dass er erneut drauf und dran war, falsch abzubiegen, was eine weitere Fluchtirade zur Folge hatte. Wenig später stand ich in der Schubertstraße und atmete mich durch den Nebel von Tür zu Tür. Die meisten Türen gehörten zu Wohnhäusern. Ich suchte ein Geschäftshaus und meine neue Klientin, von denen weit und breit nichts zu sehen war. Einige Meter weiter vorne sah ich durch den Nebel ein fahles Licht, das in einem Haus brannte. Ansonsten war es in der Straße dunkel, zwei trübe Straßenlaternen änderten daran nicht viel. Ein Blick auf meine Armbanduhr zeigte mir, dass es kurz vor Mitternacht war. Irgendwo wurde ein Gartentor geöffnet und wieder geschlossen. Schritte. Eine Autotür. Ein Wagen, der sich entfernte. Dann war es wieder still. Ich ging auf das Licht zu und stand schließlich vor einem hässlichen Bürohaus. Vier Stockwerke, große Fenster, viel Stahl, billige Konstruktion. Am Eingang waren zwei Dutzend Klingeln angebracht. Ein Drittel davon war nicht angeschrieben. Der Rest waren Schilder kleinerer Firmen und Bürogemeinschaften. Ich trat einige Schritte zurück und schaute nach oben. Noch immer brannte dieses eine Licht. Dann stand sie plötzlich neben mir. Mittelgroß, dunkle Haare, um die vierzig.

»Sind Sie Philip Maloney?«

»Wer zum Teufel würde sonst so behämmert sein und hier die Aussicht genießen«, fragte ich sie.

»Koller ist mein Name. Sie müssen entschuldigen. Aber ich musste dringend mal.«

»Schon gut. Ist er noch drin?«

»Ja«, sagte sie.

»Und wenn er rausgekommen ist, während Sie auf der Toilette waren?«

»Ich war drüben im Gebüsch.«

Sie zeigte auf den Vorgarten eines schmucken Hauses, gleich gegenüber. Ich schaute sie mir genauer an. Ihr Gesicht war gepflegt, gut geschminkt, und die Augen verrieten Intelligenz. Sie war nicht die Frau, die sich einen Spaß daraus machte, Privatdetektive sinnlos im Nebel herumstochern zu lassen.

»Wie lange ist er schon drin?«

»Vier Stunden«, sagte sie und tippte mit einem Finger auf ihre kleine Armbanduhr.

»Er sagte, dass es höchstens eine Stunde dauern wird.«

»Was sollte höchstens eine Stunde dauern?«

»Die Besprechung. Oder was auch immer er vorhatte. Er sagte mir, dass es wichtig ist. Er war nervös. Ich spürte, dass es etwas Unangenehmes sein musste. Ich fuhr ihn hierher. Er sagte, ich solle ihn in einer Stunde wieder abholen. Ich ging etwas trinken. Als ich zurückkam, brannte oben das Licht. Aber es öffnet niemand. Ich habe überall geklingelt.«

»Vielleicht ist er längst bei Ihnen zu Hause?«

»Nein«, sagte sie. »Ich habe angerufen. Mehrmals. Vom Auto aus.«

»Und wenn er im Lift steckengeblieben ist?«

Sie überlegte kurz, schüttelte dann den Kopf. Sie öffnete die Handtasche, wühlte darin und fand eine Packung Kaugummis. Sie bot mir einen an. Ich verzichtete.

»Schon als wir uns kennenlernten, wusste ich, dass er mir etwas verheimlichte. Vielleicht war es das, was mich so sehr an ihm faszinierte. Nicht, dass er ein Verbrecher ist, oder so etwas. Nein, das hätte ich gespürt. Er spricht nicht gern über sich, sein Leben. Es ist so, als wollte er sein bisheriges Leben verschweigen, so tun, als ob nie etwas gewesen war, vorher. Er wollte auch nicht, dass ich zu ihm kam. Immer trafen wir uns bei mir. Ich habe seine Wohnung bis heute nicht gesehen.«

»Könnte es sein, dass sich Ihr Freund da oben mit einer anderen Frau vergnügt?«

Ich zeigte auf die Fensterfront des Gebäudes. Sie schaute mich verblüfft an, forschte in meinem Gesicht, ob die Frage ernst gemeint war und lachte leicht überdreht. Noch während sie lachte, kullerten zwei Tränen über ihre Wangen. Sie wischte sie mit dem Handrücken weg und schniefte. Ich schaute nach oben. Es hätte mich nicht erstaunt, wenn es in diesem Moment zu schneien begonnen hätte. In solchen Momenten beginnt es fast immer zu schneien. Doch es fielen keine Flocken, und meine Klientin erholte sich wieder.

»Tut mir leid«, sagte sie, »aber das ist die Anspannung. Das mit der anderen Frau, ob Sie es glauben oder nicht, daran habe ich überhaupt nie gedacht. Nein, nein, so verstellen kann sich kein Mann. Er liebt mich. Es muss etwas anderes sein. Er hat Angst. Seit ich ihn kenne, hat er Angst. Ich weiß nicht wovor. Aber er schaut sich immer um, wenn er meine Wohnung verlässt. Er geht fast nie aus, und wenn, dann nur abends. Tagsüber war er oft in meiner Wohnung und schaute fern.«

»Arbeitet er nicht?«

»Er sagt, dass er in der Werbung arbeitet. Konzepte und so. Aber ich habe nie etwas von ihm gesehen.«

»Wie lange kennen Sie ihn schon?«

»Zwei Monate. Ich weiß, das ist nicht lange.«

»Wie kamen Sie auf mich? Sie hätten auch die Polizei verständigen können.«

»Basil hat Ihren Namen einmal erwähnt. Basil Huber, so heißt er. Und er hat mir gesagt, dass er keinesfalls mit der Polizei zu tun haben möchte. Wegen irgendeiner alten Geschichte. Nichts Schlimmes. Das sagte er wenigstens.«

Ich atmete tief ein. Es deutete einiges darauf hin, dass meine Klientin an einen äußerst zwielichtigen Burschen geraten war. Die Liebe macht nicht nur blind, sie führt manchmal auch dazu, dass Leute wie ich frierend im Nebel stehen, auf ein beleuchtetes Bürofenster starren und sich herzergreifende Geschichten anhören müssen. Um der ganzen Sache ein wenig mehr Drive zu geben, klatschte ich zweimal in die Hände und begann »Lili Marlen« zu summen. Frau Koller fand das gar nicht komisch.

»Können Sie nicht reingehen und schauen, was los ist?«

»Und wie, bitte, soll ich das bewerkstelligen? Ich habe kein Dynamit dabei, um die Tür aufzusprengen.«

»Aber irgendwie muss man da doch reinkommen.«

Ich zuckte die Achseln und schaute mir die Tür etwas genauer an. Sie war aus dickem Glas, massiv. Das Ganze war vermutlich elektronisch gesichert, und wenn ich Pech hatte, lauerte hinter der Tür ein Mann von einer Überwachungsfirma, oder ein Kerl von einer Sekte, der Gratiseintritte für religiöse Filme verteilte. Ich klingelte mich durch die vier Stockwerke, rechnete aber nicht mit einem Erfolg. Zehn Minuten später brannte im dritten Stock noch immer Licht und Frau Koller schaute mich nervös und beunruhigt an.

»Wenn ich Ihnen eine Extraprämie zahle, kommen Sie dann einfacher in das Haus?« fragte sie mit leicht zitternder Stimme.

»Sie schauen sich zu viele Filme an.«

»Ich habe kein gutes Gefühl. Es muss ihm etwas passiert sein.«

Ich befürchtete, dass sie mir nun die Geschichte ihrer Liebe Teil zwei bis zehn erzählen würde und tat deshalb so, als wäre mir gerade die rettende Idee gekommen. Sie schaute mich interessiert an. Ich drehte mich um und betrachtete das Haus schräg gegenüber. Ein Kellerfenster war angelehnt. Ich sagte Frau Koller, sie solle auf mich warten und ging auf das offene Fenster zu. Ich kletterte über den Zaun, durchbrach das Gebüsch und sah, als ich mich umdrehte, Frau Koller heftig winken. Erst als ich den Vorgarten hinter mir hatte, fiel mir ein, dass sie das Gebüsch als Toilette benutzt hatte. Doch von solchen Kleinigkeiten lässt sich unsereins nicht von Ermittlungen abhalten.

Es war leicht, in das Haus einzudringen. Vom Keller führte eine Treppe in die oberen Stockwerke. Ganz oben stolperte ich über eine Skiausrüstung, konnte einen Sturz gerade noch vermeiden, fing die Skier auf und lauschte. Nichts regte sich. Es hat auch sein Gutes, dass sich in diesem Land die Bevölkerung gewissenhaft auf den nächsten Arbeitstag vorbereitet und frühzeitig schlafen geht. Das Fenster im Treppenhaus ließ sich problemlos öffnen. Ich sah schräg gegenüber die Umrisse von Frau Koller, die bei der Eingangstüre des Bürohauses wartete. Das erleuchtete Fenster war leicht seitlich versetzt, ich konnte nur einen Teil davon einsehen. Alles, was ich sah, war eine helle Wand und ein Schatten. Der Schatten bewegte sich ganz leicht. Es war der Schatten eines Körpers, der in der Luft baumelte.

2

Niemand hinderte mich daran, gewaltsam in das Bürogebäude einzudringen. Frau Koller, der ich andeutete, was ich gesehen hatte, folgte mir.

Das Büro im dritten Stock war nicht verschlossen. Die Tür war nur angelehnt. Ich schnitt den Mann von der Stange, die zu einem großen, leeren Wandschrank gehörte, dessen Türen entfernt worden waren. Frau Koller sagte kein Wort. Sie stand nur da und atmete heftig. Ich sah sofort, dass der Mann tot war. Der leblose Körper plumpste auf den Teppichboden, Frau Koller trat einen Schritt zurück.

Das Büro war praktisch leer. In einer Ecke lag am Boden ein Telefon, darunter ein Beantworter. Ein Lämpchen blinkte und zeigte an, dass jemand angerufen hatte. Frau Koller starrte auf den Toten und schluchzte leise.

»Ich muss jetzt die Polizei anrufen«, sagte ich.

»Er hat sich nicht umgebracht. Das ist unmöglich.«

»Haben Sie gesehen, wie jemand das Gebäude verlassen hat?«

»Nein. Vielleicht ist es passiert, während ich was trinken war.«

Sie wendete sich ab von dem Körper ihres toten Freundes und ging zum Fenster. Die Arme hatte sie über der Brust gekreuzt und um ihre Schultern gelegt. Ich bückte mich und schaute mir den Toten etwas genauer an. Sein Gesicht war rundlich, es hatte eine auffällige, leicht nach links gebogene Nase, und einer seiner Schneidezähne war dunkelgrau verfärbt. Die Schlinge war aus einem dünnen, bunten Seil, wie es Bergsteiger benutzen. Der Mann trug einen Anzug, darunter ein Baumwollhemd. In der Innentasche des Jacketts fand ich eine Brieftasche mit zwei Fünfzigfrankenscheinen. Kein Ausweis. Keine Karten. Nichts, was den Mann identifizierte.

»Trug Ihr Freund nie einen Ausweis bei sich?«

Frau Koller drehte sich vom Fenster weg, vermied es aber, ihren toten Freund anzuschauen. Sie ging den Wänden entlang auf mich zu, an mir vorbei und auf den schmalen Gang. Ich folgte ihr.

»Es ist wie damals«, sagte sie. »Sie müssen wissen, dass ich vor fünf Jahren eine Tochter verloren habe. Sie hatte Leukämie. Eines Morgens war sie plötzlich tot. Sie lag in ihrem Bett, und ich stand daneben. Ich spürte eine große Distanz. Das, was da lag, war nicht mehr meine Tochter. Das war nur noch ein Körper, der aussah wie meine Tochter. Es ist schon verblüffend, was es ausmacht, wenn das Leben aus dem Körper weicht. Ich bin kein religiöser Mensch, aber beim Tod meiner Tochter begriff ich, dass das Leben mehr ist, als ein Herz, das schlägt, und ein Lebewesen, das atmet. Was da drin liegt, ist nicht mehr mein Freund.«

»Weshalb sind Sie so sicher, dass er sich nicht umgebracht hat?«

»Sicher? Ich bin mir nicht sicher. Ich spüre es einfach. Weshalb sollte er sich umbringen? In einem leeren Büro, bei diesem grässlichen Licht? Das ergibt doch keinen Sinn.«

»Hat er Ihnen gesagt, wen er hier treffen wollte?«

»Nein. Aber er fürchtete sich davor. Das sagte ich schon, nicht wahr? Eigentlich müsste ich jetzt wohl zusammenbrechen. Aber ich bin ganz ruhig.«

»Das ist der Schock«, sagte ich.

»Ich weiß nicht viel über ihn«, sagte sie. »Ich mochte es, dass er etwas Geheimnisvolles in mein Leben brachte.«

Sie begann wieder von ihrem Leben zu erzählen. Von

einem Mann, den sie verlassen hatte, weil sie ihn verdächtigte, ihre gemeinsame Tochter allzu sehr zu lieben. Wie viele Menschen, die unter Schock standen, redete sie in einem seltsamen monotonen Singsang. Zwischendurch schnappte sie nach Luft. Ich wusste, dass sie kurz davor war zusammenzubrechen. Sie erzählte von einer Reise in die Karibik, bei der sie gesehen hatte, wie ein belgischer Tourist von einer Palette erschlagen wurde, die nicht sachgerecht an einem Kran befestigt worden war. Mich interessierte das nicht sonderlich.

Sie redete, während ich zurück in das Büro ging und mir den Telefonbeantworter anschaute. Ich borgte mir von Frau Koller ein Taschentuch. Es war feucht. Ich drückte damit eine Taste des Beantworters. Das Gerät spulte zurück. Dann hörte man ein Quietschen und die Stimme einer Frau. Was sie sagte, klang seltsam, angesichts der Leiche, die nur einen Meter neben dem Telefon lag.

Sie sagte: »Da ist Silvia. Der Pizzakurier ist unterwegs.«

Ich spulte vor, drehte die Kassette um und lauschte. Nichts. Es war der einzige Anruf auf der Kassette. Dann nahm ich den Telefonhörer und drückte die Wahlwiederholtaste. Es meldete sich ein Realtime-Börsenservice. Ich hörte mir an, wie es Dow Jones ging, und legte dann auf. Wenig später hatte ich die Polizei am Draht.

Meine Klientin wartete am Ende des Ganges im Dunkeln auf mich. Wir starrten eine Weile aus einem Fenster in den Nebel. Unten auf der Straße war es ruhig. Bis der Wagen der Polizei vorfuhr. Hugentobler stieg aus und gähnte. Ich ging nach unten und begleitete ihn und seine beiden Helfer ins Haus.

Meine Klientin beantwortete ruhig und beherrscht die Fragen der Polizisten. Ich rief einen Arzt an und sagte ihm, dass er sich um Frau Koller kümmern solle. Er war nicht sonderlich begeistert und brummte eine Weile in den Hörer, ehe er sich auf den Weg machte.

Ich ging zurück zu der Leiche und zu Hugentobler. Blitzlichter erhellten den kahlen Raum. Es war ein trostloser Anblick. Hugentobler schnäuzte sich die Nase und zeigte mit einem Kugelschreiber auf meinen Mund.

»Wie sind Sie eigentlich in das Haus gekommen, Maloney?«

»Ich habe zweimal kräftig gehustet, und dann fiel die Tür aus den Angeln.«

»Ist Frau Koller Ihre Klientin?«

»Sieht ganz danach aus«, sagte ich. »Sie hatte Angst, dass ihrem Freund etwas zugestoßen sein könnte.«

»Und das da war ihr Freund?« Er zeigte auf die Leiche, um die sich ein Mann mit Gummihandschuhen kümmerte.

»Ja«, sagte ich.

»Basil Huber soll der Mann heißen. Ihre Klientin weiß offenbar nicht sehr viel über ihn.«

»Kommt in den besten Beziehungen vor«, sagte ich.

»Auf den ersten Blick sieht das nach einem Selbstmord aus. Passt zur Jahreszeit, Maloney. Eine gute Zeit für Depressionen.«

»Wieso sollte er sich in einem leeren Büro aufhängen?«

»Keine Ahnung«, sagte Hugentobler. »Einen Abschiedsbrief hat er auch nicht hinterlassen.«

»Weist die Leiche noch andere Verletzungen auf?«

»Ein Hämatom am Oberarm. Könnte von einem Sturz herrühren.«

»Oder von einer kräftigen Hand«, sagte ich.

»Wir werden das überprüfen, Maloney.«

Er kratzte sich am Kopf. Schuppen schneiten auf den sauberen Teppichboden. Ich ging nach unten und verließ das Haus. Der Nebel war noch dichter geworden. Das Blaulicht des Polizeiautos leuchtete lautlos auf. Weiter vorne brummte leise ein Motor. Es war der Wagen meiner Klientin. Sie saß am Steuer, beide Hände auf das Lenkrad gestützt, und starrte durch die Windschutzscheibe. Ich klopfte an das Fenster und stieg ein.

»Ich wusste, dass er tot ist«, sagte sie. »Schon als ich bei Ihnen anrief. Vielleicht gibt es eine unsichtbare Energie, die zwei Menschen verbindet, und ich habe gespürt, dass diese Energie nicht mehr da war. Ich spürte, dass er nicht mehr lebt. Können Sie das verstehen?«

»Wenn er tatsächlich ermordet wurde, gibt es einige interessante Fragen zu beantworten. Weshalb ging er zu der Verabredung, wenn er ahnte, dass ihm etwas zustoßen würde? Und weshalb traf er keine Sicherheitsvorkehrungen?«

»Ich weiß es nicht«, sagte sie. »Er wollte mir nicht sagen, um was es bei dem Treffen ging. Es muss etwas mit seiner Vergangenheit zu tun haben.«

»Wo hat er gewohnt?«

»Zurlindenstraße. Die Nummer weiß ich nicht auswendig. Er sagte mir, dass es ein möbliertes Apartment sei, sehr klein. Ich war, wie gesagt, nie bei ihm.«

»Sind Sie ihm nicht wenigstens einmal gefolgt?«

»Nein. Ich vertraute ihm.«

»Toll«, sagte ich. »So wie allen Politikern, Banken und Steuerberatern?«

»Haben Sie in sein Gesicht gesehen? Einem solchen Gesicht muss man vertrauen.«

Ich schaute sie verblüfft an. Vermutlich stand sie mehr unter Schock, als das aus ihrem Verhalten zu erkennen war. Sie hielt noch immer das Lenkrad umklammert, und die Fingernägel gruben sich in das weiche Plastik.

Ich öffnete kurz die Türe und schaute zurück. Das Blaulicht zuckte noch immer durch den Nebel. Eine Kirchturmuhr schlug zweimal, und die Kälte drang in das Wageninnere.

»Ich möchte jetzt nach Hause«, sagte sie.

»Das ist keine gute Idee. Ich habe einen Arzt angerufen. Sie sollten jetzt irgendwas schlucken und dann eine Weile schlafen.«

»Ich schlucke keine Medikamente. Ich habe zu Hause schwedische Schlaftropfen.«

»Mit denen können Sie höchstens ein Ikea-Regal ruhigstellen.«

»Ich habe schon schlimmere Situationen gemeistert.«

Ehe ich protestieren konnte, fuhr sie aus der Parklücke und drückte das Gaspedal brutal durch. Ich schloss schleunigst die Tür und schnallte mich an. Frau Koller war eine gute Fahrerin. Sie manövrierte ihr Auto durch die dichte Suppe, als hätte sie in ihrem Kopf einen digitalen Richtungsweiser eingebaut, der vor jeder Kreuzung quäkte: Links abbiegen, rechts einspuren, geradeaus weiter. Ich erkannte mit Mühe und Not einige der Straßen, durch die sie fuhr. Meinem Magen bekam die Fahrt nicht besonders gut. Ich schloss die Augen und atmete tief durch. Es half. Sekunden später bremste der Wagen lautstark, und meine Klientin seufzte auf.

Ich stieg aus und wartete. Frau Koller wohnte in einem sanft renovierten Altbau. Meine Schritte verursachten knackende Geräusche auf der Holztreppe. Ich freute mich auf einen wärmenden Drink. Die Wohnung war überheizt, im Wohnzimmer summte ein Luftbefeuchter.

»Ich kann Ihnen leider nur einen Kaffee oder Wasser anbieten«, sagte sie. »Oder möchten Sie vielleicht einen Hagebuttentee?«

Mich schauderte bei dem Gedanken. Ich ließ mich in einen roten Sessel fallen und erschrak, weil eine riesige, fette Katze, die unter dem Sessel lag, laut fauchte und mir ihre Krallen in die Wade bohrte. Es gibt Nächte, in denen alles schiefgeht. Als Frau Koller mir den Kaffee brachte, rechnete ich fest damit, dass es sich um aufgebrühte schwedische Schlaftropfen handelte. Um so erfreuter nahm mein Gaumen zur Kenntnis, dass es bester italienischer Espresso war. Immerhin etwas.

3

Das möblierte Zimmer des toten Herrn Huber lag im dritten Stock eines schnörkellos gebauten Hauses, das an einer lärmigen Durchfahrtsstraße stand. Im Inneren des Gebäudes roch es nach Bohnerwachs und abgestandener Luft. Die vielen Türen erinnerten an ein Hotel. Die Tür zum Zimmer 15A war nicht verschlossen. Eine ältere Frau saß in einem Sessel und blätterte in einer Fernsehzeitschrift. Als sie mich sah, stand sie erschrocken auf und griff mit der einen Hand einen Putzlappen und mit der anderen das Rohr eines Staubsaugers.

»Ich bin gleich fertig«, sagte sie.

»Das sehe ich«, sagte ich.

»Man darf doch wohl mal eine kleine Pause machen. Es hat sich noch nie jemand über mich beschwert.«

»Und wer bezahlt Sie für das Herumsitzen?« fragte ich.

»Die Hausverwaltung. Das Putzen ist in der Miete inbegriffen.«

»Dann kennen Sie den Herrn, der hier wohnt?«

»Wieso? Ich dachte, Sie wohnen hier?«

»Sehe ich etwa so aus?«

»Das ist mir egal«, sagte sie. »Die Mieter wechseln ständig. Viele wohnen nur hier, weil sie von ihren Frauen oder Ehemännern vor die Tür gesetzt wurden. Ich könnte Ihnen einiges erzählen.«

Solche Drohungen sind meistens ernst gemeint. Ehe sie mir aber ihre Drehbuchideen für Sendungen wie *Ehen vor Gericht* um die Ohren schlagen konnte, ergriff ich den Staubsauger mit der einen und einen Arm der Frau mit der anderen Hand und setzte beides vor die Tür. Als sie protestierte, drückte ich ihr die Fernsehzeitschrift in die Hand, was sie mit einem versöhnlichen Knurren quittierte.

Das möblierte Zimmer war so unpersönlich wie ein Schlafzimmerschrank in einem Kaufhaus. Außer ein paar wenigen Kleidungsstücken und einer zwei Wochen alten Illustrierten fand ich zwei Sachbücher über Insekten und andere Viecher sowie einen mit Barthaaren verstopften Rasierapparat, zwei Kondome, eine Packung Kaugummi, einen Reisewecker, einen kleinen Koffer, einen Stadtplan und ein Foto von einem unansehnlichen kleinen Hund. Alles lag so herum, als sei es schon mal von jemandem genauer betrachtet worden. Vermutlich hatten sich Hugentobler und seine Leute auch schon über die magere Beute gewundert. Vielleicht waren die wirklich interessanten Gegenstände längst auf irgendeinem Pult im Polizeipräsidium gelandet. Da ich schon mal in dem Zimmer war, machte ich es mir gemütlich und legte mich eine Weile aufs Bett. Aus dieser Perspektive machte der Raum einen noch trostloseren Eindruck. Der helle mit schmalen Spiegeln versehene Schrank und der riesige mit schwarzem Kunststoff überzogene Sessel wirkten billig und schäbig. Der Blick aus dem Fenster war auch keine Augenweide; ein riesiger Kran, der über einer Baustelle installiert war.

Was hatte Basil Huber wohl bewogen, in diesem schäbigen Zimmer zu leben? Konnte er sich nichts Besseres leisten? Liebte er es, in anonymen Absteigen zu leben, in denen sich schon Hunderte von gescheiterten Existenzen nach einem Lottosechser gesehnt hatten? Es wunderte mich jedenfalls nicht mehr, dass er nicht wollte, dass seine Freundin ihn zu Hause besuchte. Ich stand auf und schaute mich noch einmal im Zimmer um. Unter dem Bett wurde ich fündig. Zwei Fotos. Auf einem noch einmal der hässliche Hund. Das andere war ein älteres Foto, unscharf, verwackelt. Es zeigte einen Mann bei der Gartenarbeit. Mehr nicht. Ich steckte das Bild ein und verließ das Zimmer.

Von einem Nachbarn erfuhr ich, dass die Vermieterin gegenüber wohnte. Es war ein wesentlich schöneres und gepflegteres Haus. Die Frau roch nach süßem Parfüm und milden Zigaretten. Sie hatte den Tick, jedes Mal wenn sie zum Sprechen ansetzte, mit den Fingern zu schnippen. Ich erfuhr von ihr, dass die Wohnung nicht von Basil Huber, sondern von einer Frau gemietet worden war, die sich Veronika Meyer nannte. Die Miete sei immer pünktlich überwiesen worden, der Rest interessierte die Vermieterin nicht. Hubers Ableben bedauerte sie, aber noch im selben Atemzug bot sie mir die Wohnung des Verstorbenen als Büro an. Ich verzichtete und lüftete draußen das Parfüm aus meinen Kleidern.

Es war an der Zeit, Hugentobler einen Besuch abzustatten. Wir unterhielten uns in der gemütlichsten Ecke des Polizeipräsidiums, direkt vor dem Kaffeeautomaten neben den Toiletten.

»Na, Maloney? Haben Sie schon im Nachlass des bedauernswerten Herrn Huber gewühlt?«

»Sie meinen in dem, was Sie übriggelassen haben?«

»Schön wär's«, sagte er. »Da gab es nichts, was wir mitnehmen konnten. In dem Zimmer lag weniger persönlicher Kram herum als in jedem Hotelzimmer. Da stimmt etwas nicht.«

»Allerdings«, sagte ich. »Das war kein Selbstmord.«

»Das steht noch nicht fest. Nein, nein, Maloney. Ich meine diesen Basil Huber. Mit dem stimmte etwas nicht. Es ist nirgends ein Basil Huber registriert.«

»Vielleicht war das bloß sein Künstlername?«

»Also wie ein Künstler sah der nicht aus«, sagte Hugentobler. »Eher wie einer, der irgendwo auf einer Fahndungsliste steht. Seltsam wäre dann nur, dass auch seine Fingerabdrücke nirgends registriert sind.«

»Vielleicht hatte er künstliche Fingerkuppen?«

»Schon gut, Maloney. Haben Sie etwas über den Mann herausgefunden?«

»Wie sollte ich? Wenn nicht einmal die Polizei mit all ihren Hunden, Parkuhren und dem ganzen wissenschaftlichen Dienst weiterkommt?«

»Wenn Sie mich fragen, hatte der Mann etwas zu verbergen«, sagte er. »Vielleicht war er deshalb verzweifelt und hat sich erhängt. Es gibt unzählige Gründe, weshalb sich Menschen selbst umbringen.«

»Gehört dieser Automatenkaffee auch dazu?«

Er schüttelte langsam den Kopf und hielt mir dann einen kleinen Vortrag über die Vorzüge des hauseigenen Automaten, der neben Kaffee auch noch Leckereien wie Hühnerbrühe und Eistee ausspuckte. Ehe ich das Gleiche tat, verließ ich das Gebäude und ging zurück in mein Büro.

Ich telefonierte ein wenig in der Gegend herum, unterhielt mich mit einigen Ablegern der weitverzweigten Sippe der Hubers, ohne jedoch auf ein Mitglied namens Basil zu stoßen. Es wäre auch zu schön gewesen. Da ich es mir angewöhnt hatte, bei hoffnungslosen Fällen sowohl meine Nerven als auch mein Spesenkonto zu schonen, legte ich mich eine Weile unter den Schreibtisch und gönnte meinem Rücken die harte Unterlage.

4

Ich döste vor mich hin und träumte von einer schönen Klientin, der neben der Unschuld vor langer Zeit auch noch ein paar andere Dinge abhandengekommen waren, als mich Jasmin Weber überfallartig in die Realität zurückholte, indem sie mir gnadenlos ein Mobiltelefon ans Ohr drückte.

»Liegt doch gut am Ohr, oder?« fragte sie.

Ich nickte matt und rieb mir die Augen. Sie trug einen blauen Overall, der ihr mindestens drei Nummern zu groß war, und riesige Turnschuhe, in die die Füße einer ganzen Basketballmannschaft gepasst hätten.

Meine Berufskollegin, die zwei Stockwerke unter mir arbeitete, hatte sich auf vermisste Personen spezialisiert. Nach anfänglichen Reibereien, die rein beruflicher Natur waren, einigten wir uns darauf, statt in Konkurrenz auf Synergie zu machen und uns, wie alle großen Geschäftsleute dieser Welt, gegenseitig die fettesten Aufträge unter dem Arsch wegzuklauen. Da sie weiter unten residierte, war ihre Ausbeute weit größer, meine Klienten mussten schon sehr viel guten Willen aufbringen, um die morschen Treppen zu meinem Büro zu erklimmen. Es war noch nicht ganz ein Jahr her, dass wir gemeinsam einen ziemlich komplizierten Fall gelöst hatten. Seither arbeiteten wir wieder hauptsächlich auf eigene Rechnung, was nicht ausschloss, dass ich ab und zu auf ihre Kosten einen Drink zu mir nahm. Unsere Verbindung war, wie gesagt, rein beruflicher Natur, und es hatte auch über ein Jahr gedauert, bis wir uns duzten, deshalb mag es auch nicht weiter erstaunen, dass ich sie nie zuvor in dem albernen Overall gesehen hatte.

»Nur zu«, sagte sie. »Lästere über das, was momentan mega-in ist.«

»Overall und Riesenlatschen?«

»Stammt von meinem letzten Fall. Ein verschwundener 14jähriger Junge. Ist von zu Hause abgehauen. Ich fand ihn an einer dieser Partys. Vollgedröhnt mit Ecstasy und schlechter Musik.«

»In dieser Tarnung gingst du tanzen? Den Anblick hättest du mir ruhig gönnen können.«

»Ich habe mir von dem Honorar unter anderem ein neues Mobiltelefon gekauft.«

Ich schluckte leer. Nicht weil ich es übertrieben fand, sich ein solches Gerät anzuschaffen, mich störte mehr das »unter anderem«. Ich wäre ganz froh, wenn ich mir von meinen Honoraren ein Mobiltelefon kaufen könnte. Meistens reicht es nicht einmal für die letzte Telefonrechnung. Sie holte ein anderes Telefon aus ihrem Overall und hielt mir auch das ans Ohr.

»Auch nicht schlecht, oder? 100 Gramm leichter. Mehr Speicher. Besserer Akku.«

»Elektrosmog soll Gehirnzellen zerstören.«

»Dafür brauchst du dir keine Telefonnummern mehr zu merken«, sagte sie. »Alles automatisch. Ich schenke es dir. Detektive müssen heutzutage überall erreichbar sein.«

»Toll. Und wo steckt der Haken?«

»Du sollst das Ding dabeihaben und nicht an die Wand hängen«, sagte sie.

»Ich dachte eher an den sprichwörtlichen Haken.«

»Ach so. Möchtest du nicht runter kommen? Ich habe eine hübsche kleine Flasche Lord Richmond bei mir. Jahrgang 63.«

»Nicht übel«, sagte ich. »Der Haken riecht immer besser.«

»Ich kann dir auch ein neues Ballerspiel zeigen. Ziemlich rasante Angelegenheit.«

Ich streckte mein Kreuz durch und folgte ihr.

Ihr Büro war vollgepfercht mit Elektronik. Überall flogen Toaster herum und schwammen Fische über den Bildschirm. Die ehemalige Informatikstudentin Jasmin Weber schenkte mir großzügig ein Glas mit Whisky ein und öffnete sich selbst ein Wittekopp. Dem ersten Schluck schob sie ein Gummibärchen nach. An das hatte ich mich mittlerweile gewöhnt. Ich wusste, dass spätestens nach dem dritten Bärchen der Haken kam. Er kam schon nach dem ersten.

»Ich arbeite zurzeit an einem Fall, der schon einige Jahre zurückliegt«, sagte sie. »Genaugenommen zehn Jahre. Ein Knabe, Sebastian Steiner, damals siebenjährig, verschwand spurlos hier in der Stadt. Hat für ziemlichen Wirbel gesorgt, weil schon in den zwei Jahren davor insgesamt drei Kinder spurlos verschwunden waren. Drei Kinderleichen wurden später gefunden. Der Sohn meiner Klientin tauchte bis heute nicht auf. Ein Mann wurde im Laufe der Ermittlungen verhaftet. Er gestand in der Untersuchungshaft drei Morde, nicht aber den Mord an Sebastian Steiner. Zu einer Verhandlung kam es nicht, der mutmaßliche Täter erhängte sich in seiner Zelle. Frau Steiner möchte, dass ich den Fall neu aufrolle. Du hast vermutlich auch gelesen, dass vor einem Monat im Tessin wieder ein Knabe verschwunden ist. Frau Steiner glaubt, dass es sich um denselben Täter handeln könnte. Man kann das nicht ausschließen, ich halte das aber für eher unwahrscheinlich. Ich vermute, dass sie vor allem endlich Gewissheit über das Schicksal ihres Sohnes haben möchte.«

»Langsam nimmt der Haken Gestalt an«, sagte ich.

»Ich brauche die Akte«, sagte sie. »Oder eine Kopie davon.«

»Kannst du sie nicht mit deinem Computer herunterladen?«

»Das wäre toll«, sagte sie. »Geht aber nicht. Die Akte liegt bei der Polizei. Irgendwo im Keller.«

»Und ich soll mich als Wühlmaus verkleiden und die Akte klauen?«

»Nein. Du sollst mir Kopien besorgen. Einer der damals ermittelnden Beamten hieß Hugentobler.«

»Ach du meine Güte. Da erstaunt es mich nicht, dass der Fall nie geklärt wurde.«

»Kannst du mir die Kopien bis übermorgen besorgen?«

Ich seufzte und nippte an Lord Richmond. Er schmeckte nicht mehr so toll. Jasmin setzte sich an ihren Computer und startete ein Kommunikationsprogramm. Offenbar wollte sie in meiner Anwesenheit eine kleine Datenreise machen.

»Einmal angenommen«, sagte ich, »ich komme an die Akte ran. Was, außer dem Mobiltelefon, springt dabei für mich heraus?«

»Das kann ich jetzt noch nicht sagen.«

»Klingt nicht sehr verlockend.«

»Die Mutter des verschwundenen Kindes hat kein Geld. Aber der Fall interessiert mich.«

»Vom Interesse allein kann ich nicht leben.«

»Und wovon lebst du zurzeit, Philip?«

Ich dachte an den toten Mann im Bürohaus und an Frau Koller, von der ich nicht einmal wusste, ob sie mir mehr als nur ein paar Tageshonorare bezahlen konnte. Jasmin loggte sich ins Internet ein und tippte eifrig auf der Tastatur herum. Das brachte mich auf eine Idee.

»Kannst du für mich nach einem Basil Huber suchen?« fragte ich. »Er ist nirgends registriert, lebte aber hier in der Stadt. Vielleicht wird er in einer anderen Stadt vermisst.«

»Ist er tot?«

»Ja.«

»Keine Personalien? Beruf, Alter oder sonst etwas in der Richtung?«

»Nichts, was ich mit Sicherheit wüsste.«

Sie lachte und schüttelte den Kopf. Auf dem Monitor konnte ich lesen, dass ein Harald aus Frankfurt einen neuen Blondinenwitz gehört hatte. Nachdem sich auch noch ein Oliver aus Wien mit einem ähnlichen Witz auf Jasmin Webers PC bemerkbar machte, nahm ich einen letzten kräftigen Schluck Lord Richmond und ging zur Tür. Jasmin schaute mich über den Rand des Bildschirmfilters an.

»Basil Huber gegen die Akte? Ist das abgemacht?«

»Ein unfaires Angebot«, sagte ich. »Du kannst hier sitzen bleiben und dich an Blondinenwitzen ergötzen, während ich mich mit Hugentobler abgeben muss.«

Sie antwortete nicht, dafür legte sie sich ein weiteres Gummibärchen auf die Zunge.

5

Hugentobler schob mir in seinem Büro einen Stapel Fotokopien zu. Die Blätter waren noch warm. Er blickte zum Fenster und vermied es, mir zuzuschauen, wie ich die Kopien in meiner Mappe verstaute.

»Sie wissen, dass Sie mich damit in Schwierigkeiten bringen könnten, Maloney?«

»Aber ja doch«, sagte ich. »Beamte sollten nicht außerdienstlich Fotokopien machen. Der Bund der Steuerzahler mag so etwas nicht.«

»Die Akten dürfen das Polizeipräsidium nicht verlassen. Was ich Ihnen kopiert habe, ist eine Zusammenfassung, sozusagen die Essenz der damaligen Ermittlungen. Die echten Akten füllen zwölf Bundesordner. Aber auch diese Papiere sind nicht für die Öffentlichkeit bestimmt.«

»Es sollte doch auch im Interesse der Polizei sein, dass ungelöste Fälle neu aufgerollt werden.«

»Das ist auch der Grund, weshalb ich mich jetzt nicht an die Dienstvorschriften halte«, sagte er. »Wir waren damals nahe dran, Maloney. Es gab vier Hauptverdächtige. Drei fielen schon bald aus. Der Vierte gestand drei Morde, erhängte sich dann aber. Dennoch gab es einige Unstimmigkeiten. Vor allem wegen dem vierten Knaben. Er verschwand hier in der Stadt. Das war untypisch. Die anderen Kinder stammten alle aus einem anderen Kanton. Ich war übrigens nur am Rande mit den Ermittlungen betraut. Für einen Kollegen, der aus gesundheitlichen Gründen ausfiel.«

»Wie kam man dem Täter auf die Spur?«

»Damals wurde uns schnell klar, dass es sich um einen

Serientäter handelte. Wir begannen systematisch Männer, die früher schon einmal wegen ähnlicher Delikte verhaftet und verurteilt worden waren, zu observieren und zu verhören. Bei einer Hausdurchsuchung fanden wir Kleidungsstücke, die den toten Kindern gehörten. Deshalb wurde Brustmann, so hieß der Mann, verhaftet.«

»Und was war mit den drei anderen Verdächtigen?«

»In einem Fall beobachtete eine Zeugin, dass der Knabe in einen dunklen Mercedes stieg. Das war ein Anhaltspunkt. Einer der Verdächtigen war früher als Pädophiler mit dem Gesetz in Konflikt geraten. Und er fuhr einen Mercedes. Er hatte aber einwandfreie Alibis. Die beiden anderen fuhren keinen Mercedes, waren aber einschlägig vorbestraft. Brustmann war als Sexualstraftäter bekannt, und er fuhr auch einen alten Mercedes. Zudem hatte er keine Alibis, und, wie gesagt, man fand in seiner Wohnung schon bald belastendes Material.«

»Das ist eine erstaunliche Ausbeute für den minimalen geistigen Einsatz, den Sie bei Ihrer Arbeit investieren«, sagte ich.

»Mir ist nicht nach Scherzen zumute, Maloney. Noch heute denke ich manchmal darüber nach, ob wir damals wirklich alles unternommen haben. Oder ob wir uns nicht zu schnell damit zufriedengaben, einen Täter gefunden zu haben. Brustmann hat in der Untersuchungshaft relativ schnell drei Morde gestanden. Er gab uns auch Hinweise auf die Orte, wo er die Leichen der Kinder verscharrt hatte. Den vierten Mord aber gestand er nie. Dennoch wurden die Ermittlungen eingestellt. Heute geht man in der Öffentlichkeit davon aus, dass Brustmann ein vierfacher Mörder war. Falls Sie zu einem anderen Resultat kommen, lassen Sie es mich wissen, Maloney. Auch wenn ich meine Zweifel daran habe, dass Sie nach all den Jahren mehr herauskriegen, als wir damals ermitteln konnten.«

Er schlüpfte langsam wieder in seine mir besser bekannte, rauere Haut und stierte grimmig auf seine abgenagten Fingernägel, als ich die Mappe schloss und das Büro verlassen wollte. Er trat auf mich zu und atmete tief ein, ehe er sich dazu überwand, mich um etwas zu bitten.

»Der Tote in dem Bürohaus konnte noch immer nicht einwandfrei identifiziert werden«, sagte er.

»Der Mann hieß Basil Huber. Das sagte ich doch schon.«

»Haben Sie uns wirklich alles verraten, Maloney? Es gibt nämlich keinen Basil Huber. Es wird auch sonst kein Huber vermisst in der Schweiz, auf den die Beschreibung des Toten passen würde.«

»Und was ist mit seiner Wohnung?« fragte ich.

»Gemietet von einer Veronika Meyer. Ebenfalls unbekannt. Die Miete wurde per Post überwiesen. Bar eingezahlt. Dieser Basil Huber war so etwas wie ein Untermieter. Ein Mann, den es nicht gibt, als Untermieter einer Mieterin, die es nicht gibt. Das sind ein bisschen viel Unbekannte in der Gleichung.«

»Ich kann Ihnen leider auch nicht weiterhelfen«, sagte ich. »Aber ich bin sicher, dass der stets gut geölte Polizeiapparat spätestens in zwanzig Jahren herausfindet, was es mit Huber und Meyer auf sich hat.«

»Wir werden ein Foto der Leiche in der Presse veröffentlichen«, sagte Hugentobler. »Irgendjemand muss doch den Toten gekannt haben und Näheres über ihn wissen.«

Da hatte er natürlich recht. Er begleitete mich zur Tür und wies mich noch einmal auf die Brisanz hin, die die kopierten Akten verkörperten. Ich versprach ihm, die Papiere wie die Krone der englischen Königin zu behandeln, was mir nicht besonders schwerfiel, weil ich mir nichts aus Monarchen und deren Kopfbedeckungen machte.

6

Die Altbauwohnung von Frau Koller sah tagsüber noch älter aus als in der Nacht. Stromleitungen führten über dem Verputz durch die Räume, und an einigen Stellen an der Decke waren dunkle Wasserflecken zu sehen. Frau Koller hatte sich freigenommen. Auf dem Küchentisch standen mehrere Fläschchen homöopathischer Heilmittelchen herum. In einem Glas, das sie schluckweise zum Mund führte, schwappte eine dunkelgelbe Flüssigkeit.

»Das ist für die Nerven«, sagte sie. »Es geht mir nicht sehr gut. Ich glaube, die Trauer kommt erst noch. Jetzt bin ich wütend. Wütend über mich. Wütend darüber, dass ich so wenig über Basil weiß. Wir waren so oft zusammen und waren uns doch immer noch so fern.«

»Die Polizei wird morgen ein Foto von ihm veröffentlichen«, sagte ich. »Sie glaubt, dass Basil Huber nicht sein richtiger Name war.«

»Langsam glaube ich das auch. Ich dachte immer, dass ich eine gute Menschenkenntnis habe. Jetzt komme ich ganz schön auf die Welt.«

»Hat er nie Andeutungen gemacht über seine Vergangenheit? Sich verplappert? Einen Namen erwähnt?«

»Nein. Er war sehr schweigsam. Mir gefiel das. Er machte nicht viel Aufhebens um seine Person. Er gab nie an, war nicht geschwätzig. Mein erster Mann redete ständig, gab groß an, konnte stundenlang von seinen Heldentaten im Büro berichten. Ich mochte an Basil, dass er sich nicht wichtig nahm. Er lebte einfach. Und ich glaube, er war glücklich.«

»Sie sagten, dass er für die Werbung arbeitete.«

»Das hat er mir gesagt. Konzepte, als Freelancer. Ich habe aber nie etwas von seinen Arbeiten gesehen. Er sagte, dass er Erspartes habe und nicht jeden Auftrag annehmen müsse. Er half mir auch ab und zu am Kiosk aus.«

»Sie besitzen einen Kiosk?«

»Ja«, sagte sie. »In der Innenstadt, direkt an der Limmat. Läuft ganz gut. Und ist nützlich für meine andere Arbeit.«

Ich hatte es bis dahin vermieden, über mein Honorar zu sprechen. Doch eine Frau, die einen Kiosk besaß und daneben noch einem anderen Job nachging, konnte der Tagesansatz eines Privatdetektivs wohl kaum aus der Fassung bringen. Sie lächelte traurig, als ich ihr den Vorschlag machte, für eine Pauschale nach dem Mörder ihres Freundes zu suchen.

»Tun Sie, was Sie für richtig halten«, sagte sie. »Ich habe von meinen Eltern geerbt. Das meiste davon ist in Aktienfonds angelegt und hat sich in den letzten acht Jahren fast verdoppelt. Ich habe mir den Kiosk gekauft und werde mir demnächst eine kleine Eigentumswohnung kaufen. Zum Leben brauche ich nicht viel. Ich möchte, dass Sie möglichst viel über Basil herausfinden.«

»Sie haben genug Geld, um mir für eine Weile mein Nachtessen zu finanzieren und arbeiten dennoch Tag und Nacht? Freiwillig?«

»Ich habe ein Hobby. Ich sammle Gesichter.«

»Donnerwetter«, sagte ich. »Ist sicher mindestens so aufregend wie Briefmarkensammeln. Wie kriegen Sie die Gesichter denn alle? Mit dem Rasiermesser?«

»Nein. Mit der Schere und dem Fotoapparat. Ich schneide Gesichter aus Illustrierten und Katalogen aus und mache Fotos. Manchmal von Kunden am Kiosk. Ich glaube nämlich, dass es eine Typologie der Gesichter gibt. Ein paar Grundgesichter, alle Menschen haben Variationen davon.

Und die Gesichter sagen viel über den Charakter der Menschen aus.«

»Interessant. Und was lesen Sie aus meiner Boxernase?«

»Sie sind ein Tatmensch. Ein Einzelgänger mit Hang zu depressiven Schüben. Aber man kann Ihnen vertrauen.«

»Klingt nicht übel. Und was war Basil Huber für ein Typ?«

»Eine Mischform«, sagte sie. »Sie haben sicherlich seine Nase bemerkt. Sie ist verbogen. Stammt vermutlich von einem Unfall. Nasenbeinbruch, schlecht verheilt.«

»Nicht schlecht die Diagnose. Wissen Sie auch, wann das geschah?«

»Nein. Er hat nicht darüber gesprochen. Möchten Sie meine Sammlung sehen?«

Sie war schon unterwegs zu einem massiv gebauten Büchergestell, ehe ich mich zur Wehr setzen konnte. Sie kam mit einem dicken Bildband zurück. Darin waren Hunderte von Gesichtern verewigt. Sie zeigte mir einige der Grundtypen. Es waren Gesichter, wie man sie täglich auf der Straße sieht.

»Ich möchte eines Tages ein Buch veröffentlichen«, sagte sie, »in dem jeder sich wiedererkennt anhand ausgewählter Gesichtstypen. Es gibt übrigens auch verblüffende Übereinstimmungen mit anderen physiologischen Merkmalen. Welcher Typ eher dazu neigt, kurz- oder weitsichtig zu sein. Bei Männern gibt es ganz bestimmte Typen, die Schnäuzer und Bärte tragen. Bei Frauen lassen sich typische Kurzhaar- und Langhaartypen unterscheiden. Und das alles anhand der Gesichtszüge. Man erkennt auch berufliche Neigungen anhand der Gesichtszüge. Natürlich ist das jetzt alles sehr vereinfacht, was ich sage. Die meisten Gesichter sind Mischtypen und deshalb auch charakterlich indifferent.«

»Klingt ein bisschen hochgestochen für eine Kioskbesitzerin.«

»Ich habe Soziologie studiert. In den Siebzigern, als das total in war. Danach arbeitete ich für einen wissenschaftlichen Verlag. Ziemlich langweiliger Job. Möchten Sie noch mehr aus meiner Sammlung sehen?«

Ich schaute auf meine Armbanduhr und stand auf. Frau Koller hinderte mich nicht daran. Es war ihr durchaus ernst mit ihrem Bemühen, die Menschheit anhand ihrer individuellen Gesichter zu klassifizieren.

Ich hatte es schon längst aufgegeben, aufgrund von Äußerlichkeiten nach einem Schlüssel zur menschlichen Seele zu suchen. Das, was die Menschen antrieb, Verbrechen zu begehen, hatte nichts mit ihren Gesichtern, ihren Händen, ihrem Gang oder ihrem Horoskop zu tun. Es waren viel einfachere Motive, die jeden irgendwann in seinem Leben zu etwas treiben konnten, was er sich Jahre zuvor nie und nimmer zugetraut hätte. Genauso wie jeder sich seine ganz persönliche Maske modellierte, mit der er durchs Leben ging, gab es eine ganz persönliche Art, mit Ängsten, Niederlagen, Hass, Neid und Habgier umzugehen. Für einige bestand diese persönliche Art darin, eines Tages einen Mord zu begehen. Und bei den wenigsten ist so etwas voraussehbar.

7

Jasmin Weber versuchte, auf ihrem Computer ein paar putzige Lemminge davon abzuhalten, in den Abgrund zu stürzen, als ich ihr die Kopien der Akte unter die Nase hielt. Sie schaute auf das Papier und überließ die Lemminge ihrem Schicksal. Die Kerle gaben ein quäkendes Geräusch von sich, ehe sie zerplatzten. Mit einem Tastendruck stoppte sie das spielerische Massaker und blätterte in den Papieren.

»Nicht schlecht«, sagte sie. »Hast du etwas gegen Hugentobler in der Hand, oder hast du ihm mit Liebesentzug gedroht?«

»Weder noch. Was ist mit Basil Huber? Hat er auf dem Internet eine digitale Spur hinterlassen?«

»Das Internet ist keine Wundertüte. Und für solche Nachforschungen nicht besonders gut geeignet. Ich habe mit einem Beamten der Einwohnerkontrolle telefoniert und in einem elektronischen Verzeichnis gewühlt. Und dann habe ich auch noch einige andere elektronische Archive abgeklappert. Aber es gibt nichts über einen Basil Huber. In der ganzen Schweiz nicht. Auch keine Vermisstmeldung. Nicht mal bei der Super-ADD wussten sie etwas über ihn.«

»Wer zum Teufel ist die Super-ADD?«

»Eine Firma, die Adressen verkauft. Ist nicht zimperlich darin, an relevante Daten zu kommen. Es gibt wohl keine Adresse in der Schweiz, die nicht bei denen registriert ist. Die besitzen sogar ein Verzeichnis von Geheimadressen. Aber auch bei denen gibt es keinen Basil Huber.«

»Und Veronika Meyer? Die Mieterin der Wohnung an der Zurlindenstraße?«

»Es gibt über ein Dutzend Veronika Meyers«, sagte sie. »Ich habe noch nicht alle überprüft, aber ich vermute mal, dass keine die Mieterin ist. Meyer und Huber, das klingt nach Alibinamen. Was ist eigentlich mit dem Toten? Es stand nirgendwo etwas in der Zeitung.«

»Kommt erst morgen oder übermorgen«, sagte ich. »Vielleicht noch später. Es gibt zu viele Ungereimtheiten, da ist die Polizei vorsichtig.«

Sie nickte und begann, die Akte zu lesen. Ich blätterte in einer Computerzeitschrift, die auf dem Pult herumlag, und informierte mich über die neuesten Modems und Tintenstrahldrucker. Jasmin klopfte die Kopien sorgfältig zu einem Haufen, nachdem sie sie zu Ende gelesen hatte.

»Wenn Brustmann nur drei der vier Kinder auf dem Gewissen hat, läuft der andere Mörder noch frei herum«, sagte sie. »Vielleicht war es einer der anderen drei Verdächtigen?«

»Die werden dir kaum den Gefallen tun, jetzt noch zu gestehen.«

»Hast du schon einmal mit Sexualverbrechern zu tun gehabt, Philip?«

»In meinem Beruf hat man mit allem schon mal zu tun gehabt«, sagte ich. »Aber ich reiße mich nicht darum, Triebtätern ins Gewissen zu reden, wenn du darauf hinauswillst.«

»Du hast mehr Erfahrung im Umgang mit Mördern. Ich schlage vor, wir teilen uns die Verdächtigen auf. Wir übernehmen je einen einzeln, und den Dritten besuchen wir gemeinsam.«

»Und wen hast du für mich vorgesehen?« fragte ich.

»Lucien Schmidhalter, Pädophiler.«

»Muss das sein?«

»Er saß ein Jahr im Gefängnis und ist Gründungsmitglied eines Vereins bekennender Pädophiler.«

Sie reichte mir ein Foto, das einen etwas dicklichen, charmant lächelnden Mann zeigte. Er hielt ein Heft hoch, auf dem deutlich ein nackter Knabe zu sehen war. Schmidhalter zeigte mit einem Finger auf den unbehaarten Penis. Ich gab ihr das Foto zurück.

»Hast du nicht einen bekennenden Versicherungsvertreter, oder einen, der sich dazu bekennt, mit Dampfbügeleisen ins Bett zu gehen?«

»Schmidhalter wurde damals verhört, weil einer der verschwundenen Knaben direkt neben der Fabrik wohnte, in der er als Magaziner arbeitete. Ich kümmere mich um Patrick Gabathuler. Er arbeitete in einem Erziehungsheim und wurde wegen Übergriffen auf Zöglinge entlassen und später verurteilt.«

»Klingt auch nicht gerade verlockend«, sagte ich.

»An Triebtätern ist nichts verlockend«, sagte sie.

»Eigentlich müsste ich mich um meinen eigenen Fall kümmern. Ein namenloser Toter ist mir jedenfalls lieber als klar identifizierbare Sonderlinge.«

»Schmidhalter wohnt an der Rotbuchstraße«, sagte sie. »Soll ich dich mit dem Motorrad fahren?«

Ich schüttelte den Kopf. Sie loggte sich mit ihrem Computer ins Videotextsystem ein und kontrollierte, ob Schmidhalters Adresse noch stimmte. Sie stimmte. Seine Firma hatte Sitz im gleichen Haus. Jasmin gab mir einen Zettel mit Schmidhalters Adresse und einigen Anmerkungen, die ich aber nicht lesen konnte. Unterwegs kaufte ich mir eine Zeitung und las, dass es Gerüchte über einen bevorstehenden Rücktritt eines Bundesrates gab. In Russland war gerade wieder eine Volksgruppe mit abenteuerlichem Namen dabei, sich unabhängig und kriegerisch zu gebärden, und ein Schweizer Skifahrer beklagte sich über Schmerzen im Steißbein. Angesichts dieser Nachrichten konnte ich auch noch einen Pädophilen verkraften.

Schmidhalter stellte sich als freundlicher Geschäftsmann heraus. Sein Bauch war rund wie ein Eichenfass. Er saß in einem schwarzen Ledersessel und rauchte eine dünne Zigarre. Der Rauch roch mild und wurde von einer enervierend lauten Klimaanlage angesogen wie von einem Kettenraucher. Einem Telefongespräch, das er gerade führte, entnahm ich, dass seine kleine Firma darauf spezialisiert war, ausgediente Computer in Dritte-Welt-Länder zu verschachern. Nachdem er seinem Gesprächspartner versichert hatte, dass eine neue Lieferung noch vor Ende nächster Woche bei ihm eintreffen werde, legte er den Hörer energisch auf die Gabel und wandte sich jovial lächelnd mir zu.

Spätestens jetzt hätte ich ihm am liebsten das Büro vollgekotzt.

»So, Herr Maloney, mit was kann ich Ihnen dienen?«

»Mit einem Geständnis.«

»Wie bitte?«

»Gestehen Sie den Mord an Sebastian Steiner. Ist ein paar Jahre her.«

Sein Lächeln blieb wie eine Muskelkrankheit in seinem Gesicht, während sich sein Blick verfinsterte. Er sog hastig an der Zigarre und hustete. Asche bröckelte ab und fiel auf sein Hemd.

»Was soll das?« fragte er. »Sind Sie von der Presse?«

»Nein. Die Polizei hat die Akte von damals noch nicht geschlossen. Sie gehörten zu den Verdächtigen.«

»Der Mörder hat sich erhängt.«

»Er hat nicht alle Morde gestanden.«

»Was geht mich das an? Ich hatte Alibis. Zudem war ich nie gewalttätig.«

»Sie sind vorbestraft«, sagte ich.

»Na und? Das Gesetz sagt, dass man in diesem Land ins Gefängnis kommen kann, wenn man jemanden liebt. Bei mir war es so. Nichts habe ich mit Gewalt erzwungen. Der Junge hat mich geliebt. Und ich ihn.«

»Das sagen alle.«

Schmidhalter rang die Hände und kramte in der Schreibtischschublade ein paar Fotos hervor. Sie zeigten ihn zusammen mit einem dünnen Jungen, dessen schiefer Schaufelzahn aus dem lachenden Mund ragte.

»Sie haben sicherlich auch die Lügenpropaganda der Psychologen verinnerlicht«, sagte Schmidhalter. »Von wegen Ausnützung von Abhängigkeitsverhältnissen und all der Quatsch. Die Wahrheit ist, dass Kinder in unserer Gesellschaft nicht für voll genommen werden. Man gesteht ihnen keinen freien Willen zu. Nicht einmal über ihre Gefühle sollen sie frei entscheiden können.«

»Ich bin nicht hierhergekommen, um mit Ihnen über das Elend eines Pädophilen zu diskutieren, Schmidhalter.«

»Elend, sagen Sie? Typisch. Sie können sich nicht einmal vorstellen, dass meine Veranlagung ein Segen und kein Fluch ist. Ich möchte gar nicht anders sein. Den anderen Schwulen und den Lesben gesteht man das auch zu. Und all den Sado-Maso-Freaks. Weshalb nicht auch uns?«

»Wenn zwei erwachsene Menschen Spaß dabei haben, sich gegenseitig mit Fäkalien zu bewerfen, ist das ihr ganz privates Vergnügen, bei Kindern hört der Spaß auf.«

»Und die Kinder fragt niemand«, sagte er. »So ist es doch. Glauben Sie, denen ist mehr geholfen, wenn sie bei einem jähzornigen Säufer aufwachsen? Ein Pädophiler liebt Kinder. Er tötet sie nicht.«

»Dann haben die Knaben Selbstmord begangen, oder was?«

»Nein, natürlich nicht. Aber der Kerl war krank, der das gemacht hat. Mit solchen Verbrechern möchte ich nicht in einen Topf geschmissen werden. Ich saß im Gefängnis, weil ich einen Knaben liebte, nicht weil ich ihn vergewaltigte.«

»Und weshalb hat man Sie des Mordes verdächtigt?«

»Ganz einfach: Weil ich in eine Schublade gesteckt wurde, und alle Jahre wieder kommt ein Polizist und macht die

Schublade auf. ›Schmidhalter, der hatte doch was mit Knaben, der bekennt sich sogar dazu‹, sagt er. Wissen Sie, was der Beamte, der mich damals verhörte, zu mir sagte? Ich müsse mich daran gewöhnen, verdächtig zu sein. Schließlich sei ich pervers, und Perverse sind immer verdächtig. An was erinnert Sie ein solcher Satz?«

»Wenn Sie mir jetzt mit den Nazis kommen, stecke ich Ihnen die Zigarre in die Hose und warte, bis Sie als Mezzosopran losheulen.«

Er zog die Hand, in der er die Zigarre hielt, instinktiv zurück und schaute mich verdutzt an. Ich mochte den Kerl nicht. Seine Mischung aus Weinerlichkeit und aggressivem Vorturnen erinnerte mich an ein Kind, das beim Lügen ertappt wurde und sich herauszuwinden versucht, indem es die Welt als Irrtum hinstellt, in der nur diese eine Lüge die Wahrheit ist. Für einen Moment fragte ich mich, was ich überhaupt bei Schmidhalter verloren hatte. Am liebsten hätte ich das Büro verlassen und wäre schreiend auf die Straße gestürmt und hätte mit der erstbesten Oma eine Kaffeefahrt an den Bodensee gemacht. Stattdessen piepste das Mobiltelefon in meinem Mantel. Ich drückte eine Reihe von Tasten und hatte plötzlich eine Stimme am Ohr, die zu einem Mann gehörte, der unbedingt Jasmin Weber sprechen wollte. Ich sagte ihm, dass das jetzt nicht ginge, er fragte warum, ich sagte, sie sei nicht hier, worauf er fragte, wer ich denn sei. So ging das noch eine Weile weiter. Schmidhalter hatte wieder in seinem Ledersessel Platz genommen und einer neuen Zigarre ein schnelles Ende bereitet.

»Wenn ich etwas wüsste, würde ich es Ihnen sagen«, sagte er. »Glauben Sie mir. Ich bin der Erste, der einen Kindermörder verraten würde. Im Übrigen ist es idiotisch anzunehmen, dass Kindermörder pädophil veranlagt sind. Darüber habe ich damals stundenlang mit der Polizei diskutiert. Die reden doch nur noch von Täterprofilen und füllen ihre

Computer mit Daten. Und mein Name wird immer ausgespuckt, wenn irgendwo in diesem Land einem Knaben etwas zugestoßen ist. Damit muss ich leben.«

»Soll ich jetzt losheulen, oder was?«

»Lassen Sie mich in Ruhe. Ich bin kein Verbrecher.«

Er zog aus einer Schublade eine Klarsichthülle hervor und zeigte mir die Papiere, die darin lagerten. Es waren Gedichte. Ich schüttelte ungläubig den Kopf und wünschte mir ein Erdbeben oder sonst eine Naturkatastrophe herbei, stattdessen begann Schmidhalter eines seiner Werke zu rezitieren. Ich unterbrach ihn, indem ich ihm die Papiere aus den Händen riss und ihm drohte, sein Gesamtwerk auf der Stelle zu verspeisen. Seine Lippen zitterten, sein Adamsapfel hüpfte und seine Augen wurden feucht, aber wenigstens kam kein Laut mehr aus seiner Kehle. Bis ich ihm die Gedichte wieder in die Hand drückte.

»Es sind Liebesgedichte«, sagte er. »Erinnerungen.«

»Und was wollen Sie mir damit beweisen?«

»Dass meine Gefühle echt sind.«

»Hitler malte hübsche Bilder.«

»Ein abscheulicher Vergleich.«

»Aber manchmal ganz nützlich«, sagte ich. »Zum Beispiel auch gegenüber militanten Vegetariern.«

»Ich mag Ihren Humor nicht«, sagte er.

»Das macht nichts, Schmidhalter. Ich lebe nicht davon und verlange auch keinen Eintritt.«

»Ich wünsche Ihnen, dass Sie den Mörder finden, falls er noch lebt.«

»Wieso sollte er nicht mehr leben?«

»Ich gehe davon aus, dass er sich damals erhängt hat. Sie suchen ein Phantom.«

Vielleicht hatte er damit recht. Mir gefiel der Job nicht, den mir Jasmin Weber aufgehalst hatte. Ich benötigte dringend einen Drink, auch wenn ich meinen Magen schonen musste. Er hatte in seinem bisherigen Leben und Wirken eine ganze Menge verdauen müssen.

Später traf ich in meinem Büro auf eine leicht angeschlagene Berufskollegin, die sich gleich drei Gummibärchen aufs Mal in den Mund stopfte.

»Gabathuler liegt im Krankenhaus«, sagte sie. »Benötigt eine neue Niere. Er sagt, dass er geheilt ist.«

»Hast du ihm eine deiner Nieren geschenkt?«

»Er sagt, dass er von seiner schlimmsten Krankheit geheilt sei. Er steht nicht mehr auf Knaben. Schon seit Jahren.«

»Den Therapeuten sollte man bei Schmidhalter vorbeischicken.«

»Gabathuler ist irgendeiner Sekte beigetreten. Genaueres wollte er nicht sagen. Er habe zu Gott gefunden, und dort braucht er keine Knaben mehr.«

»Klingt wie eine Offenbarung. Glaubst du ihm?«

»Ja. Er hatte dieses Leuchten in den Augen, das ich von meinem Ex-Mann kenne.«

»Wurde der auch erleuchtet?«

»Nein. Aber er vergötterte Dow Jones. Alle, die wie verrückt an etwas glauben, haben glänzende Äuglein.«

»Vielleicht erhöht Glauben die Körpertemperatur?«, sagte ich. »Das wäre ein toller neuer Weg, um Heizkosten zu sparen. Ich müsste nur ein paar Christen oder Moslems in mein Büro stellen.«

»Du bist prächtiger Laune, Philip. Genau richtig, um den dritten Mann zu besuchen.«

»Mit dir gehe ich sogar ins Kino. Ist doch Ehrensache.«

»Ich dachte eher an Bernhard Bader. Ehemaliger Mittelschullehrer.«

»Vermutlich schreibt er auch Gedichte.«

»Vor dreizehn Jahren wurde er an einer Party erwischt.«

»Ich wusste gar nicht, dass das damals strafbar war«, sagte ich.

»An der Party wurde ein elfjähriger Knabe nackt vorgeführt.«

»Nicht schon wieder.«

»Bader bestritt damals, gewusst zu haben, an was für einem Anlass er da teilnahm. Ein Bekannter von ihm hatte den Abend organisiert. Neben Bader war noch ein anderer Lehrer anwesend.«

»Und weshalb verhören wir nicht den anderen Lehrer?« fragte ich.

»Weil der keinen Mercedes fuhr«, sagte sie. »Bader hatte schon immer ein Faible für diese Luxuskarossen. Die Polizei hat ihn zwar wegen des Mordes an Sebastian Steiner verhört, aber das war es dann auch schon. Offenbar genügten ein paar Fragen, um alle Zweifel auszuräumen. Seltsam ist nur, dass das Verhör nicht protokolliert wurde.«

»Vielleicht hat Hugentobler ein paar Blätter nicht kopiert«, sagte ich. »Würde zu ihm passen, dass er plötzlich Skrupel bekam. Vielleicht steht aber auch im Dienstreglement, dass pro Beamter und Dienstjahr nur eine gewisse Anzahl von Fotokopien erlaubt sind.«

»Es lag wohl eher daran, dass Bader einen ausgezeichneten Leumund genoss. Bis auf die Sache mit der Party.«

»Ich bin sicher, dass er begeistert ist, wenn wir ihn jetzt noch einmal darauf ansprechen.«

»Seit wann kümmert es dich, was man von dir denkt, Philip?«

»Ich möchte mir nicht zweimal am Tag ein Plädoyer für die Knabenliebe anhören.«

»Bader ist sehr gebildet. Es dürfte interessanter sein als das, was dir Schmidhalter erzählte.«

»Ein Exkurs zu den Sitten der alten Griechen hat mir gerade noch gefehlt«, sagte ich.

»Wenn es ganz schlimm wird, werde ich mich schützend vor dich stellen.«

Ich bedankte mich bei ihr für das Angebot.

In Gedanken war ich schon dabei, mir einen gemütlichen Nachmittag zu machen. Füße hoch lagern, eine alberne Quizshow am Fernsehen reinziehen und parallel dazu den Leuten im Haus gegenüber bei der Arbeit zuschauen. Angesichts der dunklen Wolken, die mit horrender Geschwindigkeit über die Dächer zogen, war das eine äußerst angenehme Vision. Jasmin wollte sie mir unbedingt zerstören.

»Was spricht dagegen«, fragte sie, »dass du mit zu Bader kommst, Philip?«

»Eine ganze Menge«, sagte ich. »Nicht zuletzt die Fahrt auf deinem Motorrad.«

»Wir könnten ein Taxi nehmen.«

»Zwischen Können und Wollen tun sich manchmal Abgründe auf.«

»Du wirst doch nicht langsam alt, Philip?«

»Ist wesentlich angenehmer, als schnell zu altern«, sagte ich. »Dichte mir jetzt keine Midlife-Crisis an, sonst leg ich dein Mobiltelefon in den Mikrowellenherd.«

»Schon gut«, sagte sie, »ich gebe auf.«

»Jetzt enttäuschst du mich aber gewaltig.«

»Du kommst also doch mit?«

Die Wolken hatten zwar noch nichts von ihrer imposanten Geschwindigkeit eingebüßt, aber der Gedanke, einfach nur einen Nachmittag lang herumzuhängen, hatte etwas an Glanz verloren. Vielleicht genügte allein die Vorstellung von einem gemütlichen Nachmittag, um in meine Muskeln neuen Elan zu pumpen.

8

Wir nahmen ein Taxi und schwiegen während der Fahrt. Der Fahrer, ein mürrischer, nach schlechten Zigarren riechender Basler, drehte ständig am Radioknopf herum, ohne dass er etwas fand, was seinen Ohren genehm war.

Bader wohnte außerhalb der Stadt in einem ruhigen Dorf, in dem die Kirche noch in der Mitte stand, umrahmt von Bankfilialen und einem kleinen Supermarkt. Baders Haus lag auf einer Anhöhe, umgeben von vielen Bäumen. Es sah weder protzig noch bescheiden aus, es war ein typisches Einfamilienhaus des gehobenen Mittelstandes. Es dauerte eine Weile, bis der Türsummer erklang und das Eisentor aufsprang. Wir gingen geräuschvoll über einen Kiesweg und über auffällige Marmorsteine zur Haustür, wo uns ein Mann mit schlohweißen Haaren bereits erwartete. Ehe wir uns vorstellen konnten, breitete Bader seinen rechten Arm aus und trat einen Schritt zur Seite.

»Schön, dass Sie doch noch kommen konnten«, sagte er. »Ich habe ehrlich gesagt nicht mehr damit gerechnet. Wissen Sie, mein Sohn hat vorhin gerade angerufen, er wurde heute von jemandem versetzt. Die Leute sind nicht mehr zuverlässig. Ein Bekannter meines Sohnes führt das auf diesen Unfug mit der ständigen Erreichbarkeit zurück. Je besser man erreichbar ist, um so unzuverlässiger werden die Leute, meint der Bekannte, sagte mein Sohn. Fax und Mobiltelefone verleiten zu der irrigen Annahme, dass es leichter ist, miteinander zu kommunizieren. Tatsächlich aber wird alles nur komplizierter. Alles lässt sich in letzter Minute noch annullieren, umbuchen, oder einfach nur verschieben. Ein

Termin ist kein Termin mehr, nur noch ein möglicher Termin unter vielen anderen denkbaren Terminen. Alles, meint der Bekannte, sagte mein Sohn, lässt sich heute elektronisch entschuldigen. Dabei geht es nur um die Unzuverlässigkeit der Menschen, die naturgegeben ist. Wir machen uns doch etwas vor, ständig wird uns etwas vorgemacht, das ganze Leben besteht im Grunde nur darin, uns ständig etwas vorzumachen. Wahrscheinlich nähern wir uns immer mehr der größtmöglichen Unzuverlässigkeit der Menschheit. Nichts ist mehr verbindlich, alles lässt sich mit ein paar Tastaturbefehlen wieder rückgängig machen. Je mehr Verlass auf die Technik ist, umso weniger Verlass ist auf die Menschen, meint der Bekannte, sagte mein Sohn. Aber wem erzähle ich das? Sie wissen doch selbst am besten, wovon ich rede«, sagte Bader. »Sie haben es am eigenen Leib zu spüren bekommen.«

Jasmin öffnete gleichzeitig mit mir den Mund, doch ehe wir etwas sagen konnten, drehte sich Bader um und ging ins Haus. Wir folgten ihm. Er redete munter weiter, bedauerte unser Schicksal und beglückwünschte uns, dass wir, trotz allem, psychisch wieder voll da waren. Im Korridor des Hauses stand ein Sekretär mit unzähligen kleinen Schubladen, etwas weiter hinten war die Garderobe, Bader machte aber keine Anstalten, uns darauf hinzuweisen, dass wir unsere Mäntel ausziehen sollten. Stattdessen ging und redete er weiter. Wir landeten in einem kleinen Raum, in dem vier Sessel, ein kleiner Clubtisch und mehrere riesige Pflanzen standen. Auf dem Clubtisch stand ein Kassettenrekorder, daran angeschlossen ein Mikrophon. Bader verstummte für etwa eine halbe Sekunde, was mir angenehm auffiel, dann bat er uns, Platz zu nehmen. Gleichzeitig zeigte er auf eine kleine Garderobe zwischen den Pflanzen. Er bat uns, einen Moment zu warten, verließ das Zimmer und zog die Türe zu. Wir entledigten uns unserer Mäntel und setzten uns.

Jasmin stieß zischend Luft aus und lachte. »Mit wem verwechselt er uns wohl?«

»Keine Ahnung«, sagte ich. »Ich weiß nur, dass ich mich das nächste Mal nicht mehr von dir zu einem solchen Ausflug überreden lasse.«

»Gespielt ist das nicht. Er hat offenbar tatsächlich jemanden erwartet. Läuft das Kassettengerät?«

»Nein. Aber vielleicht beobachtet er uns mit einer versteckten Kamera. Oder er führt uns gleich einen nackten Knaben vor.«

»Er lebt hier zusammen mit seiner Frau. Er ist fünfundsiebzig, sie siebzig.«

»Also falls wir hier in eine Partnertauschparty geplatzt sind, sollten wir vielleicht diskret durch das Fenster verschwinden?«

»Das Kassettengerät ist aber nicht sehr typisch für eine Sexorgie, Philip.«

»Seit es Privatfernsehen gibt, überrascht mich gar nichts mehr.«

Ich stand auf, ging einige Male im Zimmer auf und ab, setzte mich aber wieder, als ich Jasmins unwirschen Gesichtsausdruck sah. Wenig später erschien Bader mit einem Tablett, auf dem drei bauchige Gläser mit dunkler Flüssigkeit standen. Es war erstklassiger Portwein. Nicht unbedingt mein Lieblingsstoff, aber ich hatte Schlimmeres erwartet. Während wir die Qualität des Portweins prüften und zustimmend nickten, stand Bader wie eine Kerze vor uns, beide Hände in den kleinen Leistentaschen seiner Weste vergraben. Nach einem weiteren Schluck setzte sich Bader und klatschte in die Hände.

»Ich weiß«, sagte er, »dass es für Sie nicht einfach ist, von Ihren Erlebnissen zu erzählen. Aber wie ich Ihnen schon am Telefon erläutert habe, dient es einer wissenschaftlichen Untersuchung, also keinesfalls einer effekthascherischen

Sache, nicht das, was man heute im Fernsehen so sieht: Menschen, die mit Tränen in den Augen berichten, wie sie sich fühlten, als sich ihr Kind aus dem Fenster stürzte, oder sich ihre Ehefrau mit Kaffeewasser verbrühte. Die Medien leben heute von dieser Sportreportermentalität. Dieses unselige Interview im Zielraum wurde auf alle Bereiche des menschlichen Lebens ausgedehnt. Werden Sie von jemandem angeschossen, steht schon ein Reporter da und fragt Sie nach Ihren Gefühlen während des Angeschossenwerdens. Vielleicht fragt er auch nur nach ihren Gedanken, unmittelbar als es geschah. Sie wollen immer wissen, was man unmittelbar dachte, denn nur die unmittelbaren Gedanken sind echte Gedanken, wollen uns diese Idioten in den Medien weismachen. Dabei denkt man unmittelbar gar nichts, wer das nicht begreift, ist selbst hirnlos, keines vernünftigen Gedankens fähig. Denken ist doch nichts Unmittelbares, Denken ist ein Prozess, eine Anstrengung. Doch genau das will heute niemand mehr wahrhaben. Deshalb ignoriert man Leute wie mich in den Medien. Meine Untersuchungen sind kein Thema in den Medien. Es stört Sie doch nicht, wenn ich das Gerät mitlaufen lasse?«

Ohne eine Antwort abzuwarten, drückte er die Aufnahmetaste und klopfte zweimal gegen das Mikrophon. Dann nannte er das heutige Datum und sah uns erwartungsvoll an.

Jasmin räusperte sich.

»Ich glaube, Sie verwechseln uns mit jemandem, Herr Bader.«

»Gut«, sagte er. »Ich schlage vor, wir beginnen mit Ihrer damaligen Lebenssituation. Schildern Sie mir doch bitte, was Sie arbeiteten, wo und wie Sie lebten, wie Sie sich fühlten, was für Pläne Sie hatten und weshalb Sie den Flug nach London buchten. Der Reihe nach, die Dame zuerst.«

»Mein Name ist Jasmin Weber.«

»Weber? Haben Sie geheiratet?«

»Nein.«

»Und ich bin Philip Maloney.«

»Maloney? Da stimmt etwas nicht«, sagte Bader. »Ich dachte, Sie sind zwei der Überlebenden des Fluges BA-432?«

»Tut uns leid, aber Sie verwechseln uns«, sagte Jasmin nochmals. »Wir sind Privatdetektive und haben ein paar Fragen, die wir Ihnen stellen möchten. Ohne Kassettenrekorder.«

»Das ist mir aber peinlich«, sagte Bader. »Ich habe die beiden für heute erwartet. Sie haben mich gestern angerufen und gesagt, dass sie heute wahrscheinlich nicht kommen könnten. Als Sie dann klingelten, war ich mir sicher, dass Sie die beiden Überlebenden sind. Ich arbeite nämlich an einer wissenschaftlichen Untersuchung, die für einiges Aufsehen sorgen wird.«

Er stoppte das Kassettengerät, nahm sein Portweinglas, stand auf und ging zum Fenster. Jasmin versuchte ihm noch einmal klarzumachen, was wir von ihm wollten, doch er verstand es perfekt, nicht auf sie einzugehen. Als er sich wieder uns zuwandte, schweiften seine Augen irgendwo zwischen Zimmerdecke und Fenster umher, während aus seinem Mund wohlgeformte Sätze purzelten.

»Schon immer hat es mich fasziniert, nach Gesetzen zu suchen, wo niemand Gesetze vermutet«, sagte Bader. »Alles gehorcht aber Gesetzen. Das Universum ist ein riesiges Gesetzeswerk. Wo der Mensch Zufall, Schicksal oder einfach nur Unerklärliches vorschiebt, versagt er. Was für eine Schwäche es doch ist, sich einen Gott zu erbitten. Es ist nicht nur schwach, es ist jämmerlich. Nie habe ich mich dieser naheliegenden Verführung hingegeben. Nur weil der Mensch keine Erklärung findet, braucht er doch keinen Gott. Das Ziel muss die Wahrheit sein, immer nur die Wahrheit. Und was ist wahrer als Gesetze, die sich nachprüfen lassen? Brauchen wir nach der Entdeckung der

Schwerkraft und ihrer Gesetze noch einen Gott, um zu erklären, weshalb wir nicht in den Himmel fallen können und weshalb ein Sprung aus dem dritten Stock immer auf dem Boden endet? Und heute? Wir sind daran, die DNA zu knacken. Bald werden wir die Gesetze des Lebens kennen. Die Chaos-Theorie eröffnet uns den Blick auf neue, faszinierende Gesetze. Und ich bin daran, ein weiteres Gesetz zu erforschen, es nachweisbar zu machen. Ich nenne es *das Katastrophengesetz.* Jahrzehnte habe ich bereits damit verbracht, es zu erforschen. Mit Hunderten von überlebenden Opfern und Angehörigen Verstorbener habe ich gesprochen. Und eines Tages werde ich es formulieren: das Gesetz, das zu einer Katastrophe führt. Was anderes als die Summe individueller Katastrophen ist eine große Katastrophe? Wenn zweihundert Menschen ein Flugzeug besteigen, wie viele davon müssen persönlich in einer Krise stecken, um ein ganzes Flugzeug in die Krise, zum Absturz zu bringen? Gibt es so etwas wie einen Katastrophenquotienten? Kann man Passagiere testen lassen und durch eine ausgewogene Zusammensetzung Katastrophen verhindern? Damit beschäftige ich mich. Täglich, rund um die Uhr, verbissen, ja, verbissen. Denn nur die Verbissenheit, der unbedingte Wille, etwas Unvorstellbares vorstellbar zu machen, nur diese Verbissenheit schützt mich vor der Ignoranz der Medien, der Wissenschaft, ja, der Ignoranz der Menschheit. Da verstehen Sie es sicherlich, dass ich mich nicht auch noch um Ihre Probleme kümmern kann. Ich bitte Sie zu gehen.«

Er griff sich unsere Mäntel und drückte sie mir in die Hände. Bader schloss die Augen, drehte sich um und stolzierte Richtung Tür. Jasmin sprang auf und rannte zwischen Bader und Tür. Ich blieb sitzen und trank noch etwas von dem Portwein.

»Lassen Sie mich«, rief Bader. »Das ist mein Haus.«

»Wir sind nicht gewaltsam eingedrungen, Herr Bader.«

Jasmin war mehr als einen Kopf kleiner als Bader, doch in diesem Moment überragte sie ihn. Bader reagierte sofort darauf und kehrte den alten, gebrechlichen Mann hervor.

»Ich möchte mich nicht mit Ihnen unterhalten«, sagte er. »Ich bin alt, Frau Weber. Ich weiß, wie kostbar die Zeit ist.«

»Dann machen wir es doch ganz kurz. Wir ermitteln in einem Mordfall, der sich vor ein paar Jahren zutrug. Sie gehörten damals zu den Verdächtigen. Sie erinnern sich?«

»Ein Mord? Das ist absurd.«

»Ist es nicht«, sagte Jasmin. »Ihr Name steht in den Akten. Sie wurden vorgeladen und verhört.«

»Das war ein Missverständnis. Eine alte Geschichte. Der Mord ist längst aufgeklärt. Der Mörder hat sich erhängt. Das stand in allen Zeitungen.«

»Sie fuhren damals einen schwarzen Mercedes«, sagte Jasmin.

»Ich fahre noch heute einen schwarzen Mercedes«, sagte Bader. »Selten, aber ich fahre noch. Erhalten alle Mercedesfahrer von Ihnen Besuch?«

»Nur jene, die in Zusammenhang mit sexuellen Handlungen an Knaben gebracht werden.«

»Das ist unglaublich. Einfach unglaublich. Damals schon habe ich erklärt, dass das alles ohne mein Wissen geschah. Nie, während meiner ganzen Jahre im Schuldienst, nie habe ich mir etwas zuschulden kommen lassen. Knaben! Ich habe selbst einen Sohn. Einen tüchtigen Sohn.«

Sein überlegenes Timbre in der Stimme war einem nervösen Flackern der Stimmbänder gewichen. Der Mann war von seinem wissenschaftlichen Thron in die Banalität seiner Triebe gestoßen worden, und das mochte er offenbar nicht. Jasmin Weber stand noch immer mit vor der Brust gekreuzten Armen vor dem alten Mann und wich keinen Millimeter, obwohl er ihr immer näher kam.

Ich stand langsam auf und zog meinen Mantel an. Bader

drehte mir sein Gesicht zu, seine Diktion wurde flehentlicher.

»Gehen Sie jetzt«, sagte er. »Meine Frau wird gleich nach Hause kommen. Ich möchte nicht, dass sie Zeugin dieser würdelosen Unterhaltung wird. Sie musste damals viel durchmachen. Glauben Sie mir, für Sie war es alles andere als leicht.«

»Sie machen es sich unnötig schwer, Herr Bader«, sagte Jasmin. »Wenn Sie sich kooperativ zeigen und uns plausible Antworten auf unsere Fragen geben, werden wir Sie nicht mehr belästigen.«

»Kooperativ! Das sagten sie schon damals, bei der Polizei. Es war entwürdigend. Die Selbstachtung eines Menschen ziehen Leute wie Sie durch den Dreck, nur um die Wahrheit so zu biegen, dass sie für Ihr Gehirn einen Sinn ergibt. Gehen Sie endlich. Ich bitte Sie.«

Ich trat vor. Bader ging einen Schritt zur Seite. Er lehnte sich leicht an den Türpfosten. Ich legte Jasmin eine Hand auf die Schulter.

»Lass ihn, Jasmin«, sagte ich. »Sonst heult er uns noch das Zimmer voll, und seine Frau darf die Sauerei dann aufwischen.«

»Manieren sind das!«, schrie Bader. »Manieren!«

Als wir gingen, begegneten wir Frau Bader auf dem Kiesweg. Sie war eine in einen schwarzen Pelzmantel gehüllte, etwas füllige alte Dame, die uns ein warmes Lächeln schenkte.

Wir gingen bis zum Bahnhof zu Fuß und stiegen in die S-Bahn, die uns zurück in die Stadt brachte. Jasmin kaute Gummibärchen, als sie mich nach meinen Eindrücken fragte.

»Der Kerl hat nicht mehr alle Tassen im Schrank«, sagte ich. »Aber vielleicht ist er auch ein Genie. Mir egal. Ich finde ihn unausstehlich.«

»Könnte er es gewesen sein?«

»Natürlich. Er, Schmidhalter oder Gabathuler. Alle drei könnten es gewesen sein. Aber es dürfte verdammt schwierig sein, einem von ihnen etwas nachzuweisen. Ich habe vor ein paar Jahren ein Buch über Mörder gelesen, die erst Jahrzehnte nach ihrer Tat überführt wurden. Alte Nazis, aber auch Leute, die ihre Ehepartner, Kinder oder sonst jemanden erledigt haben. Die wenigsten hatten so etwas wie ein schlechtes Gewissen. Ganz im Gegenteil. Je länger ein Verbrechen ungesühnt bleibt, um so stärker glauben die Täter oft, dass sie tatsächlich unschuldig sind.«

»Wir müssen dranbleiben, Philip.«

»Wir? Ich habe noch einen anderen Fall. Du erinnerst dich vielleicht. Eine Leiche, die augenscheinlich gar nie gelebt hat.«

Mir fiel das Bürohaus und der Mann an der Stange wieder ein. Irgendwie erinnerte mich die triste Atmosphäre in dem beinahe leeren S-Bahnzug an die des Bürohauses.

Jasmin holte aus ihrem Aktenkoffer einen putzigen kleinen Computer hervor und begann darauf herumzutippen. Sie machte sich Notizen zu Bader, dem Katastrophenforscher. Ich ließ mir Baders Theorie durch den Kopf gehen und überlegte mir, was wohl mit einem Flugzeug geschieht, in das lauter Kerle wie Bader steigen. Vermutlich würde es aus der Erdumlaufbahn katapultiert und von Außerirdischen gekidnappt werden.

In der S-Bahn saßen alles einigermaßen gesunde und nichtchaotische Menschen. Anders konnte ich es mir, nach Baders Theorie, nicht erklären, dass wir heil ankamen. Jasmin nahm ein Taxi, ich ging zu Fuß und machte einen Zwischenhalt in einer Bar. Die Feierabendtrinker waren an der Theke versammelt und kippten ihren Tagesfrust ex und hopp herunter. Ich begnügte mich mit einem kleinen, feinen Whisky und spazierte danach zurück in mein Büro.

9

Aus dem Büro von Jasmin drang der Lärm eines aktuellen Hits, und auf der Treppe wurde ich von einem Jungen in Basketballmontur beinahe über den Haufen gerannt. Offenbar hatte der Junge ein Stockwerk weiter oben mehr Erfolg gehabt. Das konnte erklären, warum Frau Koller auf allen vieren auf dem keineswegs sauberen Parkett kniete und ihr enges Schlauchkleid den mir entgegengestreckten Po äußerst vorteilhaft darbot. Als sie mich sah, lächelte sie verlegen, und ihr gerötetes Gesicht sah aus wie die Sonntagsausgabe eines Cholerikers.

»Ich habe eine Kontaktlinse verloren«, sagte sie. »Würden Sie mir bei der Suche helfen?«

»Soll ich den Staubsauger holen?«

»Eine Taschenlampe wäre hilfreicher.«

»Ich habe zwar eine Taschenlampe, aber ich müsste zuerst die Batterien aufladen. Wenn Sie sich 14 Stunden gedulden können, soll mir das recht sein. Soll ich Ihnen für die Wartezeit zwei bis drei Kannen Kaffee machen?«

»Nein«, sagte sie. »Dann vielleicht doch lieber den Staubsauger.«

»Sind Sie eigentlich extra im Abendkleid hierhergekommen, um Ihre Kontaktlinsen zu verlieren?«

»Das ist kein Abendkleid, sondern einfach nur ein Kleid. Da ist sie. Ich habe sie gefunden.«

»Wunderbar«, sagte ich. »Aber passen Sie auf, dass es nicht die falsche ist. Das Treppenhaus wird nur alle drei Jahre einmal gesaugt. Meist dann, wenn jemand eine Kontaktlinse verloren hat.«

»Ich war heute bei der Polizei«, sagte sie.

»Mein Beileid«

»Sie haben herausgefunden, wer Basil wirklich war.«

»Und das sagen Sie mir erst jetzt?«

»Ich bin extra deswegen zu Ihnen gekommen. Ich warte schon seit einer Stunde.«

»Wieso haben Sie nicht auf meinen Beantworter gesprochen?«

»Weil kein Beantworter kam, als ich anrief.«

»Dieser faule Sack«, sagte ich, »schaltet sich nur ein, wenn er Lust hat.«

»Können wir in Ihr Büro? Oder ist das auch nur offen, wenn es Lust hat?«

Sie stand schon längst wieder und wischte sich mit der Hand über ihr dunkles Kleid. Ich sah erst jetzt, dass sie geweint hatte. Die Schminke war nur notdürftig nachgezogen worden. In meinem Büro bot ich ihr einen Drink an, den sie zu meiner Überraschung annahm und auch gleich runterspülte.

»Bei der Polizei haben sie ein neues System zur Überprüfung von Fingerabdrücken«, sagte sie. »Es vergleicht Abdrücke nach verschiedenen Merkmalen und kann innert Minuten Tausende von Abdrücken miteinander vergleichen. Ein Beamter hat Basils Abdruck in das neue System eingescannt, und schon nach ein paar Sekunden sei eine klare Übereinstimmung mit einem Abdruck aus dem Jahr 1980 festgestellt worden. Der gefundene Fingerabdruck gehört zu einem Urs Imhasli.«

»Und für die Polizei gibt es daran keinen Zweifel?«

»Sie werden noch die Röntgenbilder des Gebisses mit denen von Imhasli vergleichen, falls sie dessen Zahnarzt ausfindig machen können, aber die Übereinstimmung bei den Fingerabdrücken ist so klar, dass es sich um ein und dieselbe Person handeln muss.«

»Und was wissen sie über Urs Imhasli?«

»Er wurde 1950 in Basel geboren. Die Fingerabdrücke wurden ihm abgenommen, weil er 1980 bei einer unbewilligten Demonstration verhaftet wurde.«

»Was arbeitete er?«

»Ursprünglich lernte er Schriftsetzer, danach jobbte er, bis er sich schließlich selbstständig machte, als Privatdetektiv.«

Das hatte mir gerade noch gefehlt. Ich schnüffle nicht gerne in den Fällen meiner Kollegen herum. Das gibt meistens Ärger. In meinem Beruf tummeln sich eine Menge zwielichtiger Typen, denen nicht einmal ich nachts in einer Einfahrt begegnen möchte. Vielleicht war meine Klientin an einen dieser knallharten Burschen geraten, die zum Frühstück eine Smith & Wesson verspeisen. Sie zupfte ein Haar von der Bolerojacke weg, die sie über ihrem Kleid trug.

»Es gibt etwas, das Sie noch viel mehr erstaunen wird«, sagte sie. »Dieser Urs Imhasli ist nämlich 1985 verstorben. Ein Autounfall auf der N13. Imhasli ist im Wagen verbrannt.«

Das war tatsächlich nicht schlecht. All die Jahre hatte ich noch nie etwas mit Gespenstern zu tun gehabt und auch keine Ufos gesichtet. Auch hatte ich nicht die Vorstellung, in einem früheren Leben als Ritter der Tafelrunde Jungfrauen vom Land erobert zu haben. Alles Dinge, die man heute benötigte, um auf einer Party gelangweilte esoterische Damen beeindrucken zu können. Frau Koller schwieg und tupfte sich Augenwasser von der Wange. Ich rechnete ihr vor, was in meinem Kopf vorging.

»Dann hätten wir also 35 Jahre, die wir überprüfen können«, sagte ich. »Danach fehlen etwa neun Jahre, bis der verstorbene Imhasli als Basil Huber wieder auftaucht. Und ein paar Monate später wird er erhängt aufgefunden. Ich vermute, dass die fehlenden neun Jahre für unsere Ermittlungen die wichtigsten sein werden.«

»Ich möchte möglichst viel über ihn erfahren«, sagte sie. »Basil, ich meine Urs, hat ein Recht auf eine lückenlose Biografie.«

»Offenbar war ihm selbst nicht viel daran gelegen«, sagte ich. »Es gibt da ein paar Fragen, die mir den Abend vermiesen werden, weil ich darauf nicht so schnell eine Antwort finde. Vielleicht könnten Sie mir weiterhelfen.«

»Ich glaube nicht. Die Polizei hat mir nicht mehr verraten, und ich selbst weiß überhaupt nichts über Urs Imhasli.«

»Wenn er 1985 nicht in seinem Wagen verbrannte, wer war dann in dem Wagen, wessen Leiche wurde als die seine identifiziert? Und wo steckte er all die Jahre?«

»Das würde ich auch gerne wissen«, sagte sie. »Könnte es sein, dass er sein Gedächtnis verloren hat?«

»Unwahrscheinlich. Über all die Jahre müsste entweder das Gedächtnis wieder zurückgekommen sein, oder er wäre wegen seines Verlustes auffällig geworden.«

»Genau daran habe ich gedacht«, sagte sie. »Urs verunglückt, wird aus dem Wagen geschleudert, irrt umher. Sein Beifahrer verbrennt und wird irrtümlich als Urs Imhasli identifiziert. Urs selbst landet in einer Klinik. Vielleicht sogar in einer geschlossenen Abteilung.«

»Und nach neun Jahren bricht er aus und beginnt ein neues Leben als Basil Huber?«

»Genau. Das wäre doch eine Erklärung.«

»Ich weiß nicht, Frau Koller. Nach meinen Erfahrungen gibt es bei Leuten, die für mehrere Jahre untertauchen und später mit anderem Namen wieder auftauchen, handfestere Gründe als psychische Verwirrung.«

»Sie denken, dass Urs ein Verbrecher war?«

»Nicht alle Privatdetektive sind so seriös wie der olle Maloney«, sagte ich. »Er könnte in irgendeine Geschichte verwickelt gewesen sein, aus der er nur diesen einen Ausweg sah: jemanden an seiner Stelle sterben zu lassen.«

»Eine entsetzliche Vorstellung.«

»Ich wollte nur, dass Sie sich darüber klar werden, dass die Ermittlungen auch Dinge ans Licht bringen könnten, die Ihnen alles andere als zusagen, Frau Koller.«

Sie nickte und überlegte eine Weile. Dann sagte sie, dass ich weitermachen solle, ohne Rücksicht auf ihr Wohlbefinden. Sie gab mir fünf Tausender, schön verpackt in einem nach Jasmin duftenden Umschlag. Meine Klientin hatte zweifellos Stil.

Im Polizeipräsidium dauerte es eine Weile, bis ich Hugentoblers Büro betreten konnte. Als ich ihn angerufen hatte, war es schon nach neun Uhr abends, aber er klang so, als sei er erst gerade von der Mittagspause zurück. Er rührte, den Löffel mit den Fingerspitzen geziert haltend, in einer Tasse Tee. Der Duft, den die Tasse im Raum verbreitete, unterschied sich nicht groß vom Gestank eines stümperhaft angelegten Komposthaufens. Hugentobler schien das nicht zu stören, im Gegenteil, er führte die Tasse zum Mund und schnupperte daran, bis seine Augen strahlten und er aussah wie die sympathischen Gebissträger in der TV-Werbung.

»Müssen Sie unbedingt einmal probieren, Maloney. Eine geheime Kräutermischung. Schützt vor Erkältungen, Haarausfall und Prostataleiden.«

»Tolle Sache«, sagte ich. »Hilft der Tee auch gegen Amtsmüdigkeit?«

»Sehe ich etwa müde aus, Maloney? Da täuschen Sie sich aber. Wissen Sie, die jungen Burschen, die bei uns anfangen, die staunen manchmal, was für eine Power wir alten Säcke noch haben. Die kippen doch gleich aus den Pantoffeln, wenn sie eine Leiche sehen. Und wenn sie zum ersten Mal richtig in Gefahr geraten, machen sie sich in die Hose und überlegen sich, ob sie nicht doch lieber Hausmann werden sollten.«

»Ich nehme an, dass Ihre Frau nicht unglücklich darüber ist, dass Sie vierzehn Stunden am Tag teetrinkend in Ihrem Büro verbringen«, sagte ich. »Was aber muss die arme Frau in den restlichen Stunden alles erdulden?«

»Tja, Maloney, nicht jedem behagt Dahinvegetieren als Single. Sie sind aber kaum zu mir gekommen, um sich über die einsamen Nächte unter Ihrem Schreibtisch zu beklagen, oder, Maloney?«

»Da haben Sie allerdings recht. Ich suche Informationen über Urs Imhasli.«

»Da sind Sie nicht der Einzige«, sagte Hugentobler.

»Ich nehme an, dass Sie Frau Koller nicht alles gesagt haben, was Sie über Imhasli wissen.«

»Ich habe ihr sehr viel gesagt. Haben Sie Imhasli gekannt, Maloney? Er war immerhin ein Berufskollege?«

»Kennen Sie alle Polizisten in der Stadt persönlich? Zudem gibt es eine Menge Leute, die nur für eine gewisse Zeit als Privatdetektiv arbeiten und dann kurz vor dem Verhungern wieder etwas anderes machen.«

»Imhasli arbeitete von 1982 bis zu seinem Tod als Privatdetektiv«, sagte Hugentobler. »Anfänglich war er Angestellter in einer großen Detektei, dort schmiss man ihn aber rasch wieder raus, weil er angeblich zu eigenbrötlerisch war und seine Berichte nicht rechtzeitig ablieferte. Er gründete ein eigenes Büro, mit mäßigem Erfolg. Er soll aber ab und zu Aufträge erhalten haben.«

»War er verheiratet?«

»Nein. So wie es aussieht, hatte er viele kurze und nur wenige engere Beziehungen. Wir haben ein paar seiner Freundinnen ausfindig gemacht, aber viel konnten die auch nicht berichten. Es gibt allerdings einen Punkt, den ich Frau Koller nicht mitgeteilt habe.«

»Den Sie mir aber gleich flüstern werden, oder?«

»Ich kann leider nicht verhindern, dass Sie uns in die Ermittlungen reinpfuschen, Maloney. Aber das heißt noch lange nicht, dass ich auch gleich noch Ihre Arbeit miterledige.«

»Das wird Ihnen teetrinkend auch kaum gelingen.«

»Wir gehen im Übrigen noch immer von einem Selbstmord aus.«

»Aber die Tatsache, dass aus dem verbrannten Imhasli nach neun Jahren der erhängte Huber wird, dürfte doch dazu führen, dass Sie ein- bis zweimal am Tag die Rückenlehne Ihres Sessels schonen und das tun, was die meisten Leute unter Arbeit verstehen?«

»Imhasli starb am 15. November 1985. Am 10. November wurde bei der Polizei eine Studentin, eine gewisse Graziella Colombo als vermisst gemeldet.«

»Verblüffend«, sagte ich. »Und was leiten Sie aus dieser Tatsache ab?«

»Diese Studentin war nicht irgendeine Vermisste, Maloney. Sie war Imhaslis Freundin. Ich habe mir die Akte vorhin persönlich angeschaut. Graziella Colombo war schwanger, als sie verschwand.«

»Donnerwetter. Langsam wird die Geschichte unübersichtlich.«

»Ganz im Gegenteil, Maloney. Einmal angenommen, Imhasli war alles andere als erfreut über die Schwangerschaft. Weiter angenommen, seine Freundin, die in einem streng katholischen italienischen Elternhaus aufgewachsen ist, wollte das Kind unbedingt, vielleicht drängte sie ihn zu einer Heirat. Ihm ist das alles über den Kopf gewachsen. Er bringt seine Freundin um und lässt die Leiche verschwinden. Ehe er in Verdacht geraten könnte, arrangiert er den Unfall auf der N13, wo er an seiner Stelle einen anderen Mann sterben lässt. Dann taucht er unter, beginnt ein neues Leben. Neun Jahre später kehrt er zurück. Er verliebt sich. Und die alte Geschichte kommt wieder in ihm hoch. Er verzweifelt und erhängt sich. Was sagen Sie dazu, Maloney?«

Ich sagte gar nichts, doch als ich zurück in mein Büro fuhr, ließ ich mir alles noch einmal durch den Kopf gehen. Hugentoblers Version klang wesentlich glaubhafter als das, was sich meine Klientin erträumte. Ein Mann, der das Gedächtnis verliert und nach zehn Jahren seine Erfüllung bei Frau Koller findet. Mit so etwas lässt es sich besser leben als mit der Geschichte eines Mörders, der im eigenen Bett landet und dem man Albernheiten ins Ohr flüstert. Ich nahm an, dass Hugentobler mir die ganze Geschichte mit der Studentin erzählt hatte, damit ich sie meiner Klientin sanft weiterreichte und er nicht ihre Tränen trocknen musste. Ich hatte allerdings noch nicht vor, mit meiner Klientin über Imhaslis Liebschaften und deren Folgen zu sprechen. Ich rief eine alte Bekannte von mir an und verabredete mich mit ihr in einer Pizzeria.

Noch bevor die Pizza auf dem Tisch stand, hatte sie mir gesagt, dass sie seit einigen Monaten wieder alleine lebte. Wir verbrachten eine angenehme Nacht in ihrer kleinen Zwei-Zimmer-Wohnung. Die Luft war trocken, und sie rauchte drei Joints und redete und lachte und liebte. Nebenan und oben und unten hörte man ständig Geräusche von duschenden Menschen und Klosettspülungen. In manchen Nächten versteht man sehr gut, weshalb sich die Mächtigen der Welt Paläste bauen. Mögen sie auch nicht unbedingt glücklich darin werden, so können sie wenigstens ungestört kopulieren.

10

Der nächste Morgen brachte einen Wärmeeinbruch mit Regen und heftigen Windböen. Ich verbrachte den Vormittag in meinem Büro und telefonierte in der halben Stadt herum. Mehrere Colombos hatten nie etwas von einer Graziella gehört, andere weigerten sich, mich zu verstehen und schrien mir italienische Verwünschungen ins Ohr.

Schließlich wurde ich fündig. Er hieß Stefano Colombo und lag mit einer fiebrigen Erkältung im Bett. Als seine Schwester spurlos verschwand, war er gerade mal sechzehn Jahre alt. Er erzählte mir, dass die Eltern der beiden wieder nach Italien zurückgekehrt waren. Stefano hatte sich mit ihnen verkracht und keinen Kontakt mehr. Mit verschnupfter Nase und matter Stimme fragte er mich nach meinem Interesse am Verschwinden seiner Schwester. Als ich ihm meinen Beruf sagte, schwieg er eine Weile. Ich hörte, wie er atmete und den Schleim in seiner Nase nach oben sniefte.

»Graziella war mit einem Detektiv befreundet, als sie verschwand«, sagte er.

»Das habe ich gehört.«

»Weshalb interessieren Sie sich überhaupt für meine Schwester? Hat man sie etwa gefunden?«

»Nein«, sagte ich. »Glauben Sie, dass sie noch lebt?«

»Aber selbstverständlich.«

»Und wieso sind Sie so sicher?«

»Sie möchte nicht, dass man nach ihr sucht.«

»Sie haben mit ihr gesprochen?«

»Nein. Nicht direkt.«

»Was soll das wieder heißen?«

»Ich kann das nicht am Telefon erläutern. Ich weiß auch nicht, ob ich Ihnen überhaupt davon erzählen soll. Das ist alles so lange her. Es gibt Dinge, die sollte man ruhen lassen.«

»Der Detektiv von damals ist wieder aufgetaucht«, sagte ich.

»Imhasli?«

»Ja.«

»Wo? Ist er hier in der Stadt?«

»Er ist tot. Die Polizei geht davon aus, dass er sich erhängt hat.«

»Das heißt, dass Sie Ihre Zweifel haben? Und was hat Graziella damit zu tun?«

»Genau das würde ich gerne herausfinden.«

»Gut. Sie können zu mir kommen. Ich muss aber zuerst in eine Apotheke und dann brauche ich eine Stunde, bis ich einen einigermaßen klaren Kopf habe.«

Ich verbrachte einen Teil der Stunde bei Jasmin. Sie hörte interessiert zu, als ich ihr die neueste Entwicklung in meinem Fall erzählte. Auf ihrem Schreibtisch waren die Kopien der Polizeiakten ausgebreitet. Sie las die Protokolle immer wieder, machte sich Notizen und hatte schon Dutzende von kleinen Zetteln vollgekritzelt, die sie an den einzelnen Seiten anheftete. Bei so viel Systematik bekomme ich meist ein mulmiges Gefühl im Magen, deshalb verließ ich ihr Büro, bevor die Stunde verstrichen war.

Stefano Colombo wohnte in einem hellblau gestrichenen Haus, das aus mehreren großzügig gebauten Wohnungen mit großen Terrassen bestand. Ein ebenfalls in Blau gehaltener Lift führte mich sanft in den zweiten Stock. Colombo trug einen smaragdfarbenen Satinbademantel und einen hellen Kaschmirschal. In seiner Wohnung stand eine Elektroheizung, es war mindestens 40 Grad heiß, offenbar versuchte er, die Raumtemperatur seiner Körpertemperatur anzupassen. Er schnäuzte sich die Nase und hielt sich an einer riesigen Tasse Tee fest, als er mir einen seltsam geformten Sessel anbot. Ich legte meinen Mantel auf den Sessel und blieb stehen. Colombo legte sich auf das weiße Ledersofa und deckte sich mit einem grell gesprenkelten Überwurf zu.

»Es geht schon wieder einigermaßen«, sagte er. »Ich fühle mich einfach unendlich schlapp. Dass einen eine Erkältung so umwerfen kann, ist erstaunlich.«

»Das, was Sie herumtragen, sieht eher wie eine ausgewachsene Grippe aus.«

»Damit komme ich schon klar. Würde es Ihnen etwas ausmachen, den Fernseher zu mir zu drehen?«

»Schauen Sie sich immer diese albernen Serien an, wenn Sie mit jemandem reden?«

»Nein, aber ich muss auf dem Laufenden sein.«

»Sind Sie Fernsehkritiker?«

Er bekam einen Lachanfall, der von heftigem Husten begleitet wurde. Ich drehte den Fernseher, der wohl mehr gekostet hatte als meine ganze Büroeinrichtung, und setzte mich anschließend auf einen Stuhl, der tatsächlich nach Stuhl aussah. Colombo schaute sich im Teletext die Börsenkurse an. Zwischendurch stöhnte er, ohne dass ich wusste, ob es an den Kursen oder an seiner Grippe lag. Als er sich durch die kotierten Aktien durchgeblättert hatte, schüttelte er den Kopf.

»Ich liege mit meiner privaten Put-Strategie ziemlich daneben. Die Märkte sind stabiler, als ich das erwartet habe. Im letzten Jahr war es umgekehrt. Ich bin Anlageberater bei einer Bank. Wo haben Sie Ihr Erspartes angelegt?«

»Beim Staat«, sagte ich. »Meine Ersparnisse gehen regelmäßig an den Fiskus.«

»Falls Sie einmal im Lotto gewinnen sollten, melden Sie sich bei mir. Ich weiß, wie man Geld professionell anlegt.«

»Und ich weiß, wie man es professionell ausgibt. Zum Beispiel, indem man stundenlang bei Fieberkranken herumhängt, anstatt zu arbeiten.«

»Wer ist eigentlich Ihr Auftraggeber?«

»Spielt das eine Rolle?«

»Ja. Zum Beispiel dann, wenn es meine Eltern sind.«

»Die sind es aber nicht. Es ist niemand, den Sie kennen. Ich sagte Ihnen, dass Imhasli tot aufgefunden wurde und dass ich Ermittlungen über sein Ableben anstelle. Das sollte Ihnen genügen.«

»Und weshalb möchten Sie mich über Graziella befragen? Hat sie etwas mit Imhaslis zweitem Tod zu tun?«

»Wie kommen Sie darauf, Colombo?«

»Das, was ich Ihnen jetzt sage, bleibt unter uns.«

»Meinetwegen«, sagte ich. »Aber machen Sie es nicht allzu spannend, lange halte ich es in Ihrer Privatsauna nicht mehr aus.«

»Ich hatte schon damals meine Zweifel, dass Imhasli tatsächlich tot war.«

»Und weshalb haben Sie das nicht der Polizei erzählt?«

»Weil ich sonst alles hätte erzählen müssen. Auch die Geschichte mit Graziella.«

»Aber nicht doch, Colombo. Muss ich jeden Satz einzeln erdulden? Erzählen Sie schon. Ich werde dafür 500 Franken bei Ihnen anlegen.«

»Graziella hat Imhasli sehr geliebt. Sie war schwanger. Wussten Sie das?«

»Ja. Wollte sich Imhasli von ihr trennen?«

»Nein. Die Polizei hat so etwas vermutet. Tatsache war aber, dass Graziella abtreiben wollte, weil auch für sie das Kind ungelegen kam. Aber unsere Eltern hätten das nicht zugelassen. Wir haben uns beide nicht sehr gut mit unseren Eltern verstanden. Graziella wollte unabhängig sein, Kinder hatten in ihren Gedanken keinen Platz. Unsere Mutter konnte das nicht verstehen. Für sie gab es nur die Erfüllung im Kinderkriegen. Und unser Vater war eine moralische Instanz, so etwas wie der verlängerte Arm des Papstes. Graziella hat mir zwei Tage vor ihrem Verschwinden gesagt, dass sie wegwolle, ein neues Leben beginnen. Ich musste ihr versprechen, niemandem etwas zu erzählen. Ich mochte sie. Sie war die ältere Schwester, die mich in Schutz nahm vor meinem Vater und die mir Mut machte, meinen eigenen Weg zu gehen.«

»Sagte sie Ihnen, wo sie das neue Leben beginnen wollte?«

»Nein. Das wäre auch zu viel Vertrauen gewesen. Zu viel Vertrauen ist Dummheit, hat sie immer gesagt.«

»Hat sie sich nach ihrem Verschwinden noch einmal bei Ihnen gemeldet?«

»Ja, das hat sie. Sie sind absolut sicher, dass Urs Imhasli tot ist?«

»Ja. Ich habe seine Leiche gesehen. Die Polizei hat ihn anhand von Fingerabdrücken einwandfrei identifiziert. Warum fragen Sie?«

»Ich hatte mir in all den Jahren nie große Sorgen um Graziella gemacht. Ich ging immer davon aus, dass sie irgendwo auf der Welt Karriere machen und ich eines Tages wieder von ihr hören würde. Jetzt aber mache ich mir Sorgen.«

»Das verstehe ich nicht«, sagte ich.

»Sie werden es gleich verstehen. Reichen Sie mir bitte die Fernbedienung, die auf dem Fernseher liegt?«

Ich tat es. Er gab mir zudem noch Anweisungen, eine Videokassette, die er im Schrank hinter Kaschmir- und Angorapullovern versteckt hatte, hervorzuholen und in den Rekorder zu schieben. Es dauerte eine Weile, bis er zu der richtigen Stelle gespult hatte.

»Damals hatten noch nicht alle Leute Videokameras und Rekorder«, sagte er. »Die erste halbe Stunde ist mit Landschaftsaufnahmen gefüllt. Wälder, Flüsse, Hügel. Nichts

Besonderes. Aber jetzt kommt es gleich. Da. Das ist Graziella.«

Eine wacklige Kameraführung zeigte ein kahles Zimmer mit weißen Wänden. In der nächsten Einstellung war die Kamera auf ein Stativ geschraubt, das ruhige Bild war wohltuend. Graziella Colombo saß auf einem Stuhl. Sie war in enge Jeans und ein Hemd gekleidet, dessen Knöpfe offen waren und das ihre schönen Brüste nur zur Hälfte bedeckte. Hinter ihr stand eine vermummte Gestalt. Die Gestalt hielt eine Zeitung vor Graziellas Kopf. Es sah alles aus wie in einem Privatvideo der Hisbollah oder einer anderen Terrororganisation aus dem Nahen Osten. Einzig die sehr froh gelaunte Entführte im Vordergrund passte nicht ins düstere Bild. Als sie zu sprechen begann, lachte sie, und augenscheinlich lachte auch der Vermummte. Graziella schaute zu ihm hoch, schüttelte den Kopf, dann redete sie in die Kamera. Sie sprach zu ihrem Bruder. Sie sagte, ihr gehe es gut und er solle sich nicht sorgen. Und auf keinen Fall solle er nach ihr suchen lassen. Sie sei glücklich. Dann stand Graziella auf, umarmte den Vermummten, zog die Kapuze von seinem Kopf und küsste ihn. Ich staunte nicht schlecht.

Der Vermummte sah dem Mann, den ich tot in dem Bürohaus gefunden hatte, verblüffend ähnlich. Die Nase stimmte und auch der verfärbte Schneidezahn. Einzig die Frisur und die etwas glattere, zarte Haut stimmten nicht. Aber das lag wohl an den neun Jahren, die zwischen der Aufnahme und meinem Fund lagen. Das Video zeigte danach wieder Wälder und Flüsse, Hügel und Auen.

Colombo drückte eine Taste und das Gerät spulte zurück. Er setzte sich auf und trank Tee.

»Sie sind der Erste, dem ich das zeige«, sagte er. »Das Video lag eines Morgens in meinem Briefkasten. Kein Absender, kein Poststempel. Jetzt wissen Sie, weshalb ich mir Sorgen mache.«

»Nein«, sagte ich. »Nicht ganz.«

»Haben Sie das Datum auf der Zeitung beachtet?«

»Nein.«

»Es war der fünfzehnte Mai neunzehnhundertsechsundachtzig. Ich habe das nachgeprüft. Die Zeitung war echt.«

»Donnerwetter. Jetzt verstehe ich, was Sie meinen.«

»Imhasli war zu jenem Zeitpunkt offiziell bereits seit einem halben Jahr tot. Und auf dem Video ist tatsächlich Imhasli zu sehen. Ich kannte ihn, hatte ihn oft gesehen.«

»Dann haben die beiden das alles arrangiert? Graziellas Verschwinden und Imhaslis Tod?«

»Ich war bis heute davon überzeugt.«

»Und jetzt sind Sie es nicht mehr? Haben Sie sich nicht schon damals gefragt, wer in Imhaslis Wagen starb?«

»Doch. Aber Urs war Detektiv. Mit sechzehn fand ich das wahnsinnig spannend. Ich dachte mir, er hat irgendwo eine Leiche gestohlen, auf dem Friedhof ausgegraben oder aus dem Leichenschauhaus, oder was weiß ich.«

»Eine reichlich makabre Vorstellung«, sagte ich. »Das Naheliegendste ist Ihnen nicht in den Sinn gekommen?«

»Dass Urs jemanden umgebracht hat? Aber wieso sollte er das tun? Die beiden hätten einfach verschwinden können. Das passiert fast jeden Tag. Haben Sie die Sendung über Vermisste schon mal gesehen? Ich hätte nie geglaubt, dass so viele Menschen jedes Jahr spurlos verschwinden.«

»Aber nur nach einem Toten sucht man nicht«, sagte ich. »Die Sache war nicht schlecht eingefädelt. Imhaslis Tod verhinderte, dass man auf die Idee kam, er und Ihre Schwester könnten gemeinsam verschwunden sein. Trotzdem. Irgendetwas stimmt da nicht.«

»Das glaube ich mittlerweile auch. Deshalb befürchte ich, dass Graziella etwas Ähnliches zustoßen könnte wie Urs.«

»Haben Sie seit diesem Video nie mehr etwas von ihr gehört?«

»Doch, doch. Es gab noch zwei kurze Anrufe. Der letzte vor drei Jahren. Sie wollte nur wissen, wie es mir geht und ob unsere Eltern noch leben.«

»Klang sie besorgt?«

»Nein. Glücklich. Ich glaube, es ging ihr gut.«

»Hat sie Imhasli erwähnt?«

»Nein.«

»Wo könnte sie jetzt leben? Sie müssen sich doch darüber Gedanken gemacht haben.«

»Sicher habe ich das. Aber Graziella und Urs waren beide intelligent genug, um sich ausmalen zu können, wo ich sie suchen würde. Ich halte es für durchaus möglich, dass sie eine Weile in der Schweiz lebten. Vielleicht im Tessin oder in der Romandie. Beide sprachen gut Französisch.«

»Sagt Ihnen der Name Basil Huber etwas?«

»Nein. Sollte er?«

Ich erzählte ihm nicht, dass ich den toten Urs Imhasli unter diesem Namen kennengelernt hatte.

Als ich ging, war mein Hemd klatschnass. Stefano Colombo gab mir seine Visitenkarte und betonte, dass er außer mir niemandem von seiner Schwester erzählen werde. Als Gegenleistung wünschte er von mir Informationen über den momentanen Aufenthaltsort von Graziella. Ich sagte ihm, dass ich nicht für zwei Klienten gleichzeitig am selben Fall arbeiten könne. Er versprach mir eine runde Summe, wenn ich ihm nur zwei Dinge verraten konnte: Ob seine Schwester noch lebte und wenn ja, wo. Ich faltete in Gedanken den Tausender zusammen und freute mich darauf, ihn zu den anderen fünf zu stecken. Vielleicht benötigte ich tatsächlich demnächst einen Anlageberater.

11

Eine Kaltfront hatte sich in der Nacht über die Stadt geschoben und die Regenpfützen in halsbrecherische Eisfelder verwandelt. Einige Passanten schlitterten armerudernd über die Gehsteige und verfluchten den Tag, an dem sie sich für eine feste Anstellung mit Pensionsberechtigung entschieden hatten. Ich schaute dem Treiben freischaffend von meinem Büro aus zu. Allerdings war die Rolle des Zuschauers auch nicht sehr angenehm, da die Heizung in meinem Büro es gerade mal schaffte, die Eisblumen an den Fenstern zu schmelzen. Das genügte aber noch keineswegs, um eine auch nur einigermaßen angenehme Atmosphäre zu schaffen.

Ich hatte es mir bereits vor Jahren angewöhnt, im Winter alle paar Minuten ein paar Kniebeugen zu machen und ständig heißen Kaffee in der Kanne zu haben. Doch mit einem solchen Kälteeinbruch hatte ich nicht gerechnet. Da staunt unsereins über all die erfreulichen Nachrichten in Sachen Klimaveränderung, und wenn man den Wissenschaftlern langsam zu glauben beginnt, wird es dreißig Grad kälter und man fragt sich zähneklappernd, weshalb das mit der Erderwärmung ausgerechnet in den kleinsten Büros nicht zu spüren ist. Da ich wusste, dass Jasmin Weber über eine bessere Heizung verfügte, besuchte ich sie mit einer Kanne Kaffee. Sie saß in ihrem Sessel und hatte die Füße auf dem Tisch. Auf ihrem Computermonitor schaute sie sich ein Eishockeyspiel an. Offenbar hatte ihr Freund, der eine Hockeymannschaft trainierte, noch immer keinen besseren Job gefunden.

»Keine faulen Sprüche über Trainer«, sagte sie. »Kann ich heute nicht gebrauchen.«

»Beziehungsstress? Oder bloß eine Niederlagenserie?«

»Mein Freund hat Probleme mit dem Vereinspräsidenten. Er hat die Mannschaft zwei Ligen nach oben gebracht, und jetzt, wo es mal nicht so rund läuft, wackelt sein Stuhl.«

»Da haben wir es einfacher. Ob es bei uns läuft oder nicht, unser Stuhl wackelt immer. Vielleicht müssten wir alle einen neuen kaufen, mit mindestens acht Rollen. Sehr stabil die Dinger.«

»Ich wäre übrigens heute noch zu dir gekommen«, sagte sie. »Warte nur noch auf ein Fax. Du wirst staunen.«

»Hast du einen der Pädophilen überführt?«

»Nein. Ich habe mit den Eltern zweier ermordeter Knaben gesprochen. Ich habe zwar nicht viel Neues erfahren, vorerst nicht, die Eltern waren nicht sehr erfreut darüber, nach all den Jahren wieder über den Fall zu reden. Kann ich verstehen. Für sie ist die Sache abgeschlossen. Sie glauben, dass Brustmann der Täter war.«

»Aha«, sagte ich. »Und darüber soll ich staunen?«

»Nein. Ich habe danach Frau Steiner, meine Klientin, besucht. Und dabei hat sie mir etwas verraten, das ich bis jetzt nicht wusste. Sie hat damals, als ihr Sebastian verschwand, einen Privatdetektiv beauftragt. Rate mal, wie der Detektiv hieß.«

»Soll ich mich zuerst setzen?«

»Ist vielleicht besser.«

»Das darf doch nicht wahr sein«, sagte ich. »Hängt die Pädophilengeschichte mit dem Tod von Urs Imhasli zusammen?«

»Das weiß ich nicht. Tatsache ist, dass Imhasli 1983 für meine Klientin arbeitete.«

Sie kritzelte mit einem Kugelschreiber runde Figuren auf einen Notizblock. Ich leerte eine Tasse Kaffee und betrachtete eine alte, zweiäugige Spiegelreflexkamera, ein Sammlerstück, das Jasmin auf einem Regal aufgestellt hatte.

»Hat er etwas herausgefunden?« fragte ich.

»Nein, nichts Konkretes. Meine Klientin konnte ihn damals nicht mehr bezahlen. Zudem hatte sie kein allzu großes Vertrauen in ihn und seine Fähigkeiten.«

»Und weshalb gab sie den Auftrag ihm und nicht mir oder einem anderen guten Detektiv?«

»Sie kannte Frau Amrein.«

»Da soll mal einer draus schlau werden.«

»Ich glaube, jetzt kommt das Fax.«

Es klingelte und überall leuchteten Lämpchen auf. Schließlich ratterte tatsächlich das Faxgerät und spuckte ein Blatt Papier aus. Jasmin las es schmunzelnd und schob dabei ein grünes Gummibärchen in den Mund. Ich trank Kaffee und schenkte ihr ebenfalls eine Tasse ein. Im Fernsehen schoss die Düsseldorfer EG gerade ein Shorthandertor, alles jubelte, nur Jasmin und der olle Maloney jubelten nicht. Dafür hielt sie mir das Fax unter die Nase.

»Eine Adresse, na und?«

»Frau Amrein lebt in einem Altersheim. Sie hat vor zehn Jahren für Imhasli gearbeitet. Den ganzen Bürokram hat sie erledigt, alle Berichte abgetippt. Niemand wusste mehr über Imhaslis Arbeit, seine Fälle und seine Klienten als Frau Amrein.«

»Das klingt nicht übel.«

»Du kommst also mit, wenn ich Frau Amrein besuche?«

»Aber, klar doch. Bei dieser Kälte muss man sich gegenseitig vor dem Erfrierungstod schützen.«

»Und wenn ich die drei Verdächtigen nochmals aufsuche, kommst du dann auch mit?«

»Schmidhalter und Bader kenne ich schon. Gabathuler wird kaum schlimmer sein. Also wenn es sein muss, riskiere ich auch den Supergau. Baders Katastrophentheorie lässt sich vielleicht auch auf diesen Fall anwenden: Je katastrophaler die involvierten Personen, um so katastrophaler werden die Ermittlungen.«

»Hast du in der Zwischenzeit noch etwas herausgefunden?«

»Jetzt, wo sich unsere Fälle zu kreuzen beginnen, darf ich es dir nicht mehr verheimlichen.«

»Imhasli ist gar nicht Imhasli, oder was?«

»Und ob er es ist.«

Ich erzählte ihr von Stefano Colombo und seiner verschwundenen Schwester. Jasmin schnalzte mit der Zunge und begann unruhig auf ihrem Stuhl zu wippen. Für vermisste Personen war sie zuständig, und ich war mir sicher, dass sie sich in Gedanken bereits auf die Suche nach Graziella Colombo machte.

»Bevor du nun sämtliche Datenbanken der Welt anzapfst«, sagte ich, »sollten wir uns vielleicht darauf einigen, in welcher Reihenfolge wir welche Personen suchen, befragen, beschatten oder was auch immer mit ihnen tun. Imhaslis Auftrag 1983 kann ein Zufall sein, es kann aber auch sein, dass die Geschichte des verschwundenen Sebastian Steiner etwas mit Imhasli, seiner Freundin und vor allem den Ereignissen in dem Bürohaus zu tun haben.«

»Das alles wissen wir vielleicht schon, wenn wir mit Frau Amrein gesprochen haben.«

»Dann verabrede einen Termin mit ihr.«

»Dürfte kein Problem sein. Alte Menschen sind froh, wenn sie von noch nicht ganz so alten im Altersheim besucht werden.«

12

Drei Stunden später standen wir vor dem Altersheim Sonnenhügel und wunderten uns, wo die Stadtverwaltung den Hügel hingestellt hatte, von der Sonne war natürlich auch nichts zu sehen. Das Haus war in einem guten Zustand, der Eingang hell und freundlich, und viele schöne, silberfarbene Tafeln zeigten uns den Weg zu den Insassen und ihren kleinen Wohnungen. Es war eines der teureren Heime mit großzügigeren Räumen, schönen Balkonen und freundlicherem Personal, als in den meisten städtischen Altersheimen sonst anzutreffen war. Die Wohnung von Frau Amrein war im ersten Stock. Die Tür stand offen. Eine Frau saß in einem braunen Sessel und döste. Als wir eintraten, erwachte sie.

»Ich gehe nicht mehr abstimmen«, sagte sie. »Politik interessiert mich nicht.«

»Mein Name ist Jasmin Weber, und das ist Philip Maloney.«

»Interessiert mich nicht. Es ist auch egal, von welcher Partei Sie sind. Ist doch alles derselbe Mist. Ich brauche keine Versprechungen mehr. Ich pfeife auf eine Zukunft, die mich nichts mehr angeht. Verschwinden Sie. Den Kuchen können Sie meinetwegen hierlassen. Ich werde ihn an die Vögel verfüttern.«

»Wir sind keine Politiker«, sagte Jasmin, »wir interessieren uns für Urs Imhasli.«

»Keine Politiker? Geht es um Geld?«

Frau Amrein richtete sich auf. Ihre Hände zitterten, was wohl die Folge von Parkinson war.

»Es geht nicht um Geld«, sagte Jasmin. »Es geht um den Tod von Urs Imhasli.«

»Ja«, sagte Frau Amrein. »Das war tragisch. Einfach verbrannt in seinem Auto. Er war ein verrückter Mann, aber er hat anständig bezahlt. Aber Privatdetektiv ist doch kein Beruf. Was arbeiten Sie? Oder sind Sie arbeitslos? Vermutlich sind Sie arbeitslos. Sonst könnten Sie mich nicht besuchen.«

Ich hatte mich vornehm zurückgehalten und den Part der Fragenden Jasmin überlassen. Frau Amrein schaukelte in ihrem Stuhl hin und her und schaute geradeaus an uns vorbei. Jasmin versuchte, freundlich zu sein. Es wirkte so, als hätte sie sich zu oft schlechte Fernsehserien über alte Menschen angeschaut. In einer Ecke des Zimmers hing ein Käfig. Zwei Wellensittiche schauten müde durch die Gitterstäbe. Jasmin legte eine Hand auf den rundlichen Unterarm von Frau Amrein. Die ließ sich das gefallen.

»Wir haben Neuigkeiten über Urs Imhasli«, sagte Jasmin. »Er kam damals gar nicht ums Leben.«

»Was? Herr Imhasli lebt? Das ist doch Blödsinn. Ich war an seiner Beerdigung. Eingeäschert haben sie ihn. Wollen Sie eine alte Frau zum Narren halten? Ich bin nicht blöd. Ich habe auch kein Alzheimer. Mein Bruder hat Alzheimer. Der redet nur noch Unsinn, vergisst alles. Eigentlich war er immer ein wenig blöd. Hat eine Serviertochter geheiratet. Die hat gesoffen, sage ich Ihnen. Alles hat sie ihm weggesoffen. Dann ist sie gestorben. Nicht wegen dem Alkohol. Umgebracht hat sie sich. Und er wollte sich auch umbringen, dieser Idiot. Dabei hätte er sich freuen sollen. Er hat später noch einmal geheiratet. Aber die Frau war nicht gut zu ihm. Hat ihn schikaniert. Eine Frau sollte stolz auf den Mann sein. Sonst gibt das keine gute Ehe. Sie aber hat ihn immer aufgezogen, ihm gesagt, dass er nur ein einfacher Arbeiter sei, nichts im Kopf habe er.«

»Was geschah mit Imhaslis Unterlagen nach seinem Tod?« fragte ich. »Wer erhielt das Material?«

»Niemand. Er hatte keine Eltern mehr, keine Geschwister. Das Zeug lag bei mir herum. Nehmen Sie mich mit ins Kino? Ich war schon lange nicht mehr im Kino. Alleine traue ich mich nicht. Um drei ist eine Vorstellung.«

Der Gedanke mobilisierte ungeahnte Kräfte in ihr. Sie stand auf und zog sich einen dicken Mantel über. Die Handschuhe und den Schal fand sie in einer Schublade nach mehrmaligem Suchen. Ich verzog meinen Mund zu einer Grimasse, während Jasmin schulterzuckend lächelte.

Frau Amrein wusste genau, in welchen Film sie wollte. Ich staunte nicht schlecht. Es war ein fürchterlicher Horrorstreifen. Permanent zuckten Körperteile, schrien Opfer und grinsten diabolisch entsetzliche Wesen von einem anderen Planeten, die mit Vorliebe Schüler eines amerikanischen Colleges verspeisten. Frau Amrein amüsierte sich prächtig, sie lachte, klatschte in die Hände, stieß spitze Schreie aus und klammerte sich an Jasmins Arm. Als der Spuk vorbei war, war es draußen schon wieder dunkel, und Frau Amrein wollte unbedingt noch bei einem MacDonalds vorbeischauen. Sie aß einen doppelten Cheeseburger mit Pommes, Ketchup, einem halben Liter Cola, und anschließend würgte sie auch noch fröhlich kauend zwei Donuts hinunter. Zwischen den Bissen erzählte sie uns ein paar Anekdoten aus ihrer Zeit als Balletttänzerin, es musste mindestens zweihundert Jahre zurückliegen, dann näherte sie sich Biss für Biss der Neuzeit und landete schließlich wieder bei Imhasli, den sie offenbar nicht besonders mochte, der ihr aber ein für damalige Verhältnisse fürstliches Salär von 30 Franken in der Stunde zahlte, alles schwarz und ohne Abzüge.

»Ich habe oft schwarzgearbeitet«, sagte Frau Amrein. »Dafür kann ich mir heute ein besseres Heim leisten. Hätte ich alles versteuert, wäre ich jetzt schlechter dran. Mein

Mann war ein aufrichtiger Bürger. Er sah das nicht gern, wenn ich zu Hause Geld versteckte. Er richtete mir ein Nummernkonto ein. Dorli Amrein und ein Nummernkonto. Stellen Sie sich das vor. Herr Imhasli hat mir übrigens am Jahresende 2000 Franken Gratifikation gegeben. Einfach so. Ich habe ihm die Büroarbeit immer gut gemacht. Pflichtbewusst war ich immer, da konnte man mir nie etwas nachsagen.«

»Und als Sie in das Heim zogen, was machten Sie mit den alten Unterlagen?« fragte Jasmin.

»Ach die. Die habe ich dem Heinrich gegeben.«

»Welchem Heinrich?« Jasmin schaute Frau Amrein verständnislos an.

Die tat so, als gehörte ihr Heinrich zur Allgemeinbildung.

»Na, dem Heinrich. Er war der Hausmeister in dem Haus, in dem Herr Imhasli sein Büro hatte. Heinrich kannte ich von früher. Der konnte tanzen, der Heinrich. Aber es hat nicht sollen sein. Wir haben uns aus den Augen verloren. Ich habe den Erich geheiratet. Ein guter Mann. Aber wissen Sie, so richtig gefunkt zwischen uns hat es nie. Ich meine erotisch und so. Das wäre mit dem Heinrich sicher besser gewesen. Aber der Heinrich hat getrunken, und das finde ich schlimm. Mein Vater starb am Alkohol.«

»Lebt dieser Heinrich noch?« fragte ich.

»Ja, ja, der lebt noch. Wissen Sie, ich lese täglich die Todesanzeigen. Das hätte ich gemerkt, wenn der Heinrich gestorben wäre.«

»Und wohnt er noch in dem gleichen Haus?« fragte Jasmin.

»Das weiß ich nicht«, sagte Frau Amrein. »Ich habe zwar manchmal daran gedacht, ihn zu besuchen. Nachdem der Erich jetzt schon so lange tot ist. Aber irgendwie habe ich kein gutes Gefühl. Vielleicht trinkt er noch immer. Oder er ist verheiratet. Er war nie verheiratet. Auch nicht, als er

Hausmeister war. Hat zwar mit einer Frau zusammengelebt. Ist aber nicht glücklich gewesen, das habe ich gesehen.«

»Wissen Sie die Adresse noch?« fragte Jasmin.

»Bin doch nicht blöd. Röntgenstraße 10 oder 20. Eine runde Zahl. Aber vielleicht steht das Haus nicht mehr. Ist schon lange her. Zehn Jahre, oder?«

»Danke«, sagte Jasmin. »Sie haben uns sehr geholfen, Frau Amrein.«

»Ich danke Ihnen. Es war schön im Kino. Herr Imhasli ist doch tot, oder?«

Jasmin nickte, und ich pflichtete ihr bei, und es entsprach auch den Tatsachen. Ich glaube nicht, dass Frau Amrein viel geholfen gewesen wäre mit der Geschichte von dem Toten, der nicht tot ist und dann doch stirbt. Solche Geschichten verwirren ältere Menschen, sie sind es sich nicht gewohnt, dass der Tod nicht die letzte aller Wahrheiten ist.

13

Heinrich Abt lebte noch immer an der Röntgenstraße, direkt über den Bahngleisen. Von seiner Dachwohnung aus sah man die Lichter der Langstraße. Ein Zug rollte langsam in den Hauptbahnhof ein. Herr Abt offerierte uns je ein Glas sauren Most. Jasmin griff zu, ich enthielt mich und verwies auf meinen Magen. Abt nickte mitleidig.

»Wir waren vorhin bei Frau Amrein«, sagte ich.

»Dorli? Wie geht es ihr?«

»Prächtig«, sagte ich.

»Wo lebt sie?«

»Hier in der Stadt«, sagte Jasmin. »In einem Altersheim.«

»Tatsächlich? Hat sie von mir gesprochen?«

»Das hat sie«, sagte ich. »Sie hat uns gesagt, dass sie Ihnen die Unterlagen von Urs Imhasli gegeben hat.«

»Das stimmt.«

»Haben Sie die Unterlagen noch?« fragte Jasmin.

»Aber klar. Auch wenn ich sie anfangs Jahr beinahe weggeschmissen hätte. Damals dachte ich, Dorli habe sie mir gegeben, um ab und zu einen Grund zu haben, bei mir vorbeizuschauen. Sie ist aber nie gekommen. Auch nicht als ihr Mann starb. Das hat mich schon enttäuscht, glauben Sie mir.«

»Vielleicht sollten Sie einmal bei ihr anrufen«, sagte ich. »Alte Liebe rostet nicht, nur die Gelenke werden etwas steif.«

»Wem sagen Sie das? Mir haben sie die Hüftgelenke operiert«, sagte Herr Abt. »Alles wieder wie neu. Toll, was die Medizin heute kann. Nur meine Leber, die können sie nicht mehr flicken. Wollen Sie noch ein Glas?«

Jasmin nickte, und Abt füllte ihr Glas randvoll. Er selbst hatte schon vier Gläser geleert, sein Blick wurde etwas glasiger, aber seine Stimme blieb fest und seine Gedanken klar.

»Sie mag es nicht, wenn Sie so viel saufen«, sagte ich.

»Dorli? Ich weiß. Sie war da immer sehr eigen. Ihr Vater war ein Säufer. Er hat sie geschlagen. Glauben Sie mir, ihretwegen hätte ich aufgehört. Sie ist eine gute Frau. Hat sie immer noch solche Möpse?«

Jasmin Weber prustete sauren Most auf den Tisch, und ich ging in Deckung. Abt schaute uns ratlos an. Er holte einen Lappen und wischte den Most vom Tisch.

»Wo haben Sie die Unterlagen, Herr Abt?« fragte ich. »Wir würden uns dafür interessieren.«

»Die können Sie haben, wenn Dorli nichts dagegen hat. Sind auf dem Dachboden, hier im Haus hat es noch einen Dachboden. Wurden alle ausgebaut in der Stadt, aber der Besitzer hat kein Geld. Ich bin froh, dass ich so viel Ablagefläche habe. Ich werfe nicht gerne Dinge fort von früher. Kommen Sie, ich zeige Ihnen, wo die Papiere sind.«

Wir gingen nach oben. Die Luft war eisig kalt, Staub reizte den Rachen und die Nasenschleimhäute. Seit Jahren hatte hier niemand etwas angerührt. Es standen Berge von alten Zeitschriften herum, daneben Bierflaschen und einige Büchsen mit eingetrockneter Farbe. In einer Ecke stand ein stählerner Aktenschrank.

Abt öffnete den Schrank, er war nicht abgeschlossen. Er holte ein Bündel Akten aus den Hängekarteien und ein paar Notizbücher und Klarsichtmäppchen hervor. Abt furzte laut, als er den Aktenschrank wieder schloss. Er gab mir das Bündel. Es war nicht viel.

»Möchten Sie die Ordner auch mitnehmen?« fragte er. »Hat aber nur Rechnungen und Quittungen drin.«

»Ist es viel?« fragte ich.

»Nein. Zwei Ordner.«

»Wir nehmen alles mit. Danke für die Mühe.«

»Glauben Sie, dass Dorli auf meinen Anruf wartet?«

»Ich schlage vor«, sagte Jasmin, »Sie gehen morgen frisch geduscht und schön gekleidet und vor allem nüchtern in das Altersheim und besuchen sie. Gehen Sie gerne ins Kino?«

»Ich? War schon seit Jahren nicht mehr im Kino.« Abt lachte, seine Bronchien röhrten. »Muss ich mit ihr ins Kino gehen?« fragte er.

»Sie müssen gar nichts«, sagte ich. »Sie können auch warten, bis Sie in Ihrer Wohnung verschimmeln oder Ihre Leber den Geist aufgibt.«

»Ein paar Jahre habe ich schon noch. Und wenn ich mit Trinken aufhöre, kann ich noch mehr als zehn Jahre leben. Bis jetzt habe ich aber keinen Grund gefunden, um noch lange zu leben.«

»Jetzt haben Sie einen Grund«, sagte ich. »Und wenn Sie es vermasseln, Abt, komme ich vorbei und lese Ihnen die Leviten.«

»Ich werde es nicht vermasseln«, sagte er. »Ich habe das Dorli immer gemocht.«

Draußen konnte sich Jasmin kaum von ihren Lachanfällen erholen. Ich bemühte mich, die Ordner und Papiere heil durch das städtische Nachtleben zu jonglieren, was angesichts der vielen Passanten nicht einfach war. Zwei Drogensüchtige fragten uns nach Kleingeld, sie gingen weiter, als Jasmin sie mit einer Handbewegung wegwischte.

Wir bestiegen ein Taxi und fuhren ins Büro. Unterwegs kauften wir uns an einem Take-away eine halbe Tonne chinesische Leckereien. Jasmin nahm auch gleich noch zwei Flaschen Singha-Bier. In ihrem Büro richteten wir uns gemütlich ein und begannen nach dem Essen mit dem Studium von Imhaslis Nachlass.

14

Wir arbeiteten uns durch Rechnungsbelege, Quittungen, Auftragsbestätigungen und andere triste Überbleibsel aus den Jahren, in denen Imhasli als Privatdetektiv gearbeitet hatte. Er hatte nicht viele Klienten gehabt, aber zwischendurch immer wieder größere Einnahmen durch Aufträge, die sich über längere Zeit erstreckten. So bezahlte ein bekannter Firmenboss Imhasli beinahe 30 000 Franken für die systematische, drei Monate dauernde Überwachung eines Mannes, den er in die Geschäftsleitung befördern wollte. Imhasli hatte für den gleichen Firmenchef noch andere Aufträge erledigt, alle sehr lukrativ und reine Fleißarbeit, nichts Spektakuläres. Ich musste neidlos eingestehen, dass er die besseren Beziehungen gehabt hatte als ich, oder weniger Skrupel im Umgang mit Arschlöchern. Die Berichte gaben auch nicht viel her. Imhasli neigte dazu, viel zu ausführliche Berichte abzuliefern. Die Beschreibung eines geheimen Treffens zweier Beischläfer nahm bei ihm zehn Seiten in Anspruch, genug, um jeden Auftraggeber in den Selbstmord zu treiben. Während Jasmin Bier trank und Bericht um Bericht las, kümmerte ich mich um drei Notizbücher, in die Imhasli Gedanken zu seiner Arbeit, Fragen und Zusammenfassungen von Gesprächen aufgeschrieben hatte. Jasmin legte gerade den letzten Bericht vor sich auf den Schreibtisch hin, als ich auf etwas Interessantes in einem Notizbuch stieß.

»Imhasli hat die letzten Stunden vor dem Verschwinden von Sebastian Steiner recherchiert«, sagte ich. »Sehr akribisch.«

»Wenigstens etwas. Einen Bericht gibt es nämlich nicht.«

»Du hast doch gesagt, dass deine Klientin den Auftrag zurückgezogen hat. Vermutlich hat Imhasli nie einen Bericht geschrieben. Das gefällt mir gar nicht.«

»Wovon redest du?«

»In dem Notizbuch fehlen mehrere Seiten. Schau, hier.«

Ich gab ihr das Buch. Imhasli beschrieb, wie er Dutzende Male den Weg abgegangen war, den Sebastian Steiner gegangen war, ehe er verschwand. Mit Nachbarn, Passanten, Buschauffeuren redete er. Sebastian war von zu Hause zu einem Park und dann zu einem Spielplatz gegangen. Der Knabe wurde auf dem Spielplatz von mehreren Zeugen gesehen. Auch als er den Spielplatz wieder verließ. Er ging zurück zu dem Park, kam aber offenbar nie dort an. Die Wohnung seiner Eltern lag hinter dem Park. Dann kamen die fehlenden Seiten. Jasmin gab mir das Notizbuch zurück und nahm eine der Klarsichthüllen in die Hand. Wenig später sprang sie auf und begann im Büro herumzutanzen.

»Was ist, hast du einen Kurs in Sachen spontane Gefühlsäußerung besucht?«

»Hör gut zu: ›Noch einmal den Weg vom Spielplatz zum Park gegangen. Endlich ist es so weit. Heiße Spur entdeckt. Werde den Jungen schon noch zum Reden bringen. Er hat etwas gesehen, da bin ich sicher.‹«

Ich schaute an ihr vorbei und ließ die Sätze auf mich einwirken. Jasmin wiederholte den Text und betonte ihn mit einer dramatischen Note. Er klang jetzt wie ein schlechter Film. Ich schaute zu ihr auf.

»Welchen Jungen meint er?«

»Das steht hier nicht. Es muss ein Junge sein, den er zwischen dem Spielplatz und dem Park angetroffen hat. Vielleicht wohnt er dort, vielleicht traf er ihn nur zufällig. Er muss irgendwo seinen Namen aufgeschrieben haben.«

»Vermutlich im Notizbuch«, sagte ich. »Auf den fehlenden Seiten.«

»Und weshalb fehlen sie? Weshalb sollte Imhasli die Seiten vernichten?«

»Mit solchen Fragen kannst du ganze Philosophenkongresse sprengen. Ich schlage vor, wir fragen ihn. Vielleicht hat er noch ein drittes Leben. Im Zeitalter der Computerspiele kann man nie wissen. Ist doch alles nur eine Frage des Arbeitsspeichers.«

»Hauptsache, dein RAM brennt nicht durch. Wir müssen uns alles noch einmal genau anschauen. Vielleicht finden wir noch etwas. Eine kleine Notiz, einen Namen. Mehr brauchen wir nicht.«

Um die Ernsthaftigkeit ihres Vorschlages zu untermauern, knallte sie mir die Hälfte der Berichte in den Schoß. Ich stöhnte auf und wünschte mir ein Fass Whisky, das sich langsam über meinem Kopf entleerte. Stattdessen öffnete Jasmin die zweite Flasche Bier und bot mir einen Schluck an. Ich schloss die Augen und schluckte. Es hätte schlimmer sein können.

Zwei Stunden später hatten wir alles noch einmal durchgekaut, angeschaut und weggelegt, ohne dass wir etwas gefunden hatten, das uns weiterbrachte. Mir kam eine Idee. Als ich den Telefonhörer in die Hand nahm, schaute mich Jasmin skeptisch an und zeigte auf ihre Armbanduhr. Es war kurz nach Mitternacht. Ich versuchte es trotzdem. Abt meldete sich mit müder Stimme.

»Schon gut, Herr Maloney. Ich habe ferngesehen. Ich gehe selten früh zu Bett. Kann sowieso nicht gut schlafen.«

»Hat in den vergangenen Jahren außer uns noch jemand nach Imhaslis Akten gefragt?«

»Nein.«

»Hatte außer Ihnen sonst noch jemand Zugang zu den Akten?«

»Nein, niemand. Ist doch alles abgeschlossen.«

»Der Aktenschrank war aber offen.«

»Ja, schon. Das Schloss ist defekt. Moment mal. Natürlich, jetzt fällt es mir wieder ein. Etwa zwei Monate nachdem Dorli mir die Papiere gegeben hat, traf ich im Treppenhaus auf einen jungen Mann. Ungepflegt, mit Lederjacke und einer Mütze. Der rannte sofort weg, als er mich sah, die Treppe runter, drei, vier Stufen gleichzeitig. Ich dachte, der bricht sich noch das Genick, und schon war er weg. Ich hatte Angst, dass er bei mir eingebrochen haben könnte. Hat er aber nicht. Auch in den anderen Wohnungen wurde nicht eingebrochen. Deshalb habe ich die Polizei nicht verständigt. Aber zwei Wochen später habe ich gesehen, dass im Dachstock mein Abteil aufgebrochen worden war. Und der Aktenschrank war auch offen. Aufgewuchtet mit einem Eisen, oder so. Ich habe nachgeschaut, aber ich konnte nichts entdecken, ich glaube nicht, dass was gestohlen wurde.«

»Können Sie den jungen Mann beschreiben?«

»Nach all den Jahren? Nein, das kann ich nicht. Fehlt etwas in den Unterlagen?«

»Das wissen wir nicht. Es könnte sein.«

»Das tut mir leid. Ich hoffe, dass Dorli nichts davon erfährt. Ich glaube, sie wäre nicht zufrieden mit mir.«

Ich versprach ihm, Frau Amrein nichts davon zu erzählen.

Jasmin ging im Büro auf und ab, als ich ihr von Abts Entdeckung erzählte. Mehrere Gummibärchen verschwanden in ihrem Mund, ehe sie sich setzte.

»Das passt alles nicht zusammen. Imhasli macht eine Entdeckung, die er als heiße Spur beschreibt. Er macht sich Notizen, die so eindeutig sind, dass sie jemandem gefährlich werden können. Trotzdem verzichtet Imhasli darauf, seine Erkenntnisse der Polizei weiterzugeben. Er stirbt etwa zwei Jahre danach. Da taucht ein unbekannter Mann auf und reißt aus einem gut versteckten Notizbuch ein paar Seiten raus. Das ergibt doch alles keinen Sinn.«

»Tja, logisch betrachtet sieht das alles ziemlich wirr aus.«

»Aha. Und wie betrachtet es der große Philip Maloney? Unlogisch und dafür entwirrend?«

»Ich versuche, von den Fakten auszugehen«, sagte ich. »Und die sind: Imhasli hatte eine Spur. Und jemand wollte nicht, dass nach Imhaslis Tod die Spuren dieser Spur weiterverfolgt werden können.«

»Wer aber außer Frau Amrein und Herr Abt wusste, wo sich das Notizbuch befand?«

»Du vergisst Imhasli selbst. Nach unseren neuesten Erkenntnissen überlebte er sein Sterben gekonnt.«

»Und weshalb sollte er die Seiten aus dem Notizbuch reißen? Überhaupt, überleg doch mal: Weshalb verschwindet nicht das ganze Notizbuch, weshalb nicht alle Akten? Der Mann hätte doch nur ein Feuer legen müssen. Dachstockbrand. Nichts Ungewöhnliches.«

»Vielleicht war er nicht so intelligent wie du. Oder er hatte akute Mangelerscheinungen in Gehirn und Charakter. Zurückzuführen auf ein massives Defizit an vertilgten Gummibärchen?«

»Ist das deine Nachmitternachtskomik? Ich bin müde. Ich gehe schlafen.«

Als ich aufstand, spürte ich einen stechenden Schmerz im Rücken. Ich verzichtete darauf, laut loszujammern, da mir Jasmin sonst wieder eine Andeutung über mein Alter, meinen Whiskykonsum oder sonst einen gesundheitsschädigenden Faktor aus meinem Leben vorgehalten hätte. Tatsache war, dass ich für mein Alter noch einigermaßen fit war, auch wenn man mich nie in einem der modernen Fitnessstudios antraf, wo Frauen und Männer zwischen zwei Geschäftsessen Gewichte stemmten und Kilometer abspulten, oder auf einem Stepp-Gerät die Philosophie des Auf-der-Stelle-Tretens in ihrem Fitnessprogramm umsetzten.

Es war zwei Uhr morgens, ich saß in meinem Büro am Schreibtisch und schaute mir auf CNN an, was die Welt bewegte. Sogar bis nach Atlanta war der wahrscheinlich bevorstehende Rücktritt eines Bundesrates ein Thema. Der Mann war erst seit drei Jahren im Amt, sah immer fröhlich und gut gebräunt in jede Kamera, die man ihm in den Weg stellte, und doch sollte er wegen Gesundheitsproblemen über einen Rücktritt nachdenken. Mir konnte das egal sein. Ein Wirbelsturm hatte die Küste Floridas heimgesucht. Man sah Bilder von Wassermassen, die gegen Kaimauern donnerten, und eine Reporterin stand auf einem kleinen Turm und kommentierte das Unwetter. Anschließend folgte noch eine idiotische Geschichte über ein Elefantenbaby, das künstlich ernährt werden musste, sowie ein Bericht über den Schadensersatz, den ein Hollywoodstar einem Journalisten bezahlen musste, den er vor Publikum verprügelt und als Arschloch bezeichnet hatte.

Ich schaltete das Ding aus, als das Telefon klingelte. Ehe sich der Beantworter einschaltete, griff ich zum Hörer. Die putzmuntere Stimme meiner Klientin war am Draht.

»Mir ist etwas eingefallen«, sagte Frau Koller. »Sie haben mir doch gesagt, ich soll mich sofort bei Ihnen melden, wenn mir etwas im Zusammenhang mit Basil, eh, mit Urs einfällt, das haben Sie doch gesagt, oder?«

»Ja, das habe ich«, sagte ich. »Haben Sie geträumt oder liegen Sie immer die halbe Nacht wach und lassen sich etwas einfallen?«

»Ich habe in meinem Zimmer die falschen Öle verwendet.«

»Sie ölen Ihr Zimmer?«

»Ätherische Öle. Eigentlich wollte ich die Mischung für

sanftes Einschlafen anzünden, stattdessen habe ich die Mischung gegen Depressionen und Müdigkeit erwischt. Dafür ist mir das mit Urs eingefallen. Wir gingen einmal zusammen einkaufen. Er schaute sich in der Herrenabteilung eines Kleidergeschäftes um, ich einen Stock höher bei der Unterwäsche. Als ich zu ihm herunterfuhr, sah ich, wie er sich sehr erregt mit einem Mann unterhielt. Die beiden, so schien es, kannten sich, als ich aber dazukam, nahm mich Urs sofort zur Seite, und wir verließen das Geschäft. Er sagte, der Mann habe sich wegen eines Mantels gestritten, den er unbedingt haben wollte, den Urs aber für sich schon ausgesucht hatte. Das war natürlich eine schwache Ausrede. Aber ich war gerade frisch verliebt, und da verzeiht man einem Mann fast alles.«

»Haben Sie ihn später noch einmal mit dem Mann zusammen gesehen?«

»Nein. Aber ich weiß, wer der Mann war.«

»Dann aber raus damit.«

»Er heißt Brustmann.«

»Der Kindermörder?«

»Nein, der Bruder des Kindermörders. Ich habe sein Foto mal in einer Illustrierten gesehen. Ich bin mir ganz sicher, dass er es ist. Er ist der Typ Naturwissenschaftler. Schmaler Kopf, dünnes Haar, Bartträger. Lehrer gibt es auch eine Menge, die so aussehen.«

»Und Sie wissen nicht, worüber die beiden stritten?«

»Nein. Hilft Ihnen das weiter?«

Ich bedankte mich bei ihr. Das Puzzle hatte wieder ein Teil mehr, und wo auch immer dieses Teil hinpasste, es gehörte zweifellos zu dem Bild, das Jasmin und ich fertigstellen wollten. Ich legte mich hin und überlegte mir, ob ich nicht einmal ätherische Öle als Schlafmittel einsetzen sollte, doch ehe ich den Gedanken zu Ende denken konnte, schlief ich ein und träumte von einer Winterlandschaft und Kindern, die ihre Schlitten über einen schmalen Weg nach oben zogen. Dann setzten sie sich auf die Holzschlitten und rasten in die Tiefe. Auf einem der Schlitten erkannte ich einen Jungen aus meiner Nachbarschaft. Er streckte mir die Zunge heraus und lachte, als er meinen alten, schäbigen Schlitten sah. Ich wusste nicht, was der Traum mir sagen wollte, aber es sind immer die Kinder aus der Nachbarschaft, die einem noch über Jahrzehnte hinweg die Zunge herausstrecken. So gesehen ist es nicht weiter erstaunlich, dass sich überall auf der Welt die lieben Nachbarn von früher plötzlich die Köpfe einrammen und sich gegenseitig massakrieren.

15

Walter Brustmann hustete unappetitlich und spuckte bräunlichen Auswurf in ein schmutziges Taschentuch. Er war seit zwei Jahren arbeitslos und lebte von einer Invalidenrente und Sozialhilfe. In seiner Wohnung roch es nach Schweiß und Medikamenten. Er erzählte mir von seiner chronischen Bronchitis und dem Asthma, das immer schlimmer wurde. Wie um mir das zu illustrieren, bekam er einen mittleren Anfall und sprühte sich keuchend ein Medikament in den Rachen. Es dauerte ein paar Minuten, bis er sich erholt hatte. Er bot mir einen Kaffee an und setzte eine uralte Espressomaschine auf den Kochherd. Das Ding sah aus, als hätte schon seine Großmutter damit Kaffee gekocht. Die Tasse, die er mir hinstellte, war dafür neu und sauber. Brustmann zog das linke Bein ein wenig nach. Als er sah, dass ich ihn beobachtete, sagte er, dass er eine Schraube im Fuß habe. Sein Bart sah gepflegt aus. Die wenigen Haare, die er noch besaß, hatte er sich von der rechten Seite quer über den Kopf bis ans linke Ohr gekämmt. Er gehörte wohl zu der Sorte von Männern, die nicht akzeptieren können, dass sie eine Glatze haben. Sie gehen lieber mit scheußlichen langen Strähnen, die sie einzeln über den Kopf verteilen, durchs Leben, und niemand macht sie darauf aufmerksam, dass sie dadurch zehn Jahre älter und wesentlich hässlicher aussehen als mit einer akzeptablen Teilglatze. Als der Kaffee in meiner Tasse dampfte, zündete sich Brustmann eine Zigarette an, ohne jedoch daran zu ziehen.

»Ist nur wegen des Geschmacks«, sagte er. »Musste aufhören. Meine Bronchien sind hinüber, die Lunge macht noch einigermaßen mit. Schaffe es noch nicht, Kaffee zu trinken, ohne den Geschmack der Zigarette zu riechen. Rauchen Sie? Es stört mich nicht.«

»Danke«, sagte ich. »Ich habe schon vor ein paar Jahren aufgehört.«

»Sie kommen also wegen meinem Bruder. Armer Kerl. Paul wollte immer etwas Besseres sein. Hatte große Pläne. Konnte gut reden. Habe mich nie gut mit ihm verstanden. Hat mich betrogen, dieser Mistkerl. Fünftausend Franken habe ich ihm gegeben. Ich habe nie viel auf der Bank gehabt. Er hat das Geld verpulvert, statt damit Geschäfte zu machen. Alle hat er angepumpt. Auch Marie, unsere Schwester.«

»Haben Sie ihn im Gefängnis besucht?«

»Ja. Aber nur einmal. War nicht so einfach. Er saß in Untersuchungshaft. Ich habe doch nicht geahnt, dass er auf Knaben steht. Bin sogar einige Male mit ihm im Puff gewesen. Hat ihm gefallen, hat er gesagt. Er hat aber nie eine Freundin gehabt. Obwohl er besser aussah als ich. Und reden konnte er. Hat die Frauen um den kleinen Finger gewickelt.«

»Hat er Ihnen die Morde gestanden?«

»Ja, das hat er.«

»Alle?«

»Nein. Nur drei. Der vierte, der Knabe aus der Stadt, den hat er nicht umgebracht. Da wurde er wütend, wenn man das behauptete. Obwohl das keine Rolle gespielt hat. Ob drei oder vier Morde, was macht das schon für einen Unterschied?«

»Für das vierte Opfer macht es einen.«

»Gut, ja, das sehe ich ein. Aber der vierte Knabe ist wahrscheinlich auch tot. Und was wollen Sie nach all den Jahren? Das interessiert doch niemanden mehr. Um mich kümmert sich auch niemand.«

»Wenn Sie jetzt rumjammern, schmeiße ich Ihre Medikamente aus dem Fenster.«

»He, nicht so grob. Was wollen Sie eigentlich von mir? Sie sind doch so ein Schnüffler, oder?«

»Sie haben vor ein paar Monaten eine heftige Auseinandersetzung mit einem anderen Mann gehabt. In einem Kleidergeschäft.«

»Ich? Blödsinn. Habe kein Geld für Kleider.«

»Man hat Sie gesehen«, sagte ich. »Zusammen mit Urs Imhasli.«

»Imhasli? Ich dachte, der ist tot.«

»Ist er auch. Aber als Sie ihn trafen, lebte er noch.«

»Und der Autounfall? Damals?«

»Imhasli hat ihn überlebt.«

»Also doch«, sagte er. »Ich wusste, dass er es war. Ja. Ich habe ihn angesprochen in dem Geschäft. Er hat bestritten, Imhasli zu sein. Aber ich habe ihn erkannt. Er hat damals zweimal mit mir gesprochen, wegen meinem Bruder Paul. Imhasli war ein Schleimer. Wollte, dass ich ihm alles über Paul erzähle. Die Geschichte hat er einer Illustrierten verkauft. Natürlich nicht unter seinem Namen. Er wusste schon, wie man zu Geld kommt. Er hat mir ein Honorar versprochen. Tausend Franken. Hat aber nie gezahlt, dieser Saukerl.«

»Hat Ihnen Imhasli gesagt, dass er Nachforschungen anstellt wegen dem verschwundenen Knaben?«

»Ja, ja. Er hat auch gesagt, dass er nicht glaubt, dass Paul alle vier Knaben auf dem Gewissen hat. Hat sogar gesagt, er wisse, wer der andere Kerl ist.«

»Hat er einen Namen genannt?«

»Nein. Hätte ihm auch nicht geglaubt. Aber fragen Sie Marie, die hat sich besser mit ihm verstanden.«

»Imhasli kannte Ihre Schwester?«

»Gekannt ist gut. Gevögelt hat er sie. Das war ein Saukerl. Wissen Sie, Paul war auch kein guter Mensch. Das mit den Knaben hätte er nicht tun dürfen. Aber dieser Imhasli war nicht besser, vom Charakter her, meine ich.«

Er leerte die Kaffeetasse und schüttete ein Glas hellgrünen Saft nach. Sein Körper zuckte, und er verzog seinen Mund. Dann wandte er sich einer Boulevardzeitung zu und schrieb sich die Bingozahlen auf eine Serviette. Er gab mir ein wenig widerwillig die Adresse seiner Schwester Marie.

»Ich habe nichts dagegen, wenn Sie sie vögeln.«

»Fragt sie Sie immer um Erlaubnis?«

»Nein. Sonst wäre alles besser gekommen, glauben Sie mir. Sie hat Pech mit den Männern. Sie hat sogar einmal mit einer Frau zusammengelebt. Ein halbes Jahr lang. Die hat sie aber auch hintergangen. Und wie. Ein böses Weibsstück war das. Ist eines Tages einfach abgehauen. Das Auto von Marie hat sie geklaut. Ein neuer Toyota war das. Alles Ersparte hat sie in das Auto gesteckt. Haut einfach ab. Ist nie wieder aufgetaucht.«

Ehe er noch mehr schauerliche Geschichten aus seinem Leben auf den alten Holztisch kotzte, verließ ich ihn. Draußen im Treppenhaus hörte ich ihn husten.

Brustmanns Schwester wohnte nur ein paar Häuserblocks weiter in einem etwas besseren Haus. Da sie als Sekretärin arbeitete, hatte ich einen freien Nachmittag, den ich dahingehend nutzte, mir die Gegend ein wenig anzusehen und in einem Zeitungsarchiv die Artikel über die Kindermorde und Paul Brustmann zu lesen. Viel gescheiter war ich danach auch nicht, aber aus den Artikeln ging klar hervor, dass zuerst erhebliche Zweifel darüber bestanden, ob Paul Brustmann tatsächlich für alle vier Taten infrage kam. Aber nach seinem Selbstmord in der Zelle war man sich offenbar darüber einig, dass er der alleinige Täter war. Ich sah auch ein Foto, das Brustmann zusammen mit seiner Schwester Marie zeigte. Eine ausnehmend hübsche dunkelhaarige Frau mit schmalem Gesicht und traurigen Augen. Ein paar Stunden später sah ich dasselbe Gesicht, zehn Jahre älter, aber noch immer schön anzusehen. Die traurigen Augen sahen noch ein wenig trauriger aus.

Marie Brustmann schlüpfte eilig aus ihren Pumps, verschwand im Badezimmer und ließ mich in der Diele warten. An der Wand hing, wie in einem alten Schloss, ein Kerzenlüster, in dem vier Stummel steckten. Auch auf der schmalen Kommode unter dem Frisierspiegel stand ein Kerzenhalter. Als mich Frau Brustmann ins Wohnzimmer führte, trug sie einen bequemen Hosenanzug. Im Wohnzimmer zündete sie ein langes Streichholz an und begann reihum eine Kerze nach der anderen anzuzünden. Da in dem Raum mindestens 50 Kerzen herumstanden, dauerte die Prozedur eine Weile.

»Das ist meine Art, mich zu entspannen«, sagte sie. »Kerzenlicht ist gut für das Gemüt.«

»Haben Sie keine Angst, eines Tages verkohlt aufgefunden zu werden?«

»Ich habe keine Angst vor Feuer. Feuer ist etwas Magisches. Ich kann stundenlang in ein Feuer starren. Vielleicht bin ich eine Pyromanin. Aber keine Angst, ich zünde keine Männer an.«

»Ich habe mehr Angst davor, dass Sie gleich zu beten beginnen.«

»Ich bin nicht religiös. Wahrscheinlich ist das mit den Kerzen eine Perversion von mir. Hat sicher einen sexuellen Hintergrund. Aber was hat keinen sexuellen Hintergrund? Sie schnüffeln im Leben anderer Leute herum. Das hat doch auch einen sexuellen Hintergrund. Vielleicht hätten Sie als Knabe gern bei Ihrer Mama durchs Schlüsselloch geguckt?«

»Aha. Und Sie hätten als Mädchen gerne viele lange und dicke Kerzen um sich gehabt?«

»Lieber in mir drin. Ich war schon in der Pubertät eine kleine Nymphomanin. Überall und jederzeit habe ich mich hingegeben. Aber das hat Ihnen Walter sicher schon erzählt.

Er hat es nie gemocht, dass ich so direkt auf Männer zugehe und ihnen zu verstehen gebe, was ich von ihnen erwarte. Walter und Paul waren beide furchtbar verklemmt. Aber darüber reden wollten sie nie. Dabei bin ich sicher, dass das mit den Ferien beim Großvater zusammenhängt. Sie waren drei, vier Mal beim Großvater in den Ferien. Auf dem Land, wegen der guten Luft. Gut getan hat ihnen das aber nicht. Ein fünftes Mal wollten sie nicht mehr, Paul wurde krank, Walter hat sich mit Händen und Füßen gesträubt. Sie haben aber nie gesagt, was der Großvater mit ihnen gemacht hat. Das war ein Ferkel, da bin ich sicher. Von nichts kommt nichts. Das hat unsere Mutter immer gesagt. Ich glaube, sie wusste genau, weshalb Paul das mit den Knaben gemacht hat. Walter ist vermutlich auch pervers, er weiß es einfach noch nicht. Wir haben alle drei nie eine gute Beziehung zustande gebracht. Alles haben wir immer kaputtgemacht.«

»Ihr Bruder behauptet, dass Sie eine Beziehung mit dem Privatdetektiv Urs Imhasli hatten.«

»Das behauptet er? Toll. Stimmt aber nicht. Weder Imhasli noch ich wollten das. Ich habe Imhasli drei Mal getroffen. Er interessierte sich sehr für Paul und die Verbrechen an den Knaben. Er hat mir gesagt, dass er Beweise habe, dass Paul nicht alle Knaben auf dem Gewissen hat. Mir war das, ehrlich gesagt, egal. Es genügte doch, dass Paul einen Knaben ermordet hatte. Weshalb interessieren Sie sich dafür?«

»Wenn Ihr Bruder nicht alle Knaben ermordet hat, dann läuft der andere Mörder noch frei herum.«

»Schon möglich. Der vierte Knabe wurde aber nie gefunden. Und die Polizei hat sich später nicht mehr darum gekümmert.«

»Weshalb ist Imhasli mit seinen Beweisen nicht zur Polizei gegangen?«

»Wieso? Das hat der doch getan. Er hat mir gesagt, dass er einem Beamten den Namen des Mörders genannt hat.«

»Und wie hieß der Beamte?«

»Das weiß ich nicht mehr. Vielleicht hat sich Imhasli aber auch getäuscht, oder er hat nur geblufft. So, jetzt geht es mir wieder besser.«

Sie begann, die Kerzen mit ihren Fingern zu löschen. Dazu steckte sie ihre Finger in den Mund und drückte dann den Docht der Kerzen zusammen. Als sie den Rundgang beendet hatte, schaltete sie den Fernseher an.

»Sie können entweder mitschauen oder gehen«, sagte sie. »Aber wehe, Sie geben dumme Kommentare ab. Das kann ich nicht ausstehen.«

»Was schauen Sie sich denn an?«

»Eine tägliche Serie. Ich bin süchtig danach. Wenn ich in die Ferien fahre, muss mein Bruder die einzelnen Folgen für mich aufnehmen.«

Ich schaute mir die ersten Minuten an, begriff aber überhaupt nichts. Die Personen in der Serie redeten ständig von anderen Figuren, die ich nicht kannte. Die einzelnen Schauplätze waren dekorativ, aber austauschbar. Überall sah man Männlein und Weiblein entweder streitend oder liebend, und mindestens alle dreißig Sekunden verzog einer der Darsteller sein Gesicht vielsagend vor der Kamera. Die schauspielerischen Leistungen erinnerten mich an die jener Pornos, in denen die weiblichen Darstellerinnen es verstehen, höchst dramatisch mit ihren Fingern durch das Haar zu streichen, und die Männer ausdruckslos ihren Text in die Kamera faseln. Marie Brustmann war von der Serie so gefesselt, dass sie mich nicht mehr wahrnahm. Als gerade einer der Darsteller wütend seinen Zeigefinger unter die Nase einer gelifteten Brünetten hielt, stand ich auf und verließ das Kerzenmuseum. Falls Imhasli vor zehn Jahren tatsächlich einem Polizisten den Namen des anderen Mörders genannt hatte, musste Hugentobler das in Erfahrung bringen können.

In Hugentoblers Büro hatte ich das zweifelhafte Vergnügen, die letzten fünf Minuten der unsäglichen Fernsehserie mitansehen zu dürfen. Er erzählte mir einige der Verwicklungen, in die die Figuren der Serie verstrickt waren, doch schon nach den ersten Querverweisen auf andere Namen und Schauplätze musste ich passen. Hugentobler verstrickte sich in Widersprüche, als er die Biographien zweier Hauptfiguren herunterbetete. Als sich dann auch noch ein unehelicher Sohn in seine Erzählungen schlich, schrie ich laut auf. Hugentobler erschrak, das hielt ihn aber nicht davon ab, laut nachdenkend nach dem Namen des unehelichen Sohnes zu suchen.

»Michael ist der andere«, sagte er, »auch unehelich, aber akzeptiert und vor allem hat er einen anderen Vater. Heißt er vielleicht Merian? Ist das überhaupt ein Männername? Meine Frau wüsste das sicher, aber die ist zur Kur. Deshalb bin ich auch noch hier, Maloney. Ich gehe nachher mit zwei Kollegen essen. Möchten Sie mitkommen, Maloney? Oder verdaut Ihr Magen nur unbezahlte Rechnungen?«

»Mein Magen verdaut alles«, sagte ich.

»Da wo wir hingehen, gibt es sowieso nur Pizzas.«

»Ich hab Neuigkeiten im Fall Imhasli, Hugentobler.«

»Tatsächlich? Unsere Ermittlungen stocken ein wenig. Das ist aber ein gutes Zeichen. Meistens stocken die Ermittlungen kurz vor dem großen Durchbruch.«

»Na, dann warten Sie mal schön auf den Durchbruch. Imhasli hat einem Ihrer Kollegen den Namen des Mörders genannt.«

»Brustmanns Namen? Na und? Den kannte doch damals jeder.«

»Er nannte ihm aber einen anderen Namen. Imhasli wusste, wer den vierten Knaben auf dem Gewissen hat.«

»Üble Sache, Maloney. Weshalb steht davon nichts in den Akten?«

»Das möchte ich von Ihnen gerne wissen.«

»Ich werde mich darum kümmern. Zuerst gibt es jetzt aber eine Quattro Stagioni. Überlegen Sie es sich gut, Maloney. Die Pizzas sind so riesig, dass sie auf keinem Teller Platz haben.«

»Aha«, sagte ich. »Essen Sie sie auf dem Fußboden?«

»Nein, nein, Mario serviert sie auf Holzbrettern. Riesig, Maloney.«

Er malte mit seinen Händen ein großes Loch in die Luft. Bevor er den Fernseher ausschaltete, kontrollierte er seine Armbanduhr und stellte sie synchron zur Uhr im Teletext ein. Polizisten lieben Pünktlichkeit. Man kann ihnen vorwerfen was man will, wenn man pünktlich ins Gras beißen will, braucht man nur einen Polizisten zu suchen, er verrät einem garantiert die richtige Uhrzeit.

Ich kaufte mir unterwegs bei einem Take-Away ein mit Leckereien gefülltes Fladenbrot. Die Kälte drang durch meinen Mantel und legte sich wie ein Korsett um meine Brust. An der Ecke stand eine dünne Frau in kurzen, engen Shorts. Ihre Brüste schauten unter der Jacke hervor, die Brustwarzen steif aufgerichtet. Es gibt im Winter weitaus härtere Jobs als den eines Privatdetektivs. So etwas muss sich unsereins immer wieder vor Augen halten.

16

Als Jasmin Weber am nächsten Morgen mein Büro betrat, sah sie aus, als hätte sie in der Nacht 30 Kilo zugenommen. Das, was sie trug, hätte gereicht, um ein halbes Dutzend Obdachlose vor dem Kältetod zu schützen. Nachdem ich kurz das Fenster geöffnet hatte, wusste ich, weshalb sie ihre gesamte Wintergarderobe spazieren führte.

»Minus 20 Grad«, sagte sie. »Der bisher kälteste Tag im Jahr. Nimm deine Rheumawäsche und zieh dich um.«

»Ich dachte immer, es sei das Privileg der Freischaffenden, an solchen Tagen faul in der Wohnung herumzuhängen und im Fernsehen live mitzuverfolgen, wie die Angestellten und Beamten in den Kältetod marschieren.«

»Ich habe die Notizen Imhaslis noch einmal gelesen«, sagte sie. »Er muss zwischen dem Park und dem Spielplatz auf eine Spur gestoßen sein.«

»Und wir sollen jetzt nach zehn Jahren die Spur wiederfinden?« fragte ich. »Bei dieser Kälte? Vielleicht hat Imhasli einen Eisverkäufer als Zeugen gefunden, die arbeiten aber erst wieder im Sommer.«

»Wir können uns auch morgen auf den Weg machen.«

»Das klingt schon besser.«

»Freue dich nicht zu früh, Philip.«

Sie knallte mir eine Zeitung auf das Pult. Auf der ersten Seite war das Bild des braun gebrannten Bundesrates. Für den heutigen Tag hatte er eine Pressekonferenz angekündigt. Gleich daneben wurden die Temperaturen für die nächsten Tage angekündigt. Wenn das stimmte, was ich las, standen uns die kältesten Tage noch bevor.

Jasmin lachte und reichte mir meinen Mantel. Ich zog zuerst zwei Pullover über und holte aus meinem Schrank eine alte Pudelmütze hervor. Handschuhe fand ich keine, aber es konnte mich auch niemand zwingen, bei dieser Kälte Hände zu schütteln. Wir fuhren mit dem Bus bis zum Park und gingen zweimal die Strecke zwischen Park und Spielplatz ab. Ich wusste nicht, wonach ich Ausschau halten sollte und so konzentrierte ich mich darauf, nicht zu erfrieren, während Jasmin eifrig Leute befragte. Wir trafen auf Passanten, Anwohner, Gewerbetreibende, Mütter, Straßenkehrer, Arbeitslose, Rentner und Schüler. Alle hatten sie etwas zu berichten, aber niemand konnte uns etwas sagen, was uns weiterhalf. Wir machten zwischendurch in einem Tea-Room halt und stärkten und wärmten uns mit Kaffee und Tee. Auch unser zweiter Marsch brachte viele anregende Begegnungen mit Menschen, die mir weder vor noch nach unserem Zusammentreffen etwas bedeuteten. Die ganze Welt schien in den wenigen Straßenzügen versammelt zu sein, alle großen und kleinen Probleme, Frustrationen und Freuden des Lebens begegneten uns zwischen den Lichtsignalen und in den Innenhöfen. Nur ein Zeuge der Entführung eines Knaben vor zehn Jahren begegnete uns nicht. Als ich meine Hände nicht mehr spürte und meine Nase festgefroren bei jedem Atemzug schmerzte, gelang es mir, Jasmin davon zu überzeugen, die ganze Aktion abzublasen. Ihr schien die Kälte nichts auszumachen, wahrscheinlich verbrachte sie die meisten Abende in schlecht geheizten Eishallen und freute sich über die Siege und ärgerte sich über die Niederlagen der Mannschaft ihres Freundes. Ich hatte nicht viel übrig für Wintersportarten, vor allem nicht für jene Sportart, die unsereins leider ab und zu ausüben muss: Zeugensuche bei minus 25 Grad. Und so kalt war es mittlerweile geworden. Jasmin Weber fragte mich nach meinem Befinden. Ich tat, was ich in solchen Situationen immer tue: laut fluchen.

Drei Stunden später konnte ich meine Finger wieder bewegen, und meinc Nase fühlte sich an wie ein nasser Lappen. Wir saßen in Jasmins Büro. Ich nippte an einem Bier mit Whisky und sie an einem Bier mit Pfirsicharoma. Im Fernsehen wurde der Rücktritt des Bundesrates bekannt gegeben. Persönliche Gründe wurden angeführt. Ein Kommentator ereiferte sich darüber, dass die Bundesräte permanent überfordert seien und im Vergleich mit dem Ausland den Job mehrerer Minister erledigen müssten, da sei es kein Wunder, dass alle Bundesräte gesundheitliche Probleme hätten. Mir war neu, dass wir von lauter kranken Frauen und Männern regiert wurden.

Jasmin schüttelte nur einige Male den Kopf und schaltete das Fernsehbild auf ihrem PC aus. Ich widmete mich wieder den Unterlagen, die ich von Hugentobler erhalten hatte und stieß auf eine Passage, die ich mir sofort markierte.

»Das könnte es sein«, sagte ich. »Die Calandastraße ist doch in der Nähe des Parks, oder?«

»Wir sind heute viermal durch die Calandastraße spaziert, Philip, schon wieder verdrängt?«

»Hier hat es eine Aktennotiz der Polizei. Da steht: ›Frau Münch und ihren Sohn aus der Calandastraße vernommen. Haben angeblich etwas gesehen. Aussage unbrauchbar.‹«

»Klingt interessant. Wie viele solche Aktennotizen hat es in den Unterlagen?«

»Schätzungsweise ein paar Dutzend. Die Polizei ist gründlich in solchen Dingen. Die befragen jeden und jede, gehen jedem Hinweis nach und am Schluss ertrinken sie darin.«

»Und der Mörder ist immer der, den sie von Anfang an im Visier hatten.«

»Ist oft so, und wenn es nicht so ist, gibt es Arbeit für uns. Schau doch mal nach, ob es diese Frau Münch und ihren Sohn noch gibt.«

»Okay«, sagte sie. »Holst du mir mal die Scheibe da runter? Oben rechts, ist gerade neu eingetroffen. Auf dieser CD-ROM sind alle Telefonbücher der Schweiz gespeichert.«

»Toll. Dann kann ich endlich im Zirkus auftreten. Ich wollte schon immer mal vor Publikum mit einem Ratsch alle Telefonbücher aufs Mal zerreißen.«

»Unterstehe dich. Ohne die Scheibe bin ich aufgeschmissen. Was glaubst du, wie viele Vermisste ich allein mit dem Telefonverzeichnis ausfindig gemacht habe? Manchmal wohnen die Leute nicht mal zwanzig Kilometer auseinander, stehen sogar im selben Telefonbuch, aber niemand kommt auf die Idee, darin nach dem Namen der vermissten Person zu suchen. Und wenn sie es doch tun, denken sie, dass das gar nicht sein kann, so ein Zufall, und rufen nicht an, um sich nach der Person zu erkundigen.«

Sie erläuterte mir wieder einmal all die Vorzüge modernster Technik und riet mir, endlich einen Computerkurs zu besuchen und mich mit den neuesten Kommunikationsmitteln vertraut zu machen. Ich schwieg und schaute zu, wie sie die Scheibe in ihren gefräßigen PC schob und wenig später die Adresse und Telefonnummer von Frau Ursula Münch an der Calandastraße auf dem Monitor aufleuchtete. Es war kurz vor sechs Uhr abends, und die Außentemperatur war vermutlich bereits unter 30 Grad minus gerutscht, aber das hinderte uns nicht daran, todesmutig noch einmal das Haus zu verlassen und uns dem ewigen Eis anzuvertrauen.

17

Die Wohnung der Münchs war im Nebengebäude eines großen Versicherungshauses untergebracht. In den oberen Stockwerken gab es Büros und ein paar wenige Wohnungen. Die Münchs wohnten Parterre. Als wir uns dem Haus näherten, sahen wir eine Gestalt, die uns hinter den Vorhängen beobachtete und dabei langsam hin und her schaukelte. Ich machte mich darauf gefasst, King Kong oder einem Unterhaltungsstar des Schweizer Fernsehen persönlich zu begegnen, doch als die Tür aufging, stand uns eine ungepflegt wirkende Frau um die fünfzig gegenüber. Sie musterte uns abschätzig und hielt mit einer Hand die Tür fest, damit wir nicht unaufgefordert eintreten konnten. Jasmin versuchte es auf die nette Tour. Frau Münch war damit nicht zu beeindrucken.

»Wenn Sie vom Amt kommen«, sagte Frau Münch, »rate ich Ihnen, keinen Schritt in meine Wohnung zu machen und gleich wieder zu gehen. Ich hasse unangemeldeten Besuch. Vor allem von der Vormundschaftsbehörde.«

»Wir kommen von keiner Behörde«, sagte Jasmin, »wir möchten Ihnen und Ihrem Sohn nur ein paar Fragen stellen.«

»Fragen? Meinen Sohn wollen Sie mir wegnehmen. Das kenne ich. Immer wieder versuchen Sie es. Dabei leben wir zufrieden. Ich sorge gut für meinen Sohn. Und bei mir herrscht Ordnung. Ich habe nichts zu verbergen.«

Um uns das zu demonstrieren, trat sie einen Schritt zurück. Aus der Wohnung drang der Mief ungelebten Lebens zu uns. Die Einrichtung sah aus wie der Lagerraum eines Trödelhändlers, alles war übereinandergestapelt und ineinandergeschichtet. Im Wohnzimmer stand eine kleine Kommode auf einer anderen, großen, wuchtigen Kommode und daneben standen zwei Vitrinen, bei einer war das Glas zerbrochen. Mehr konnte ich nicht sehen, aber das genügte. Man hörte Politiker im Gespräch, offenbar eine Gesprächsrunde im Fernsehen über den Rücktritt des Bundesrates. Frau Münch hatte sich dazu durchgerungen, uns anzuhören. Jasmin erläuterte ihr unser Anliegen. Während sie sprach, musterte Frau Münch mich und schaute mir mit bohrendem Blick in die Augen. Ich bohrte zurück, bis sie ihren Blick senkte.

»Ja, ja, die Polizei war damals hier. Sie wollte mit meinem Sohn sprechen. Aber mit Albi kann man nicht sprechen. Ich habe es denen gesagt, aber die wollten unbedingt mit Albi sprechen, weil er doch den ganzen Tag am Fenster sitzt.«

»Er schaut aus dem Fenster?« fragte ich.

»Ja, ja. Das macht er jeden Tag. Ich weiß nicht, was ihn daran so interessiert, aber mir soll es recht sein, so hat er etwas zu tun und ist ruhig. Ich kann mich auch nicht jede freie Minute um ihn kümmern. Aber kommen Sie ruhig herein und schauen Sie selbst. Albi ist ein wenig scheu, passen Sie auf, Sie dürfen nicht zu nahe an ihn herangehen.«

Sie ging voraus und zeigte auf ihren Sohn wie auf ein abstraktes Gemälde, das sie nicht richtig verstand, das ihr aber irgendwie am Herzen lag. Albi Münch starrte aus dem Fenster und nahm uns nur aus den Augenwinkeln wahr. Sein Oberkörper wankte gleichmäßig von links nach rechts und zurück.

Wir begrüßten ihn, doch er reagierte nicht. Erst als Jasmin einen weiteren Schritt auf ihn zuging, zuckte sein Kopf, drehte sich ein wenig um, und sein Blick wanderte unstet im Raum herum. Frau Münch sagte uns, dass wir nicht näher zu ihm sollten. Sie sprach auf ihren Sohn ein, ohne dass dieser eine Reaktion zeigte. Ich fragte ihn nach seinem Namen, hätte aber genauso gut die Kommode in meinem Rücken fragen können. Albi zeigte sich unbeeindruckt und schwieg. Er drehte sich wieder vollständig zum Fenster und starrte auf die weißen Vorhänge. Dann plötzlich öffnete er seinen Mund.

»Oga mugu sugu«, sagte er.

Wir hörten ihm gebannt zu. Doch mehr kam nicht. Wir redeten eine Weile auf ihn ein, versuchten es mal sanft, mal drängender, doch Albi Münch reagierte nicht. Als Frau Münch uns Zeichen machte und uns aus dem Wohnzimmer lotsen wollte, sagte Albi wieder etwas.

»Ogu, saga, mogu, fünf, kalla, drei.«

Diese Zahlen schienen ihn zu erfreuen. Er lachte laut, schüttelte sich vor Lachen und fiel beinahe vom Stuhl, auf dem er kniete. Frau Münch bestand darauf, mit uns in die Küche zu gehen. Albi Münch begleitete uns mit einer weiteren Zahl aus dem Wohnzimmer. Diesmal war es eine Neun.

»Er sagt den ganzen Tag nur Zahlen und wirres Zeugs«, sagte Frau Münch. »Schlimmer als Tarzan ist er manchmal, schreit wie ein Affe, aber nie sagt er etwas Vernünftiges. Niemand versteht das. Wenn es wenigstens Zahlen wären, mit denen ich Lotto spielen kann. Ich habe es versucht, aber es geht nicht. Nicht einmal einen Dreier habe ich gewonnen mit seinen Zahlen. Ein Arzt hat gesagt, Albi lebe in einer Zahlenwelt, für ihn sind Zahlen wie für uns Worte. Aber es gibt niemanden, der diese Sprache übersetzen kann. Ich habe es längst aufgegeben. Es ist ein Schicksal, dass mir der Herrgott einen solchen Buben geschenkt hat. Ich habe das Schicksal angenommen. Ich beklage mich nicht.«

Jasmin Weber schaute sich in der Küche um. Überall lagen Packungen mit Cornflakes herum. Leere, angebrochene und ungeöffnete. Sie schienen das Grundnahrungsmittel von Albi und seiner Mutter zu sein.

»Wie alt ist Ihr Sohn, Frau Münch?« fragte Jasmin.

»Er ist jetzt zweiunddreißig. Ein erwachsener Mann. Aber er ist immer noch, wie er mit zehn war.«

»War er in Therapie?« fragte Jasmin.

»Nein. Ich wollte nie, dass er ins Heim kommt. Ich glaube, er ist glücklich hier. Es ist nicht leicht, für uns beide nicht. Aber außer ihm habe ich niemanden. Und was wäre Albi ohne mich?«

Sie erzählte von ihrem Mann, der abgehauen war und ihr nicht einmal an Weihnachten eine Karte schickte. Wir gingen noch einmal durch das Wohnzimmer, ehe wir die Münchs verließen. Albi saß jetzt auf dem Fußboden und spielte mit Murmeln. Er ließ sie auf dem Teppich rollen und schaute zu, wie sie sich trafen und voneinander abprallten. Er lachte, war begeistert, wenn sie so rollten, wie er es wollte, und enttäuscht, wenn sie andere Wege einschlugen. Ich hatte während Tagen keinen Menschen mehr gesehen, der einen solch zufriedenen Eindruck machte.

18

Die Kälte fühlte sich auf der Haut wie heiße Nadeln an, ein hartnäckiger Wind blies uns entgegen. Wir waren weit und breit die einzigen Passanten.

Jasmin tat so, als könne ihr die Kälte nichts anhaben, vermutlich hätte sie auch noch gelächelt, wenn ihre Füße auf dem Asphalt festgefroren und ihr langsam eine Gehirnzelle nach der anderen abgestorben wären. Ich fühlte mich wie Scott kurz vor dem Südpol, bleierne Müdigkeit in den Beinen und der stechende Schmerz des Polarwindes im Gesicht. Fehlten bloß noch erste Anzeichen von Schneeblindheit. Glücklicherweise lag aber kein Schnee, nur ab und zu ein Buschauffeur, der unvorsichtigerweise ausgestiegen war, oder ein Passagier, der unbedingt von einem Biwak ins andere transportiert werden wollte. Jasmin und ich machten Rast im Zwischenlager auf 4 Meter Höhe, Temperatur minus 30, Moral intakt, Zehen bläulich. Eine mürrisch dreinschauende Frau in schwarzer Berufskleidung fragte uns nach unseren Wünschen und brachte kurz darauf eine große Kanne gut riechenden Kaffees. So machte die Expedition in die Kälte einigermaßen Spaß. Jasmins Nase verlor etwas von ihrer Röte, und als sie den Mund aufmachte, kamen keine Eiszapfen, sondern richtige Zähne zum Vorschein.

»Ich tippe auf einen Autisten«, sagte sie. »Das Faible für Zahlen ist nicht ungewöhnlich. Es gibt Autisten, die erstaunliche mathematische Fähigkeiten besitzen. Zum Beispiel im Erkennen von Primzahlen.«

»Leider ist er ein denkbar schlechter Zeuge«, sagte ich.

»Wir können nicht davon ausgehen, dass der Mörder eine Primzahl ist.«

»Aber wenn Albi Münch tatsächlich den ganzen Tag am Fenster verbringt, hat er vielleicht gesehen, wer den Knaben entführt hat.«

»Möglich. Wie aber soll er uns das mitteilen?«

»Wir könnten ihm die drei Verdächtigen gegenüberstellen. Vielleicht erkennt er einen wieder?«

»Ein schwacher Beweis. Zudem ist das alles sehr hypothetisch. Es könnte auch gut sein, dass Albi Münch nichts gesehen hat, oder noch wahrscheinlicher ist, dass er, falls er etwas gesehen hat, es nach zehn Jahren längst vergessen hat.«

Jasmin pustete die linke Backe auf und ließ die Luft geräuschvoll ausströmen.

»Sieht nicht gut aus«, sagte sie. »Wir treten auf der Stelle. Vielleicht sollten wir uns mehr auf Imhasli konzentrieren.«

»Dürfte auch nicht einfach sein. Oder kannst du die verlorenen Jahre des Urs Imhasli aus deinem Computer zaubern?«

»Nein. Und genau das stört mich. Selbst wenn Imhasli ein cleverer Kerl war, so clever, dass er keinerlei Spuren hinterließ, kann er nicht gewesen sein. In Amerika geben sie Millionen aus, um jemandem in einem Zeugenschutzprogramm eine neue Identität zu verpassen. Und in den USA ist das viel einfacher, weil es in vielen Bundesstaaten keine Meldepflicht gibt.«

»Vielleicht lebte er in den USA. Wäre nicht das erste Mal, dass uns ein Fall dorthin führt.«

»Das halte ich eher für unwahrscheinlich. Was war das für eine Kassette, die Imhaslis Freundin ihrem Bruder geschickt hat?«

»Eine Videokassette.«

»Toll, Philip. Ich dachte eher an das System.«

»VHS natürlich.«

»So natürlich ist das nicht. In den USA ist Betamax weiter verbreitet.«

»Also doch nicht in den USA.«

»Was ist mit dem Polizisten, mit dem Imhasli gesprochen hat?«

»Hugentobler kümmert sich darum. Sagt er wenigstens. Vielleicht ist er aber in der Zwischenzeit an einer Überdosis Quattro Stagioni gestorben.«

»Apropos Pizza«, sagte sie. »Ich habe um neun eine Verabredung.«

Den Rest des Abends verbrachte ich in meinem Büro. Aus dem Keller hatte ich mir eine Elektroheizung geholt, da die Heizung in meinem Büro endgültig den Geist aufgegeben hatte. Es dauerte über eine Stunde, bis ich es wagte, den Mantel auszuziehen. Ich spielte ein wenig mit dem Mobiltelefon und wurde mit einer Menge netter Leute verbunden, die alle irgendwo unterwegs waren. Ich studierte die Bedienungsanleitung und fand heraus, dass man das Ding mit einem Code vor fremdem Zugriff sichern konnte. Ich war gerade dabei zu codieren, als das andere Telefon klingelte. Als ich abnahm, hörte ich ein Piepsen, und gleichzeitig ratterte das Faxgerät los. Es stand am Boden in einer Ecke meines Büros; ich hatte es seit Wochen nicht benutzt. Auf dem Papier, das sich auf dem Fußboden ringelte, konnte ich Hugentoblers krakelige Handschrift erkennen. Ich riss das Papier ab und las.

Hugentobler hatte den Namen des Polizisten herausgefunden, mit dem Imhasli damals gesprochen hatte. Der Beamte war aus dem Polizeidienst ausgetreten, weil er psychische Probleme hatte. Nach Hugentoblers Angaben lebte er in einer psychiatrischen Klinik in der Innerschweiz. Ich notierte mir die Adresse der Klinik und legte mich ein wenig unter den Schreibtisch. Mein Rücken entspannte sich, und ein wohliges Ziehen durchzog meinen Körper. Ich dachte an den nächsten Morgen und hoffte, dass der Polizist nicht auch Primzahlen vor sich hin babbelte. Aber vielleicht war das gerade mega-in, und ich hatte wieder einmal den allerneuesten Trend verpasst.

19

Vor der Klinik spazierten ein paar Angehörige mit Patienten über die steifgefrorene Wiese. Ein Pfleger, der sich mir als Herr Wanner vorstellte, führte mich in ein Therapiezimmer, an dessen Wänden Gemälde unterschiedlicher Qualität hingen. Der ehemalige Polizist hieß Stadler. Er war ein stämmiger Mann um die fünfzig mit einem breiten Schädel und Ohren, aus denen dicke schwarze Haarbüschel wuchsen. Stadler saß vor einer Leinwand und malte. Der Pfleger flüsterte mir verschwörerisch ins Ohr, ich solle nicht zu forsch sein, wenn ich mich Stadler näherte. Ich versuchte es auf die sanfte Tour.

»Was malen Sie denn Schönes, Herr Stadler? Ein Stillleben ohne Pensionsanspruch? Oder kriegen Sie den vollen Teuerungsausgleich in diesem Schuppen?«

»Ich kriege genug Geld«, sagte er. »Man ist großzügig zu mir.«

»Sehr schön, Herr Stadler. Und weshalb malen Sie hier alberne Bilder?«

»Ich muss die Welt retten.«

»Tatsächlich? Mit Pinsel und Palette?«

»Ich muss malen«, sagte er. »Ich muss die Welt retten.«

»Die Welt ist aber nicht mehr zu retten, Herr Stadler. Wie wär's, wenn Sie einfach nur mich retten und mir dazu ein paar Fragen beantworten. Erinnern Sie sich an Urs Imhasli?«

»Ich habe nicht mehr viel Zeit«, sagte er. »Ich muss noch viel malen. Die Stimme in mir drin will es so. Ich möchte mich nicht schuldig fühlen, wenn ich sterbe.«

»Haben Sie es schon einmal mit einer Beichte versucht? Es gibt sogar Massenmörder, die so ihren Frieden mit sich und ihren Opfern gefunden haben.«

»Ich bin nicht gläubig. Was wollen Sie?«

»Sie haben vor zehn Jahren im Fall der ermordeten Knaben ermittelt«, sagte ich. »Sie erinnern sich?«

Er hörte auf zu malen und schaute erstmals zu mir auf. Seine Augen waren kleine Knöpfe, die rastlos in ihren Höhlen herumwanderten. Ich schaute mir das Bild an. Es war ein kitschiger Sonnenuntergang. Ein runder, gelbroter Ball, der in einen dunkelroten Horizont eintaucht. Im Vordergrund war blaues Wasser zu sehen. Ich bezweifelte, dass man damit die Welt retten konnte.

»Was wissen Sie schon?« fragte er. »Die Schuldigen müssen ihre Schuld tilgen. Nur so ist die Welt zu retten. Ich schreite voran.«

»Und wie und wo haben Sie sich schuldig gemacht? Als Sie Imhaslis Aussage nicht ernst nahmen?«

»Wer sind Sie? Was wollen Sie von mir? Ich habe gebüßt, glauben Sie mir. Mein Kopf ist explodiert, nichts war mehr wie früher. Jede Nacht bin ich aufgewacht, schweißgebadet, von Ängsten geplagt. Bis ich eines Tages die Stimme hörte, die mir sagte, dass ich meine Schuld abtragen muss, um die Welt zu retten.«

»Sie wiederholen sich, Stadler. Was ist damals geschehen? Was für eine Schuld haben Sie auf sich geladen?«

Er hörte mir nicht zu, begann wieder zu malen. Hinten an der Wand entdeckte ich fünf andere Sonnenuntergänge. Alle mit den gleichen grellen Farben gemalt. Stadler schien seine Berufung ernst zu nehmen.

Ich redete auf ihn ein, doch er reagierte nicht mehr. Stur kleckste er gelbe Farbe in den runden Ball auf der Leinwand. Wenig später erklärte mir eine gestresst aussehende Ärztin, was mit Stadler geschehen war.

»Ein Nervenzusammenbruch vor sechs Jahren«, sagte sie. »Er hat sich davon nie mehr richtig erholt. Wir haben bis heute nicht herausgefunden, welche Schuld er abtragen möchte mit seiner Malerei. Er besteht übrigens darauf, mit Öl auf Leinwand zu malen. Aquarell könne die Welt nicht retten. Er ist nicht gewalttätig, hat keine anderen Störungen. Aber es gibt etwas, das ihn belastet. Wir kommen aber nicht an ihn heran. Er lässt es nicht zu. Er ist besessen von der Idee, dass er mit seinen Bildern die Welt retten muss.«

»Was ist damals geschehen? Ich meine unmittelbar vor dem Nervenzusammenbruch?«

»Seine Frau sagte uns, dass er bereits vorher vom Dienst suspendiert wurde, weil er nur noch apathisch im Büro herumgesessen ist. Die eigentliche Ursache der Krise muss weiter zurückliegen.«

»Wissen Sie, wo seine Frau lebt?«

»Ja, hier in unmittelbarer Nähe. Sie besucht ihren Mann täglich. Sie müsste gleich kommen.«

Tatsächlich verging keine halbe Stunde, bis Frau Stadler in der Klinik erschien. Ich ging mit ihr in die Cafeteria und aß ein Stück Kuchen. Frau Stadler war eine kleine drahtige Frau mit kleinen Zähnen und einem kleinen charmanten Lächeln.

»Das Schlimmste an der Situation ist«, sagte sie, »dass mein Mann langsam vergessen wird. Früher besuchten ihn noch Kollegen, Freunde. Heute besuche nur noch ich ihn. Menschen können nicht umgehen mit chronischen Gebrechen. Mein Mann ist krank, aber er ist kein Idiot. Niemand braucht sich zu schämen, wenn er mit ihm spricht. Ich kann mich ganz normal mit ihm unterhalten. Der Unterschied zu früher ist nur der, dass alles für ihn unwichtig geworden ist. Er möchte nur noch malen. Er ist besessen von dem Gedanken.«

»Wissen Sie, was vor seinem Zusammenbruch geschehen ist?«

»Ja. Ich glaube, er hat den Tod von Lutz nicht verkraftet. Lutz war sein Kollege. Sie waren ein Team.«

»Im Fall der verschwundenen Knaben?«

»Ja, genau. Sie waren dem Sonderdezernat zugeteilt.«

»Was geschah mit seinem Kollegen?«

»Er wurde eines Tages tot in seinem Wagen aufgefunden. Erschossen mit seiner Dienstwaffe.«

»Selbstmord?«

»Ja. Wahrscheinlich war er noch sensibler als mein Mann.«

»Und danach begann die Krise?«

»Nicht unmittelbar«, sagte sie, »aber schleichend. Er wurde vom Dienst suspendiert. Zuerst nur für einen Monat, dann für ein halbes Jahr. Er kehrte aber nie mehr in den Polizeidienst zurück. Glücklicherweise zeigte sich die Behörde sehr großzügig. Sie hat meinem Mann eine große Abfindung gezahlt.«

»Eine Abfindung? Hat man ihn entlassen?«

»Nein. Er wurde krankgeschrieben. Zuerst hatte ich Angst, dass er dadurch alle Pensionsansprüche verlieren könnte, wir hatten nur wenig Erspartes. Doch dann wurde uns das Geld überwiesen. Das war eine nette Geste.«

»Wie viel wurde Ihnen überwiesen und von wem?«

»Ich glaube, direkt von der Polizeibehörde«, sagte sie. »Es war viel Geld. Wir leben heute noch davon.«

»Und danach begann die Krise?«

»Ja. Mein Mann wurde immer in sich gekehrter, abweisender. An nichts hatte er mehr Freude. Er aß nicht mehr richtig, führte Selbstgespräche. Eines Tages fand ich ihn zu Hause, am Boden liegend. Er hatte das ganze Wohnzimmer zertrümmert. Danach war nichts mehr wie früher. Es dauerte Monate, bis er in der Klinik wieder ansprechbar war. Dann begann er mit seiner Malerei. Ich glaube, er fühlt sich am Tod von Lutz mitschuldig.«

Frau Stadler schaute an mir vorbei durch das dicke Glas

des Fensters. Was auch immer ihr Mann für eine Schuld abzutragen hatte, ich war mir sicher, dass er damit weniger die Welt als sich selbst retten wollte. Der Fall von damals nahm deutlichere Konturen an. Ich war mir jetzt sicher, dass der verschwundene Sebastian Steiner vor zehn Jahren nicht von Brustmann ermordet worden war. Und ich war mir auch ziemlich sicher, dass bereits damals mehrere Personen zumindest genügend Hinweise hatten, die genau darauf hindeuteten. Weshalb aber hatte niemand diese Hinweise verfolgt? Und weshalb beging einer der ermittelnden Polizisten Selbstmord, und weshalb landete der andere in der Klapsmühle? Das waren offene Fragen.

Ich ging zum Bahnhof und kaufte mir eine Zeitung, als das Mobiltelefon in meiner Manteltasche piepste. Es war Jasmin Weber. Meine Klientin, Frau Koller, war spontan in meinem Büro erschienen und wollte mir etwas überreichen. Jetzt saß sie bei Jasmin Weber und spielte auf dem Computer ein Solitärspiel. Ich versprach, mich zu beeilen.

20

Die beiden Frauen unterhielten sich prächtig und stellten gegenseitig Punkterekorde auf, während ich das Büro betrat und langsam wieder auftaute. Jasmin hielt mir eine Diskette hin, und Frau Koller nickte eifrig dazu. Meine Klientin lächelte, aber ihre Augenringe waren noch etwas dunkler geworden.

»Die habe ich heute zufällig gefunden«, sagte Frau Koller. »Lag in einem Stapel Disketten auf meinem Pult. Ich benutze den Computer nur, um die Gesichtertypen und die Bilder zu archivieren. Ein Freund hat mir das Programm dazu eingerichtet. Heute wollte ich die Datei auf Diskette speichern, da entdeckte ich auf der Diskette noch etwas anderes. Ist nicht von mir. Könnte aber von Basil sein. Oder soll ich ihn Urs nennen?«

»Klingt nicht übel. Und was ist auf der Diskette?«

Meine Klientin nahm meine Frage auf und gab sie an Jasmin weiter. Die schob sich ein Gummibärchen in den Mund und kaute die Antwort hervor: »Ein Terminalprogramm.«

»Aha«, sagte ich. »Und was ist das? Ein Flughafenterminal?«

»Nein. Ein Kommunikationsprogramm. Damit kann man sich in Mailboxen und Datenbanken einloggen. Nichts Ungewöhnliches.«

»Und warum dann die ganze Aufregung?«

»Eine Nummer ist vorprogrammiert«, sagte Jasmin. »Möchtest du sehen, was passiert, wenn ich die Nummer einstelle?«

»Aber ja doch. Kommt das Pentagon oder Bill Clintons

Neujahrsansprache oder vielleicht eine Statistik über den Wodkakonsum von Boris Jelzin?«

»Weder noch.«

Sie hatte schon alles vorbereitet. Das Modem tutete, und die Verbindung wurde hergestellt. Auf dem Bildschirm erschien ein buntes Fenster, auf dem eine verblüffende Nachricht zu lesen war: *Zurzeit können wir leider keine Pizzas liefern.* Jasmin lachte und schloss das Programm.

»Man fliegt automatisch wieder raus«, sagte sie. »Ich habe gar nicht gewusst, dass es diesen Pizzakurier gibt. Ist auch keiner eingetragen unter dieser Nummer.«

»Moment mal«, sagte ich. »Da war doch was mit Pizza.«

»Knurrt dein Magen?«

»Erinnern Sie sich an den Telefonbeantworter in dem Büro, in dem wir Ihren toten Freund fanden, Frau Koller?«

»Ja. Da war ein Beantworter. Aber natürlich. Jetzt fällt es mir auch wieder ein. Das ist phantastisch! Was hat das zu bedeuten?«

»Was hat was zu bedeuten?«, fragte auch Jasmin. »Weiht mich ein oder verschwindet aus meinem Büro!«

Jasmin sah mich ungehalten an. Ich schaute zu meiner Klientin, doch die machte keine Anstalten zu reden, also übernahm ich diesen Part.

»Auf dem Beantworter war ein Anruf aufgezeichnet. Eine Frau, die sagt, die Pizza sei unterwegs.«

»Das stimmt nicht ganz«, sagte Frau Koller. »Sie sagte: ›Da ist Silvia, der Pizzakurier ist unterwegs.‹«

»Donnerwetter«, sagte ich, »verdanken Sie so ein Gedächtnis ätherischen Ölen?«

Meine Klientin lachte nicht. Sie war in Gedanken. Jasmin schob die Diskette ins Laufwerk und startete ein anderes Programm.

»Ich untersuche die Diskette«, sagte sie, »und schaue, ob vielleicht noch andere versteckte Dateien darauf sind.«

»Könnte es sein«, fragte ich, »dass in dieses Programm noch ein anderes Programm hineingebaut wurde?«

»Programme werden nicht ›gebaut‹«, sagte Jasmin.

»Schon gut, ich sage nichts mehr.«

Frau Koller verließ uns wenig später, sie hatte eine Therapie begonnen und wollte die Sitzung nicht verpassen. Jasmin Weber hämmerte auf der Tastatur herum und war wieder ganz die Informatikstudentin, die sich durch die Bits und Bytes kämpfte. Auf der Diskette war nichts außer dem Kommunikationsprogramm. Sie nahm den Hörer und telefonierte mit vier verschiedenen Leuten. Ihren Fragen entnahm ich, dass sie nach dem Betreiber der Pizzamailbox suchte. Schon bald wurde sie fündig.

»Die Mailbox gehört einem Philipp Neuenschwander in Bern«, sagte Jasmin. »Es ist eine private Box, die hauptsächlich dazu dient, Pornobilder herunterzuladen. Zugriff hat man nur mit einem speziellen Code. Man kann mit jedem Terminalprogramm in die Box reinkommen, unabhängig vom System. Das mit der Pizza ist wohl ein Gag und gleichzeitig Tarnung.«

»Dann hat Imhasli Pornobilder gesammelt?«

»Schon möglich.«

»Und wie kommt man an das Passwort?«

»Vermutlich nur direkt über den Betreiber. Wahrscheinlich muss man nach dem Einloggen das Passwort via Tastatur eingeben, um den Zugriff auf die Bilder zu bekommen.«

»Wenn wir gerade dabei sind«, sagte ich, »kannst du mir doch einen kleinen Kurs in Sachen Mailbox geben, oder?«

»Damit du dir schweinische Bilder ins Büro holen kannst?«

Ich ignorierte diese böswillige Unterstellung. Sie startete ein anderes Kommunikationsprogramm und erklärte mir interessante Begriffe wie Baudrate, Datenkompression und Rauf- und Runterladen von Dateien. Ich verstand zwar alles einigermaßen, aber einprägen konnte ich mir das wenigste davon. Wie alle Profis war Jasmin viel zu schnell und zu ungeduldig, um einem interessierten Laien etwas plausibel vermitteln zu können.

Das Programm stellte mit der Mailbox eine Verbindung her, doch statt der Pizza erschien die Aufforderung, sich mit dem Passwort anzumelden. Jasmin versuchte es auf gut Glück, scheiterte aber dreimal und flog aus dem System. Ein zweiter und ein dritter Anlauf brachten ebenfalls keinen Erfolg. Schließlich gab sie es auf, startete aber wenig später das Programm von der Diskette. Zu ihrer und meiner Verblüffung erschien jetzt wieder die Pizza.

»Da stimmt etwas nicht«, sagte sie. »Das ist eine andere Box.«

»Heißt das, das Programm auf der Diskette wählt sich in eine andere Mailbox ein, mit derselben Telefonnummer?«

»Scheint so. Ist theoretisch möglich. Vielleicht eine Weiche, die die Anrufe trennt und umleitet. Aber wozu? Ich muss mir das Programm genauer anschauen. Da ist etwas faul. Garantiert.«

»Pass aber auf, dass du nicht versehentlich beim Staatsschutz landest. Die löschen dann nicht nur deine Diskette, die löschen auch dich, wenn es ihnen in den Kram passt.«

Sie holte aus der Schublade eine neue Packung Gummibärchen. Das deutete darauf hin, dass sie sich in den nächsten Stunden mit der Diskette und dem Programm beschäftigen wollte. Ich ging nach oben in mein Büro und rief bei Hugentobler an. Zuerst war eine halbe Stunde besetzt, und dann hieß es, dass er nicht im Büro sei. Ich verzichtete darauf, den freundlich gemeinten Ratschlag, es doch in einer halben Stunde noch einmal zu versuchen, zu befolgen. Stattdessen nahm ich ein paar alte Akten hervor und begann damit, den Bürokram, der sich angesammelt hatte, zu sortieren und zu bearbeiten. Das Meiste schmiss ich in den Papierkorb. Den Umschlägen nach zu schließen, die auf dem Schreibtisch lagen, hatte ich in mindestens drei Preisausschreiben den Hauptpreis gewonnen. Vermutlich musste ich dafür nur ein besonders scheußliches Set einer limitierten Sonderausgabe von Tellern, Töpfen oder Tassen bestellen, oder das zweihundertbändige Werk »Der Mensch und seine Bestimmung« zum Subskriptionspreis von nur fünftausend Franken ins Haus kommen lassen.

Ich schaltete den Fernseher ein. Ein politischer Kommentator und ein Arzt rätselten darüber, ob der zurückgetretene Bundesrat tatsächlich krank war, oder ob es nicht vielmehr das System war, das nicht nur krank machte, sondern selbst am kränksten war. Niemand kam auf die Idee, dass das System an Schwindsucht oder an Durchfall leiden könnte. Das hätte immerhin den Geruch erklärt. Auf CNN sah man Anhänger einer Befreiungsbewegung, die durch den Dschungel marschierten und Kampflieder sangen. In der nächsten Szene hüpfte eine junge Frau über einen Kämpfer und rollte sich elegant ab, ehe sie wie eine Sprungfeder wieder aufsprang. Der Kommentator sagte, dass die Kämpfer zum äußersten bereit seien. Um das zu illustrieren, wurde die Kamera auf einen grimmigen jungen Mann gerichtet, der furchterregend in das Objektiv brüllte.

Ich gähnte, und mein Mobiltelefon piepste. Jasmin Weber hatte etwas herausgefunden und ließ es mich wissen.

21

Sie nippte an einer Flasche neuseeländischem Bier, das schon von Weitem nach Kiwi roch, und hielt sich die Hand vor den Mund, um so elegant ein Rülpsen zu vertuschen. Mit der anderen Hand zeigte sie auf ihr Telefon und drückte dann die Wahlwiederholungstaste. Eine lange Nummer leuchtete auf dem Display auf. Ich starrte die Nummer an, während Jasmin die Erklärung nachlieferte.

»Das Programm ist so eingerichtet, dass man beim Anwählen die Töne hört, die entstehen, wenn die Nummer in Bern gewählt wird«, sagte sie. »In Tat und Wahrheit wird aber eine ganz andere Nummer angewählt. Diese hier.«

Sie zeigte auf die Anzeige.

»Scheint eine Nummer im Ausland zu sein.«

»Es gibt keine ausländische Vorwahl, die mit vier Nullen beginnt.«

»Was ist es dann?«

»Eine Nummer, die es gar nicht gibt«, sagte sie. »Geheim und unbekannt.«

»Also doch der Staatsschutz? Das gefällt mir nicht.«

»Tatsache ist, dass mit der Nummer die Verbindung zu den Pizzas hergestellt wird. Weiter kommt man allerdings nicht.«

»Gegen den Staatsschutz spricht allerdings, dass die Leute, die dort arbeiten, keinen Humor haben. Also vielleicht doch eine private Organisation? Vielleicht die Russenmafia oder die Volksmusikfreunde?«

»Wie wär's mit der italienischen Mafia? Es gab doch einmal in der Schweiz die Pizza-Connection?«

»Wer soll daraus schlau werden?«

Sie trank den Rest der Flasche und klopfte mit einem Fingernagel auf die Diskette.

»Langsam macht das alles Sinn«, sagte sie. »Imhasli musste irgendeiner Organisation angehören, die dafür gesorgt hat, dass er eine neue Identität bekam. Vielleicht wurde er umgebracht, weil er aus dieser Organisation austrat, oder weil er zum Verräter wurde. Was meinst du, Philip?«

»Die Geschichte klingt wie von einem amerikanischen Bestsellerautor. Ich bin sicher, dass es auf alles eine bodenständige Antwort gibt.«

»Und wenn es eine Sekte oder ein Geheimbund ist? Das hat doch in der Schweiz Tradition.«

»Eine Sekte mit Mailbox? Ist das vielleicht der direkte Draht zum lieben Gott?«

»Vielleicht hat es gar nichts mit Imhaslis Tod zu tun«, sagte sie. »Vielleicht hat er sich tatsächlich umgebracht. Aber zumindest sein Verschwinden könnte man damit erklären. Es gibt viele Vermisste, die irgendwann in einer Sekte wieder auftauchen. Sie haben ihr altes Leben abgeschlossen und denken gar nicht mehr daran, dass sie noch Freunde oder eine Familie haben.«

»Warum aber der Aufwand mit dem Autounfall und der verkohlten Leiche? Nein, da steckt etwas anderes dahinter.«

»Hier«, sagte sie unvermittelt, »lag auf dem Fußboden. Gehört das dir?«

Sie gab mir ein Polaroidfoto. Es war das Foto, das ich in der Wohnung von Urs Imhasli alias Basil Huber gefunden hatte. Es zeigte den Rücken eines Mannes, der sich im Freien bückte. Ich hatte das Foto in meiner Manteltasche aufbewahrt und vergessen. Wahrscheinlich war es herausgefallen, als ich den Mantel ausgezogen hatte. Als ich das Foto erneut sah, stutzte ich. Irgendetwas daran irritierte mich, ich wusste aber nicht was.

»Was hast du, Philip?«

»Das Foto erinnert mich an etwas. Aber es fällt mir nicht ein.«

»Vielleicht erinnert es dich daran, dass du Beweismittel unterschlagen hast und in fremde Wohnungen eingedrungen bist?«

»Es lag unter dem Bett. Ich glaube nicht, dass es absichtlich dorthin gelegt wurde. Es ist ein schlechtes Foto, weshalb hat es Imhasli aufbewahrt?«

»Wenn er es nicht absichtlich unters Bett legte, dann hat er es vielleicht weggeworfen und den Papierkorb verfehlt?«

»Schon möglich. Aber was irritiert mich so an dem Bild?«

»Kennst du den Mann?«

»Nein. Nur der Rücken, nicht mal den Kopf sieht man. Der Mann bückt sich, so als würde er im Garten arbeiten.«

»Und was ist das da?«

»Ein Stein. Vielleicht pflastert er einen Weg? Das wäre doch möglich.«

»Komm, gib mal her.«

Sie riss mir das Foto aus der Hand und hielt es unter eine Energiesparlampe. Mit einer Hand stützte sie ihren Kopf, mit der anderen hielt sie das Foto vor die Augen. Dann ließ sie das Bild fallen und schlug sich mit der flachen Hand an die Stirn.

»Das ist es!«, rief sie. »Dass ich das nicht gleich gesehen habe!«

»Was ist was?«

»Die Steine! Siehst du das Muster? Es ist dasselbe Muster wie auf den Steinen, die zum Haus von Bader führen.«

Ich schaute mir das Foto noch einmal an. Jetzt fiel es mir ebenfalls auf. Das Muster war ungewöhnlich, eine Schlangenlinie, die sich um einen Baum wand.

Imhasli hatte ein Foto von Bader bei sich aufbewahrt.

Über Jahre hinweg. Mir war nicht sofort klar, was das bedeutete. Aber gemeinsam kombinierten wir richtig.

»Imhasli hat Bader verdächtigt«, sagte ich. »Vielleicht hatte er sogar Beweise. Weshalb hätte er sonst das Foto machen sollen?«

»Mir wird gleich übel.«

»Kein Wunder, wenn du dich täglich durch mehrere Kontinente trinkst. Versuche es doch mal mit einheimischem Bier oder einem anständigen Whisky.«

»Mir wird übel, weil ich an etwas anderes denken muss.«

»Eine Jugendliebe?«

»Das Foto zeigt Bader in seinem Garten. Es sieht aus, als sei er dabei, eine Marmorplatte zu verlegen. Weshalb sollte ihn Imhasli dabei fotografieren?«

»Keine Ahnung. Vielleicht hatte er stundenlang gewartet, Bader ist nur kurz im Garten erschienen, und dann gab es keine bessere Gelegenheit.«

»Oder er hat genau gewusst, was er fotografieren wollte. Vielleicht weil er ahnte, was *unter* der Marmorplatte lag.«

»Worauf willst du hinaus?«

»Die Leiche von Sebastian Steiner wurde nie gefunden.«

»Eine scheußliche Vorstellung.«

»Wenn sie zutrifft, ist in Baders Garten eine Leiche vergraben.«

Ich starrte auf das Foto. Wir schwiegen.

22

Hugentobler saß in der Kantine des Polizeipräsidiums und rührte in einer Tasse Kaffee. In der anderen Hand hielt er einen Butterkipfel, den er in die Brühe tunkte und danach Biss für Biss in den Mund schob. Die anderen anwesenden Beamten würdigten uns keines Blickes. Durch ein großes Fenster sah man auf einen kleinen Weg mit Parkbänken. Menschen, die Tauben fütterten. Hugentobler betrachtete das Polaroidbild und zog die Augenbrauen in die Höhe.

»Das ist das schlechteste Beweisstück, das mir in meiner ganzen Beamtenlaufbahn begegnet ist, Maloney.«

»Es ist nur ein Indiz, kein Beweis. Aber es passt hervorragend zu den anderen Indizien.«

»Was für Indizien? Wir haben nichts gegen Bader in der Hand.«

»Und wenn die Leiche tatsächlich in seinem Vorgarten liegt?«

»Wenn und aber, Maloney, damit kriege ich keinen Durchsuchungsbefehl.«

»Sie müssen nicht sein Haus durchsuchen«, sagte ich, »sondern seinen Garten umgraben.«

»Kein Staatsanwalt der Welt würde anhand dieses Fotos eine solche Aktion bewilligen. Wie wäre es, wenn Sie mir handfeste Beweise vorlegen würden, Maloney?«

»Weshalb wurde das Verhör von Bader vor zehn Jahren nicht zu den Akten gelegt?«

»Das wurde es. Protokolliert und abgelegt, ganz ordnungsgemäß. Aber Teile der Akte sind nicht mehr zugänglich. Auch für mich nicht.«

»Was soll das wieder heißen?«

Er verzog seinen Mund und schaute sich um. Niemand hatte ein Hörrohr oder ein Richtmikrophon auf ihn gerichtet. Dennoch senkte er seine Stimme zu einem Flüstern, und selbst das nur sehr zögerlich.

»Eine übergeordnete Dienststelle hält die Akte teilweise unter Verschluss. Wenn die in Erfahrung bringen, dass ich sogar Kopien gemacht habe, bin ich ganz schön am Arsch, Maloney.«

»Was ist das für eine übergeordnete Dienststelle?« fragte Jasmin.

Sie fühlte sich sichtlich unwohl in der Kantine, umgeben von Polizisten. Ich hatte mich in all den Jahren an den Anblick dieser Menschen gewöhnt. Einige davon waren sogar ganz hübsch anzusehen. Beispielsweise jene Rothaarige, deren kleine Stupsnase wunderbar in ihr rundliches Gesicht passte. Ich sah einige Male zu ihr hin, das machte Hugentoblers Geheimnistuerei einigermaßen erträglich. Jasmin Weber hatte wohl keinen Polizisten gefunden, der ihr gefiel. Sie sah immer wieder mit einem Blick, der zwischen Skepsis und Abscheu wechselte, in die Gesichter der meist jungen, milchgesichtigen Uniformierten. Die meisten trugen einen Schnurrbart, vermutlich, um dem Klischee des jungen, milchgesichtigen Polizisten mit Schnurrbart zu genügen.

Hugentobler befeuchtete einen Zeigefinger und tupfte die Brosamen von seinem Teller.

»Ich weiß nicht«, sagte er, »wer ein Interesse an der Akte hat und weshalb gewisse protokollierte Aussagen nicht mehr zugänglich sind. Tatsache ist, dass man sehr argwöhnisch darüber wacht, wer wann und weshalb Einsicht in die Akte nehmen möchte.«

»Wir haben Hinweise darauf, dass staatliche Stellen in diese Vertuschungsmanöver involviert sind.«

Jasmin sagte das ganz beiläufig.

Hugentobler wurde verlegen. Sein Mund stand offen, ich sah zwei Zahnlücken und mehrere Plomben.

»Davon weiß ich nichts. Und es geht mich auch nichts an. Ich beschäftige mich nicht mit dem Fall. Niemand beschäftigt sich mit dem Fall. Wir haben andere Dinge zu tun.«

»Zum Beispiel den Tod von Urs Imhasli aufzuklären«, sagte ich.

»Das ist nur ein Fall von vielen. Wir haben übrigens trotz der Veröffentlichung eines Fotos keine Informationen über die letzten Lebensjahre des Urs Imhasli in Erfahrung gebracht. Es haben sich zwar einige Bekannte aus seinem früheren Leben gemeldet. Aber es gibt nirgends ein Motiv, kein Hinweis auf ein Verbrechen.«

»Da sind wir anderer Meinung«, sagte Jasmin.

»Niemand hindert Sie daran, anderer Meinung zu sein, Frau Weber. Doch die Polizeiarbeit kann sich nicht auf Meinungen stützen. Wir benötigen Fakten.«

»Hat Stadler mit Bader gesprochen?« fragte ich.

Ich wollte bewusst vom Thema ablenken. Jasmin rutschte unruhig auf ihrem Stuhl herum, ich rechnete damit, dass sie demnächst Hugentobler anspringen würde. Jetzt entspannte sie sich ein wenig und sah mich fragend an.

»Stadler ist der Polizist, der in einer psychiatrischen Klinik landete«, sagte ich.

»Und dessen Kollege sich umgebracht hat?«

»Genau. Sie wissen doch sicher, ob die beiden Polizisten Bader verhört haben, Hugentobler?«

»Aus den Akten geht das nicht hervor. Aber ich habe mich erkundigt. Zuständig waren Stadler und Lutz. Mehr kann ich Ihnen wirklich nicht sagen, Maloney. Und das mit Bader vergessen Sie am besten. Oder Sie kommen wieder, wenn Sie handfeste Beweise haben.«

Hugentobler stand auf und stellte unsere Tassen auf sein Tablett. Wir verließen das Polizeipräsidium und gönnten uns ein paar Häuser weiter einen echten Espresso. Zwischendurch verschwand Jasmin auf der Toilette. Als sie eine Stunde später wieder auftauchte, hatte sie sich eine Lederjacke übergezogen und trug zwei Helme in der Hand. Einen reichte sie mir.

»Komm«, sagte sie. »Die Maschine steht draußen.«

»Ich habe keine Lust auf eine Spazierfahrt.«

»Keine Spazierfahrt. Wir fahren zu Stadler in die Klinik.«

»Aus dem ist nichts rauszuholen. Außer ein paar bunten Sonnenuntergängen.«

»Er weiß etwas. Da bin ich sicher. Sein Kollege hat sich umgebracht, und er dreht durch. Das hat mit Bader und dem verschwundenen Knaben zu tun. Garantiert. Komm schon. Keine Angst, die Straßen sind nicht mehr vereist.«

Das war ein schwacher Trost. Tatsächlich hatte eine milde Wintersonne etwas Wärme in die Stadt gezaubert. Es war aber immer noch viel zu kalt für eine Fahrt auf dem Motorrad. Doch all meine Argumente halfen nichts. Jasmin konnte sich nicht für eine gemütliche Zugfahrt erwärmen.

23

Meine Knie fühlten sich an, als wäre ich mit der kanadischen Eishockey-Nationalmannschaft zusammengestoßen. Jasmin fuhr sich mit einer Hand durch ihre kurzen Haare und schüttelte ihren Körper kräftig durch. Ich verzichtete darauf, weil ich befürchtete, dadurch endgültig auseinanderzufallen.

Es dauerte lange, bis wir zu Stadler und den Sonnenuntergängen durchgelassen wurden. Der Kerl hatte sich nach meinem ersten Besuch so aufgeregt, dass er zwei Tage nicht mehr malen konnte. Die Ärzte befürchteten das Schlimmste. Doch Stadler hatte sich wieder erholt und saß vor der Staffelei. Das Bild kannte ich schon. Es war Sonnenuntergang Nummer 18, Pinselverzeichnis 217. Erstaunlich war nur, dass Stadlers Sonne heute weiß wie ein Schneeball war. Aber das gehörte vermutlich zu seinen therapeutischen Fortschritten.

Ein Arzt mit dicker Hornbrille und Haaren, die in fettigen Strähnen an seinem Kopf hingen, wies uns darauf hin, dass der Patient weiterhin als labil zu betrachten sei. Jasmin zeigte dem Arzt heimlich den ausgestreckten Mittelfinger, während ich wortlos nickte und an ihm vorbei zu Stadler marschierte.

Meine Knie fühlten sich schon etwas besser an, auch wenn ich das Gefühl nicht loswurde, dass mindestens eine Kniescheibe in meine Socke gerutscht war. Da ich kein Gefühl im Fuß hatte, störte mich das nicht. Meine Hand fühlte sich benommen an, als ich auf die weiße Sonne zeigte.

»Ist Ihnen das Gelb ausgegangen, Stadler?«

»Wer ist das?« fragte er. »Eine Psychiaterin? Ich brauche keine neue Therapie. Es genügt, wenn ich malen kann.«

»Das ist Jasmin Weber. Sie interessiert sich für Ihre Lügengeschichten.«

»Sie mögen mich einen Lügner nennen. Das ist mir egal. Ich weiß, was ich zu tun habe.«

»Ja, ja. Sie müssen die Welt retten. Wenn Sie so weitermachen, stopfe ich Ihnen den Pinsel in den Rachen, Stadler.«

»Lass das«, sagte Jasmin. »Der Arzt beobachtet uns.«

Tatsächlich schaute der Arzt durch das Fenster. Er unterhielt sich dabei mit einem stämmigen Pfleger, mit dem ich nicht gerne in den Ring gestiegen wäre. Jasmin stellte sich zwischen Stadler und mich, sodass dem Arzt die Sicht ein wenig verstellt wurde. Sie nahm den Pinsel, hielt ihn zwischen den Händen und begann ihn durchzubiegen. Stadler sah es mit Entsetzen.

»Tun Sie das nicht!«, schrie er. »Sie zerstören nicht nur den Pinsel! Sie zerstören die Welt!«

»Vielleicht ist mir das egal«, sagte Jasmin.

»Wie kann Ihnen so etwas egal sein? Helfen Sie mir«, flehte er mich an, »die Frau ist verrückt.«

Ich grinste nur und bewunderte Jasmin für ihr ausgesprochen geschicktes psychologisches Vorgehen.

Das Holz begann bereits zu knacken. Stadler atmete schwer und schluckte leer. Der Arzt stand noch immer vor dem Fenster. Ich lächelte liebevoll, als ich bemerkte, wie er sich auf die Zehenspitzen stellte, um mehr erkennen zu können. Der Pinsel würde jeden Moment brechen.

»Was wollen Sie von mir?«

»Die Wahrheit über den Tod von Lutz«, sagte Jasmin.

»Darüber kann ich nicht sprechen. Meine Aufgabe ist es, zu malen. Sie dürfen mich nicht daran hindern. Das ist eine Berufung.«

»Meine Berufung ist es, Pinsel zu zerstören. Einen nach dem anderen.«

In diesem Augenblick zerbrach der Pinsel. Ehe Stadler reagieren konnte, hatte sich Jasmin den zweiten geangelt. Stadlers Gesicht war jetzt so weiß wie die Sonne, die er gemalt hatte. Ich pfiff vergnügt vor mich hin. Schließlich stand uns der Weltuntergang unmittelbar bevor.

»Ich hatte diese Vision«, sagte er. »Das war mehr als ein Traum. Diese Gestalt im Licht. Sie sagte mir, wie ich mich von meiner Schuld befreien könnte. Ich müsse malen. Und dann sah ich die Sonne untergehen. Immer wieder. Das war kein Traum, das war die Vorsehung. ›Rette die Welt‹, sagte mir eine Stimme. Ich muss es tun. Ich muss malen. Sie dürfen mich nicht daran hindern.«

»Sie können meinetwegen malen«, sagte ich, »bis Sie sämtliche Leinwände der Welt verschmiert haben, Herr Stadler. Aber erst dann, wenn Sie uns die ganze Wahrheit erzählt haben.«

»Das geht nicht. Sie werden mich töten!«

»Wer wird Sie töten?« fragte Jasmin.

»Sie haben Lutz getötet. Verstehen Sie? Lutz wollte das Geld nicht. Sie haben ihn ermordet! Mit seiner eigenen Waffe!«

»Waren Sie dabei, als es geschah?« fragte ich.

»Nein«, rief er. »So war es aber. Lutz hat sich nicht umgebracht.«

Er starrte auf den zweiten Pinsel in Jasmins Händen. Tränen purzelten aus seinen Augen, liefen die Nase entlang zum Mund und tropften zu Boden. Ich hatte noch immer Blickkontakt mit dem Arzt, der sich jetzt mit einer Pflegerin unterhielt. Ihr langes blondes Haar schimmerte im fahlen Licht der Wintersonne wie Stroh.

Jasmin legte den Pinsel hin. Sie hatte erreicht, was sie wollte. Stadler war aus seinem Traum, den er sich erträumt hatte, um seine Schuld zu sühnen, erwacht. Er war jetzt wieder, was er vor knapp zehn Jahren gewesen war: fassungslos angesichts des gewaltsamen Todes seines Freundes und Arbeitskollegen Lutz.

»Wir haben wegen des verschwundenen Knaben ermittelt«, sagte er. »Haben Leute besucht, Spuren verfolgt, mit Verdächtigen gesprochen. Dann wurde Brustmann verhaftet. Es hieß sofort, dass er auch Sebastian Steiner auf dem Gewissen hätte. So hieß der Knabe, nach dem wir suchten. In der ganzen Deutschschweiz fuhren wir herum. Jedem Hinweis gingen wir nach. Bis sie Brustmann hatten. Da hieß es plötzlich, das Sonderdezernat werde aufgelöst. Man pfiff uns zurück. Wir haben aber weiter ermittelt. Lutz sagte, da sei etwas faul.«

Jasmin trat einen Schritt zurück und machte mir Platz. Der Arzt nahm das argwöhnisch zur Kenntnis. Er unterhielt sich jetzt mit einem Esel, der im Garten herumstand.

»Von wem wurden Sie zurückgepfiffen?«

»Das weiß ich nicht«, sagte Stadler. »Man sagte Lutz, wir sollten nicht mehr weiter ermitteln. Zwei Tage später hat sich Brustmann erhängt. Die Protokolle, die wir gemacht haben, verschwanden. Einfach so. Und niemand hat es interessiert. Im Gegenteil. Die machten alles, um es zu vertuschen. Lutz und ich wurden beurlaubt. Und dann kam dieses Angebot. 250000 Franken. Einfach so.«

»Einfach so? Das ist doch albern, Stadler.«

»Es war aber so. Lutz sagte sofort, da stimme etwas nicht. Die wollten uns kaufen. Aber wir wussten nicht einmal, für was die uns kaufen wollten und wer. Es war wirklich idiotisch. Lutz hat es gemeldet. Am nächsten Tag war er tot. Verdammt noch mal, was hätte ich tun sollen? Ich erhielt einen Anruf. Ob ich wüsste, was tatsächlich mit Lutz geschehen sei. Das war eindeutig. Die haben ihn abgemurkst.«

»Sie haben das Geld genommen?« fragte ich.

»Es wurde mir auf mein Konto überwiesen. Ich wurde krankgeschrieben. Es ging mir miserabel. Ich hatte Angst, ein schlechtes Gewissen. Und vor allem wollte mir nicht in den Kopf, warum das alles geschehen war. Wir hatten doch gar nichts in der Hand.«

»Haben Sie Bader verhört, den Lehrer?« fragte ich.

»Ja, klar. Nicht nur ihn. Wir hatten ja keine Beweise, dass er es war. Das stand auch in unseren Protokollen. Sehen Sie, wir arbeiteten nicht bei der Kripo. Damals wurde ein Sonderdezernat eingerichtet. Alle Leute, die verfügbar waren, wurden dort eingeteilt. Lutz und ich hatten die Aufgabe, Spuren nachzugehen, mit Leuten zu reden, die etwas Verdächtiges bemerkt hatten.«

»Waren Sie auch bei der Mutter eines Autisten?« fragte Jasmin.

»Eines Autisten? Nein«, sagte Stadler. »Nicht, dass ich wüsste. Aber wir haben mit so vielen Leuten gesprochen. Im ganzen Kanton sind wir herumgefahren. Von Gemeinde zu Gemeinde.«

»Aber Sie müssen doch etwas herausgefunden haben«, sagte Jasmin, »einen Zeugen, einen Hinweis.«

»Ich weiß es nicht. Monatelang habe ich mir den Kopf darüber zerbrochen. Aber mir fiel nichts ein. Ich hielt es nicht mehr aus. Ich bin verrückt geworden. Ich bin immer noch verrückt. Sie glauben doch auch, dass ich verrückt bin, oder?«

»Sie sind nicht verrückt«, sagte ich. »Weshalb reden Sie nicht offen mit Ihrer Frau darüber?«

»Meiner Frau? Würde sie es verstehen? Sie glaubt, dass das Geld eine Abfindung ist, ein Geschenk des Staates, oder so. Es ist Schmiergeld. Nie habe ich mich schmieren lassen in all den Jahren. Aber was sollte ich tun? Glauben Sie an das Schicksal? Ich habe gelernt, daran zu glauben. Alles gehorcht gewissen Regeln. Lutz ist tot, und ich lebe. Meine

Aufgabe ist es zu malen. Die Vision war echt, glauben Sie mir.«

Die Tränen auf Stadlers Gesicht trockneten wie die Farbe auf seiner Leinwand. Stadler kehrte wieder in seinen Traum zurück. Er griff zum Pinsel. Jasmin wollte ihn Stadler entreißen, ich hielt ihren Arm zurück.

»Lass nur«, sagte ich. »Mehr kann er uns doch nicht sagen. Aber die Sache scheint größer zu sein, als ich zuerst gedacht habe. Wir müssen vorsichtig sein.«

»Willst du mir Angst machen?«

»Wenn nur ein Teil von dem stimmt, was er uns gesagt hat, dann stecken Leute und Interessen hinter der Geschichte, mit denen nicht zu spaßen ist.«

»Wenn du mir jetzt noch mal mit der Russenmafia kommst, schlage ich dich mit meinem Mobiltelefon, Philip.«

Solche Drohungen brauchte ich nicht ernst zu nehmen. Ich wusste, was ihr das Ding wert war. Nie und nimmer würde sie es opfern und auf meinem harten Schädel zerstören.

Stadler grunzte uns etwas zu. »Gehen Sie mir aus dem Licht. Ich muss heute noch eine blaue Sonne malen.«

Als wir gingen, stand der Arzt noch immer im Garten. Die Kälte schien ihm nichts auszumachen. Er nickte uns lächelnd zu und seine Haarsträhnen wippten dazu wie für den Videoclip einer Reggaeband.

Auf der Rückfahrt fror mir auch noch das andere Knie ab. Die Lichter der Großstadt empfingen uns. Ich freute mich auf eine heiße Dusche, doch als wir die Stufen zu unseren Büros erklommen, überkam mich ein ungutes Gefühl. Es sollte mich nicht täuschen.

Die Türe zu Jasmins Büro stand offen. Holzsplitter lagen auf dem Fußboden. In meinem Büro erwartete mich das gleiche Bild. Wir hatten beide unangemeldeten Besuch erhalten. Wortlos schauten wir uns an. Jasmin hatte eine Gänsehaut. Das Spiel hatte jetzt erst richtig begonnen.

24

Wer auch immer unsere Büros heimgesucht hatte, wusste genau, wonach er suchte. Alles, was man hätte verhökern können, war noch da. Nicht einmal das wenige Bargeld, dass Jasmin in ihrem Schreibtisch hatte, fehlte. In meinem Büro lagen Papiere auf dem Boden und die Schubladen des Schreibtisches waren herausgezogen, bis auf eine, die verschlossen war. Man hatte sich nicht mal die Mühe gemacht, das alte Schloss zu knacken. Das wäre selbst für einen Fünfjährigen kein Problem gewesen. Nur bei Jasmin fehlte etwas.

»Die Diskette ist weg«, sagte sie.

»So wie ich dich kenne, hast du mindestens fünf Sicherheitskopien davon gemacht.«

»Nur eine«, sagte sie. »Aber die hatte ich dabei.«

»Kluges Mädchen.«

»Fällt dir nichts auf?«

»Was sollte mir auffallen? Hat man deine Gummibärchen entführt?«

»Das Notebook, der PC und auch die externe Harddisk sind noch da. Sie haben nicht mal die Daten gelöscht.«

»Vielleicht wussten sie nicht, mit welchem Radiergummi man das macht.«

»Überleg doch mal. Wozu der Einbruch? Weshalb klauen sie die Diskette, obwohl sie davon ausgehen können, dass ich Kopien davon gemacht habe? Nicht einmal nachgeschaut haben sie. Das Notebook ist so eingerichtet, dass ich beim Aufstarten eine Meldung erhalte, wann es zuletzt benutzt wurde. Das Pizzaprogramm ist noch drauf.«

»Vielleicht hast du auf der Diskette etwas übersehen? Eine unsichtbare Datei oder so?«

»Nein. Ich habe die Diskette abgesucht, da war nichts anderes drauf. Daran kann es nicht liegen. Ich glaube, dieser Einbruch ist nur eine Warnung.«

»Anonyme Briefe sind mir lieber.«

»Wer auch immer hinter der Sache steckt, wollte uns mitteilen, dass man weiß, wer wir sind und woran wir arbeiten.«

»Vielleicht die Steuerfahndung. Hast du all deine Einkünfte angegeben, Jasmin?«

»Das ist nicht komisch. Ich bin so etwas nicht gewohnt. Ich habe Angst.«

Ich gab zu, dass auch ich ein mulmiges Gefühl im Magen hatte. Andererseits hatte ich schon Schlimmeres erlebt. Es gibt verschiedene Varianten von Warnungen, diese gehörte zur harmloseren Sorte. Es ging den Absendern darum zu zeigen, dass sie noch zu weit mehr fähig waren.

Wir überlegten, ob wir die Polizei einschalten sollten, verwarfen den Gedanken aber schnell wieder. Stattdessen bestellten wir einen Expressschlosser, der uns noch am selben Abend die Türen reparierte. Jasmin loggte sich in die Pizzamailbox ein, erreichte aber nur die elektronische Stimme der Telekom, die uns mitteilte, dass die Vorwahl ungültig sei.

»Das war's dann wohl«, sagte sie. »Der Pizzakurier ist umgezogen.«

»Apropos Pizza, soll ich welche bestellen? Es müssen ja nicht die vom Geheimdienst sein.«

»Wer steckt hinter all dem?« fragte sie. »Hast du eine Ahnung?«

»Nein. Aber wir sind in etwas hineingeraten, das Mr. Spock als ›faszinierend‹ bezeichnen würde. Und ich bin da ganz seiner Meinung.«

»Und wohin steuert Käpt'n Kirk?«

»Der würde es zunächst vorziehen, in deiner warmen Stube zu bleiben.«

»Ich gehe nachher noch ins Hallenstadion«, sagte sie.

»Ich dachte, dein Freund trainiert eine Erstligamannschaft?«

»Tut er auch. Aber heute schaut er sich im Hallenstadion ein Spiel an. Er hat ein Angebot als Juniorentrainer.«

»Auch kein Zuckerschlecken, verzogene Bengels zu trainieren.«

»Aber immer noch besser, als sich mit verrückten Polizisten über Sonnenuntergänge und das Ende der Welt zu unterhalten. Glaubst du Stadler eigentlich? Die Geschichte klang doch ziemlich wirr.«

»Weshalb sollte er uns anlügen? Was er uns verraten hat, könnte ihn schon in Teufels Küche bringen.«

»Weshalb haben sie ihn nicht auch gleich umgebracht? Ist doch idiotisch, ihm eine Viertelmillion Schweigegeld zu überweisen, wo er nicht einmal weiß, was er verschweigen soll.«

»Immerhin ist er sich sicher, dass sein Kollege ermordet wurde.«

»Ein Grund mehr, ihn auch umzubringen.«

»Verbrechen sind nicht logisch. Oder besser gesagt, sie gehorchen oft einer eigenen Logik. Der Logik des Täters. Wir wissen nicht, wer dahintersteckt, also kennen wir auch die Logik nicht.«

»Es deutet doch alles darauf hin, dass Bader dahintersteckt.«

»Ein pensionierter Mittelschullehrer mit seltsamen Theorien im Kopf als Führer einer Geheimloge, die eine Mailbox für Pizzas betreibt? Damit könntest du im Spätprogramm auftreten, Jasmin.«

»Ich weiß, das ergibt keinen Sinn. Und genau das macht mich fertig. Wenn ich an einem Computerprogramm schreibe, kämpfe ich gegen Hunderte von Fehlern, aber ich weiß wenigstens, wozu das Programm gedacht ist. Ich kann einen Fehler nach dem anderen eliminieren, bis das Programm einigermaßen läuft. Was aber soll ich mit all den Informationen über Bader, den verrückten Polizisten, den verschwundenen Knaben und Imhasli anfangen?«

Sie kramte eine neue Packung Gummibärchen hervor und schob zwei rote in den Mund. Sie blickte auf die Uhr und machte Anstalten aufzubrechen. Ich streckte mich. Es knackte in meiner Schulter, und ein kurzer stechender Schmerz durchfuhr mein Schulterblatt. Genau an der Stelle, die ich vor Jahren einmal gebrochen hatte. Wie andere Großväter auch spürte ich die Narben von früher ganz besonders in der kalten Jahreszeit. Vielleicht hätte ich mich doch schon mit dreißig zur Ruhe setzen sollen. Dann würde ich jetzt irgendwo in einem bequemen Sessel darauf warten, dass in meinem Gehirn Alzheimer ausbricht oder irgendwo ein Meteorit einschlägt. So aber stand ich vor Jasmin Weber, die sich in warme Kleider hüllte, und machte mir Gedanken über einen Mittelschullehrer, der noch wesentlich älter war, als ich mich fühlte.

»Wenn wir davon ausgehen, dass Bader den kleinen Sebastian auf dem Gewissen hat, dann wissen wir, wohin das Programm steuert«, sagte ich.

»Bader hätte nie die Mittel gehabt, um eine solch gigantische Vertuschung zu initiieren.«

»Es sei denn, der Mittelschullehrer Bader war mehr als nur ein Mittelschullehrer.«

»Ein Doppelleben? Wie in einem Agentenfilm?«

»Das wäre immerhin eine Möglichkeit. Wir müssen dem nachgehen. Wir müssen Bader observieren, möglichst viel über ihn herausfinden.«

»Der klassische Job eines Privatdetektivs. Viel Vergnügen.«

»Und du pass auf, dass du keinen Puck an den Kopf kriegst. Daran sollen schon Leute gestorben sein.«

Sie nahm ein Taxi und fuhr ins Hallenstadion. Ich wartete in ihrem Büro, bis die Elektroheizung in meinen eigenen vier Wänden die Innentemperatur über den Gefrierpunkt getrieben hatte.

In den Kopien der Akten stand nicht viel über Bader. Auch aus Imhaslis Notizen konnte ich keine neuen Erkenntnisse gewinnen. Einige Anrufe in Baders Nachbarschaft brachten mich auch nicht weiter. Niemand war bereit, mir Auskunft zu geben, einige hängten sofort auf, als ich meinen Beruf nannte. Den Rest des Abends verbrachte ich damit, einer miserabel spielenden, aber hübsch anzusehenden Schauspielerin bei diversen Seitensprüngen zuzuschauen. Einige der Männer kamen dabei ums Leben. Der Film nannte sich *Psychothriller*, war aber nur eine Ansammlung blutiger Laken. Am Ende entpuppte sich der Killer als neurotischer Nachbar, der getragene Seidenwäsche sammelte und es nicht ertrug, dass die fesche Nachbarin ständig mit anderen Männern ins Bett ging.

25

Die strahlende Sonne erinnerte mich an Stadler und seine Pinselabsolutionen. Es war kurz vor Mittag, und man konnte dem Schnee beim Schmelzen zuschauen. Die Sonne wärmte überraschend stark, und so erholten sich meine gebeutelten Gelenke und freuten sich über die Bewegung, die ich ihnen gönnte.

Rund um Baders Haus lagen mehrere andere schmucke Häuser. Allesamt gediegen, aber nicht protzig. Hier wohnten keine Neureichen, auch keine Superreichen, es war die Wohngegend für ehemalige Mittelschullehrer und das mittlere Kader. Alles war sauber und ruhig, ein paar Hunde bellten, und es waren keine Kinder zu hören. Das erstaunte nicht weiter, denn fast alle Frauen, die ich sah, hätten nur noch auf äußerst künstliche Art und Weise Mutterglück empfangen können. Ich verzichtete darauf, systematisch an den Haustüren zu klingeln, weil ich befürchtete, schon bei Haus Nummer eins als Hausierer dem Hund zum Fraß vorgeworfen zu werden. Mein Rundgang führte mich an kahlen Hecken, kleinen Ziergärten und einem mit einer Seejungfrau verunstalteten Brunnen vorbei. Es war warm genug, um langsam an den Häusern vorbeizuwandern, ohne gleich als Terrorist verdächtigt zu werden. In Baders Haus war niemand zu sehen, aber als ich zum dritten Mal daran vorbeispazierte, verließ eine junge Frau mit asiatischen Gesichtszügen das Haus. Ich folgte ihr bis zur Bushaltestelle und setzte mich neben sie auf die Bank. Die asiatischen Züge sahen von nahem eher lateinamerikanisch aus. Da der Bus auf sich warten ließ, hatte ich genug Zeit, mir eine schöne

Geschichte auszudenken. Es fiel mir aber nichts Gescheites ein, und so versuchte ich es mit einem Frontalangriff.

»Entschuldigen Sie, mein Name ist Philip Maloney«, sagte ich, »ich bin Privatdetektiv. Ich habe ein paar Fragen bezüglich Herrn Bader.«

Sie lachte und nickte. Mehr kam nicht. Entweder hatte sie mich nicht verstanden, oder sie hatte sich eine Strategie zurechtgelegt, um Männer, die sich an sie heranmachten, freundlich aber unmissverständlich abzublocken.

»Haben Sie mich verstanden? Ich bin Detektiv. Ich möchte Ihnen ein paar Fragen stellen.«

Wieder Lachen. Diesmal schaute sie sich um, doch weder der Bus noch andere Passanten kamen. Jetzt öffnete sie ihren Mund.

»Hundert für eine einfache Massage«, sagte sie. »Kein Verkehr und auch kein Französisch. Wohnst du hier in der Gegend?«

Ihr Lachen war jetzt einem geschäftsmäßigen Blick gewichen. Sie sah mich nicht an, sprach an mir vorbei, als ob sie über Eichhörnchen oder Sehenswürdigkeiten reden würde.

»Keine Massage«, sagte ich, »nur ein nettes Gespräch. Sie waren doch gerade bei Herrn Bader.«

»Ich spreche nicht über meine Kunden. Hast du uns zugeschaut? Hat es dich angeturnt? Warum kommt der Scheißbus nicht? Ohne Auto ist man in dieser Stadt aufgeschmissen. Bist du ein Bulle?«

»Nein. Ich ermittle privat.«

»Hat Bader etwas ausgefressen?«

»Würden Sie ihm das zutrauen?«

»Ich traue allen Männern alles zu. Und den Frauen noch einiges mehr. Scheiße. Ich hätte ein Taxi nehmen sollen. Mein Auto ist in der Werkstatt, Totalschaden, ein Besoffener ist mir reingefahren. Ich war zum Glück nicht drin.«

»Gehen Sie regelmäßig zu Bader?«

»Was heißt schon regelmäßig. Ich mache bei ihm sauber. Zweimal die Woche.«

»Sauber machen und massieren? Gibt es dafür Kombirabatt?«

»Die Massage will er nur, wenn seine Frau nicht da ist. Und wenn du mich nicht zum Essen einlädst, kannst du mich mal.«

Wir landeten bei McDonalds. Ich würgte einen Cheeseburger runter und spülte mit einem Liter Cola nach, während sie in einem Krabbensalat herumstocherte.

»Bader hat mich angerufen«, sagte sie, »vor etwa zwei Jahren. Ich hatte inseriert. Massage, ganz seriös. Ich habe das gelernt, ich kann das. Vorher bin ich auf den Strich gegangen, jahrelang. Das war scheiße. Aber was soll's. Ich hatte keine Lust, als Nutte alt zu werden. Deshalb das mit der Massage. Ich kann das wirklich gut. Er wollte, dass ich zu ihm komme. Ich machte ihm klar, dass ich keine Spezialmassagen mache. Er sagte, das sei ihm egal. Als ich bei ihm aufkreuzte, merkte ich sofort, dass er auf etwas anderes aus war. Der Kerl erzählte mir von seiner Frau. Die schläft nicht mehr mit ihm. Seit Jahren. Muss trostlos sein, so eine Ehe. Er sagte, er könne mich als Haushaltshilfe anstellen, seine Frau habe nichts dagegen, sie habe Rheuma. Ich solle zweimal in der Woche kommen und die Wohnung putzen, staubsaugen und so. Ich dachte zuerst, mein Gott, dachte ich, spinnt der Kerl? Will mich als Putzfrau engagieren. Aber dann rückte er damit raus. Wenn seine Alte nicht zu Hause war, sollte ich ihn massieren. Seine Frau ist öfters weg, aber nicht regelmäßig an bestimmten Tagen. Aber seit ich putzen kam, war sie meistens weg, die weiß doch ganz genau, was da los ist. Bader zahlt mir zwölfhundert im Monat. Kann das Geld gut gebrauchen. Scheißrezession. Natürlich will er zweimal die Woche eine Spezialmassage. Ist aber besser, als die Beine breit zu machen. Der will nur, dass ich ihm den Schwanz reibe, bis er kommt. Schaut mich nicht mal an, muss mich nicht ausziehen. Er liegt einfach da mit geschlossenen Augen und genießt es. Nachher besteht er immer darauf, dass ich noch putze. Das ist schon seltsam, zuerst besorg ich es ihm und dann seiner Wohnung. Aber ich habe mir dieses Scheißleben selber ausgesucht. Ich hätte auch zurück nach Brasilien gehen können. Aber was soll ich da? Meine Mutter hat mich hierhergebracht. Ich war zwölf. Aber das willst du sicher nicht hören.«

Sie erzählte es mir dennoch. Es war eine traurige Geschichte, aber sie erzählte sie beinahe fröhlich, lachte zwischendurch und biss in die Krabben. Ich ließ sie reden, bis sie eine längere Pause machte, dann fragte ich wieder nach Bader.

»Weshalb interessierst du dich für den Kerl? Möchte seine Alte wissen, was er mit mir treibt?«

»Hat er nie einen Spezialwunsch geäußert, sexuell meine ich?«

»Nein. Er redet nicht über Sex. Das läuft alles ganz automatisch ab. Zuerst dachte ich, das wird ihm langweilig, nach den ersten paar Wochen will er, dass ich mich ausziehe und danach, dass ich ihm einen blase, aber er hat nie gesagt, dass er etwas anderes erwartet. Zweimal die Woche Massage, seit zwei Jahren. Er ist zufrieden, glaube ich.«

»Und er will keine Geschichten hören, keine Phantasien ausleben?«

»Die lebt er schon aus, in Gedanken. Der ist wie weggetreten, wenn er da liegt. Weiß der Teufel, woran er denkt. Bei Männern ist alles möglich. Einer meiner Kunden von früher hat immer an Fußballspiele gedacht, wenn er mich gevögelt hat. Hat er mir wenigstens gesagt. Vielleicht dachte er auch an ein Pferd oder sonst was.«

»Glaubst du, dass er pervers ist?«

»Natürlich ist er pervers. Was heißt das schon? Alle sind

pervers. Ich bin auch pervers. Wenn du mich fragst, sind die Normalen am perversesten. Es ist doch pervers, immer mit dem gleichen Mann in der gleichen Stellung zu vögeln. Das machen die aber. Und wundern sich, dass da nichts mehr abgeht. Zuerst dachte ich, er sucht sich eine Frau, die zuhört und die es ihm danach besorgt. Aber er redet nicht viel. Manchmal von seiner Frau. Er liebt sie nämlich. Das spüre ich. Sie muss früher sehr schön gewesen sein. Seit zehn Jahren vögeln die nicht mehr. Ich meine, das ist doch ungewöhnlich, auch wenn sie alt sind. Meine Mutter vögelt heute noch, die ist auch schon über sechzig. Bader ist körperlich noch in Ordnung. Seine Frau auch, kann sich nur nicht mehr gut bücken.«

»Hat er dir gesagt, was vor zehn Jahren der Auslöser war für die Verweigerung seiner Frau?«

»Irgendeine Geschichte mit einer anderen Frau. Sagt er wenigstens. Kann schon sein. Weißt du, dass er ein Buch schreibt? Über Katastrophen. Ich habe ihm gesagt, er soll doch einfach über mich schreiben, dann hat er schon das halbe Buch. Aber wenn ich mir andere anschaue, bin ich wieder ganz froh. Du, was willst du eigentlich? Ich quatsche und quatsche und weiß nicht mal, wen ich vor mir habe. Vielleicht steht morgen in der Zeitung, was ich bei Bader mache, und dann bin ich meinen Job los. Wenn das der Fall ist, komme ich zu dir und massiere dir deinen Schwanz weg. Mit einer Schere, wenn es sein muss. Und jetzt muss ich gehen. Habe eine Tochter. Die geht in die Lehre. Ist ein kluges Kind. Nimmt keine Drogen und ist noch Jungfrau. Frag mich nicht, warum. Von mir hat sie das nicht.«

Sie lachte laut auf und verschluckte sich. Ihre Bewegungen machten alles nur noch schlimmer. Hustend, lachend und fluchend verließ sie McDonalds, und ich ging noch einige Schritte mit ihr, ehe ich in das Tram stieg und zu meinem Büro fuhr.

26

Die nächsten Tage verbrachte ich damit, mehr über Bader in Erfahrung zu bringen. Ich sprach mit Leuten, die ihn von der Schule kannten, ehemalige Schüler, Lehrer, sie hatten alle viel Positives über Bader zu berichten. Die Sache mit dem nackten Knaben sei wohl ein Ausrutscher gewesen, ein Makel auf einer ansonsten makellosen Weste. Der Mief gutbürgerlicher Karrieren wehte mir aus vielen Wohnungen entgegen. Niemand war auf die schiefe Bahn geraten, alle versuchten, ihre Kleinkredite pünktlich zurückzubezahlen, und niemand hatte den alten Herrn Bader im Verdacht, schweinöse Gelüste zu haben. Jasmin hatte sich in der Zwischenzeit mit der verschwundenen Freundin Imhaslis befasst, war aber auch nicht weitergekommen. Meine Klientin rief bei mir an und wollte wissen, ob ich schon mehr über Imhaslis verlorene Jahre herausgefunden hatte. Ich erzählte ihr mit geschickt gewählten Worten Anekdoten aus dem Leben eines Privatdetektivs. Sie hörte gebannt zu und war am Schluss erleichtert, auch wenn ich ihr nichts Neues über Imhasli liefern konnte. Es war zum Verrücktwerden. Seit Tagen jagten wir mehreren Phantomen nach, einem Knaben, der vielleicht in Baders Garten verscharrt worden war, einem Toten, der zweimal starb, über dessen zweites Leben wir nichts, aber auch gar nichts wussten, außer, dass er sich in meine Klientin verliebt hatte, und dann war da auch noch der seltsame Pizzakurier.

Jasmin hatte einen Mann bei der Telekom ausfindig gemacht, der uns auf die Sprünge helfen sollte. Wir trafen ihn in einem Café, dessen Kunden im Schnitt 95 Jahre alt waren. Die greisen Frauen mampften Kuchen und führten mit zitternden Händen altmodische Tassen zum Mund. Der Mann von der Telekom hieß Keller, aber er sagte uns, dass wir ihn Stoffel nennen sollten. Alle würden ihn so nennen. Der arme Kerl hatte sich daran gewöhnt.

»Stoffel ist mein Spitzname aus der Rekrutenschule«, sagte er. »Ich weiß nicht mehr, wie ich zu dem Namen kam, aber er blieb. Haben Sie keinen Spitznamen?«

Er schaute Jasmin an, und mir fiel sofort auf, dass er Gefallen an ihr gefunden hatte. Sein Blick wanderte von ihrem Gesicht zu ihren Brüsten und wieder zurück. Stoffel tat so, als gäbe es mich nicht. Er saugte Luft in seinen geschlossenen Mund, sodass ein schmatzendes Geräusch entstand. Das gehörte wahrscheinlich zu seinem Balzrepertoire.

»Ich kann Ihnen alles sagen«, sagte er, »sogar geheime Dinge, die nur wenige wissen. Was Anschlüsse und Codierung angeht, bin ich Fachmann. Ich kann Ihnen auch sagen, wer eine Geheimnummer hat. Natürlich darf ich das alles nicht, aber Sie werden mich schon nicht verraten, oder?«

Er zündete sich eine Zigarette an. Er tat das mit einer Lässigkeit, die er sich aus mindestens zwanzig Hollywoodfilmen der siebziger Jahre angeeignet hatte. Das waren die goldenen Zeiten der Tabakindustrie – kein Film ohne Kettenraucher. Er bot Jasmin einen Glimmstängel an, diese wich entsetzt zurück und schaute, ob wir tatsächlich nicht an einem Nichtrauchertisch saßen. Stoffel entschuldigte sich sofort für sein Laster. Er rauche nur noch periodisch, und er habe einfach noch nicht die Frau gefunden, für die es sich lohnen würde aufzuhören. Ich hätte dem Kerl am liebsten eine Überdosis Sachertorte in den Rachen gestopft. Ich sah, wie am Nebentisch eine voluminöse Frau ein kriminell großes Stück Torte verschlang, ohne zu platzen. Ihr gegenüber saß eine ausgemergelte Alte, die lustlos an einem Stück Cake knabberte. Stoffel baggerte noch immer mächtig.

»Sie suchen vermisste Personen?« fragte er. »Das muss spannend sein. Sicher ein irre cooler Job. Aber auch frustrierend, oder? Wie viele der Vermissten finden Sie im Schnitt?«

»Ich suche ja nicht alle«, sagte Jasmin. »Sagt Ihnen die Vorwahl 0000 etwas? Vier Nullen.«

»Wenn es sieben wären«, sagte er, »gehörte sie der Regierung. Die sieben Nullen von Bern. Ist doch gut, oder?«

Er fand den Scherz toll, Jasmin rümpfte nur die Nase, und ich hielt meine Faust in Schach. Sie zuckte nervös, sie liebte es, Kerle wie Stoffel auf die Matte zu legen.

»Ernsthaft, Herr Keller«, sagte Jasmin.

»Stoffel«, sagte Stoffel. »Einfach nur Stoffel.«

»Meinetwegen«, sagte Jasmin. »Gibt es Anschlüsse mit dieser Vorwahl?«

»Eine Gegenfrage: Wieso möchten Sie das wissen? Oder anders gefragt: Wie kommen Sie überhaupt darauf, dass es eine solche Vorwahl gibt?«

»Das tut nichts zur Sache«, sagte ich.

»Ein bisschen offener könnten Sie schon sein. Wie wäre es mit einem gemütlichen Abendessen?«

»Ich glaube, wir sind hier an der falschen Adresse. Komm«, sagte sie zu mir, »wir gehen.«

»He. Moment mal. So war das nicht gemeint. Es ist nur so, dass ich seit vier Monaten wieder solo bin. Und es begegnet mir nicht jeden Tag eine so charmante Frau.«

Jetzt hatte er vollständig danebengegriffen. Wenn Jasmin etwas nicht ausstehen konnte, dann war es Gesülze dieser Art. Ihr Blick sagte alles, aber Stoffel begriff nicht.

»Ich meine«, sagte er, »ich mag selbstständige Frauen. Frauen, die Ziele haben, aber auch Charme.«

»Bevor Sie noch mehr Unsinn erzählen«, sagte Jasmin, »mache ich Sie darauf aufmerksam, dass ich Schleimer wie Sie zum Kotzen finde. Ich möchte nur eine Auskunft, die können Sie aber auch meinem Kollegen geben. Ich verschwinde jetzt nämlich. Suchen Sie sich eine der anderen Damen hier aus. Die sind vielleicht empfänglicher für Ihre sexuellen Avancen.«

Sie stand auf und ging. Mir blieb nichts anderes übrig, als sitzen zu bleiben und zu hoffen, dass Stoffel seinen Frust nicht tränenreich an mir auslassen würde. Er war so verblüfft, dass er eine Weile nichts sagte und nur mit halb offenem Mund durch das Fenster starrte. Jasmin bog um die Ecke, und ich konnte gerade noch erkennen, wie sie lachte. Stoffel wurde die Sache langsam peinlich. Er versuchte, es von Mann zu Mann einigermaßen erträglich für ihn und mich zu gestalten.

»Die einen wollen Schmalz bis zum Gehtnichtmehr«, sagte er, »und die anderen soll man wie ein Macho flachlegen. Aber was will sie?«

»Ich vermute mal, dass sie einfach nicht auf Sie steht, Stoffel. Das kann vorkommen. Ich habe aber jetzt keine Lust, therapeutisch einzugreifen. Verraten Sie mir doch einfach, wie das mit den vier Nullen ist.«

»Die haben mir gekündigt«, sagte er unvermittelt. »Personalabbau.«

»Bei der Telekom?«

»Ja«, sagte er. »Das ist auch der Grund, weshalb ich bereit bin, Ihnen Auskunft zu geben. Mir doch egal, ob das geheim ist oder nicht. Sie haben mir gekündigt, weil ich noch nicht vierzig und unverheiratet bin. Das ist kein Härtefall, haben sie gesagt. Diese Arschlöcher.«

»Einen neuen Job kann ich Ihnen nicht besorgen«, sagte ich. »Aber vielleicht etwas Genugtuung.«

»Okay. Und sagen Sie Frau Weber einen Gruß. War nicht so gemeint. Ich bin manchmal etwas ungeschickt im Umgang mit Frauen.«

»Jetzt reicht es aber, Stoffel. Oder wollen Sie mich auch noch vergraulen?«

»Es gibt eine ganze Reihe von Geheimnummern«, sagte er, »auch mit seltsamen Vorwahlnummern. Vier Nullen sind mir nicht bekannt. Aber es wäre nicht ungewöhnlich. Das Militär hat Hunderte von Nummern reserviert. Sind aber nur für den Notfall. Daneben gibt es Anschlüsse mit Spezialnummern, über die Informationen abgerufen oder über die abhörsichere Konferenzschaltungen gelegt werden können. Und dann natürlich all die Nummern, die für Mobiltelefone reserviert sind.«

Viel mehr konnte er mir nicht sagen. Ehe er wieder von seinen hormonellen oder arbeitstechnischen Sorgen sprechen konnte, bezahlte ich und ging. Unterwegs piepste das Mobiltelefon. Jasmin Weber bestand darauf, dass ich mich sofort in die Calandastraße begab. Der Berufsverkehr hatte seine eigene Vorstellung von *sofort.* Als ich im Taxi 15 Minuten benötigte, um von einer Ampel bis zur nächsten zu kommen, bezahlte ich den Fahrer, stieg aus und ging zur nächsten Tramhaltestelle. Eine halbe Stunde später bog ich zu Fuß in die Calandastraße ein. Ein Pudel im aquamarinfarbenen Mäntelchen wedelte vor mir her und bellte freudig, als ich ihm einen Kaugummi zuwarf. Hinter mir hörte ich einen strengen Pfiff. Der Pudel drehte sofort ab und rannte zu Herrchen.

Jasmin erwartete mich bereits, zusammen mit Hugentobler. Er zeigte auf ein Fenster im Parterre.

»Üble Sache, Maloney. Es wurden Schüsse auf den Autisten abgegeben. Man schoss durch das Fenster. Er wurde nicht getroffen. Er hatte Durchfall und saß die ganze Zeit auf der Toilette.«

»Das sind also die positiven Seiten von Verdauungsproblemen«, sagte ich.

»Seine Mutter wurde am Arm getroffen«, sagte Jasmin.

»Hat sie für ihn am Fenster gewacht?« fragte ich Hugentobler.

»Er bestand darauf.«

»Vielleicht wollte er sie loswerden?«

»Der Schütze konnte unerkannt entkommen«, sagte Hugentobler. »Vielleicht war es auch nur ein Streich oder ein Besoffener. In dieser Gegend wird ab und zu geschossen.«

Hugentobler war schlecht rasiert. Er sah aus, als hätte er die Nacht in einem Altglascontainer verbracht. Jasmin stand nur da und schwieg. Sie wollte zu dem Jungen, wusste aber nicht, ob Hugentobler das zuließ.

»Können wir mit ihm sprechen?« fragte sie.

»Was wollen Sie von ihm? Soviel ich weiß, spricht er nicht. Und wenn, dann nur dummes Zeug. Die Mutter hat einen Schock, sie schläft vermutlich.«

Jasmin schaute Hugentobler verärgert an. Er tat so, als sei ihm das egal. Vermutlich war es ihm auch egal. »Haben Sie mit ihm gesprochen?« fragte sie.

»Ich habe nicht mit ihm gesprochen. Ein Kollege hat das getan. Ich bin nur hier, weil ich mir dachte, dass Sie das interessiert, was hier geschehen ist. Schließlich haben wir noch immer die Leiche von Imhasli im Leichenschauhaus. Und Philip Maloney glaubt, dass Imhaslis Tod etwas mit dem verschwundenen Knaben zu tun hat. Und der wiederum etwas mit dem Idioten hier.«

»Das ist kein Idiot«, sagte Jasmin. »Das ist ein Autist.« Sie stampfte mit einem Fuß auf den hart gefrorenen Schnee.

»Mir egal, was er ist«, sagte Hugentobler. »Er reagiert nicht auf Fragen. Hat mir mein Kollege gesagt.«

»Ich möchte dennoch mit ihm reden«, sagte Jasmin.

»Niemand kann Sie daran hindern. Aber ich glaube nicht, dass Frau Münch Sie in die Wohnung lässt. Sie glaubt nämlich, dass Ihr Besuch vor ein paar Tagen der Grund für den Anschlag ist.«

»Ich dachte, Frau Münch schläft«, sagte ich.

»Vermutlich«, sagte Hugentobler.«

Da Jasmin keine Lust mehr hatte, Hugentobler darum zu bitten, uns zu den Münchs zu begleiten, unternahm ich den Versuch. Schließlich willigte er ein. Frau Münch sah niedergeschlagen aus. Ihr rechter Arm war eingebunden und durch eine Schlinge fixiert. Als sie Jasmin und mich erkannte, wollte sie die Tür wieder zuschlagen. Hugentobler hob vorsichtig den Arm.

»Wir möchten mit Ihrem Sohn sprechen«, sagte er.

»Albi spricht mit niemandem. Verschwinden Sie!«

»Ich bin Polizist«, sagte Hugentobler.

»Na und? Wer sind diese beiden? Auch von der Polizei? Weshalb bringen Sie Unglück in unser Leben? Wir haben niemandem etwas zuleide getan.«

»Geben Sie uns zehn Minuten, Frau Münch«, sagte Hugentobler.

Sie überlegte lange und trat dann zur Seite. Ihr Sohn saß auf dem Fußboden in seinem Zimmer und spielte mit Murmeln. Er sah nicht auf, als wir nähertraten. Auch als Hugentobler ihn ansprach, reagierte er nicht.

»Das hat doch keinen Sinn«, sagte Hugentobler. »Sehen Sie doch selbst. Er lebt in seiner eigenen Welt. Kein Zutritt, Maloney.«

Jasmin kniete nieder, sprach langsam und freundlich mit Albi. Er reagierte nicht. Erst als sie eine der Murmeln berührte, nahm er uns zur Kenntnis. Ein wütendes Fauchen kam über seine Lippen. Jasmin wich zurück. Albi schaute auf, starrte Hugentobler an. Er schien nachzudenken. Dann sprang er plötzlich auf und fuchtelte mit seinen Armen herum. Atemlos stieß er Zahlen hervor. »14, 12, 56.« Hugentobler schüttelte den Kopf.

»Genau so, wie es mein Kollege gesagt hatte«, sagte er. »Babbelt sinnlos Zahlen vor sich hin. Tragischer Fall.«

Albi Münch ließ nicht locker. Er umkreiste Hugentobler, sein Oberkörper wippte kräftig hin und her, und er stieß immer wieder die gleichen Zahlen hervor. Diesmal allerdings im Doppelpack. »141, 256.«

Jasmin zupfte mich am Ärmel.

»Keine Primzahlen«, sagte sie.

Hugentobler verschränkte seine Arme.

»Die 10 Minuten sind um«, sagte er. »Ich habe es Frau Münch versprochen.«

»Sagen Ihnen die Zahlen etwas, Hugentobler?« fragte Jasmin.

»Natürlich«, sagte er. »141 256 ist meine Autonummer.«

Jetzt gab Albi ein fröhliches Johlen von sich. Er setzte sich auf das Bett, blieb aber nur einen Moment sitzen, sprang dann wieder auf. Wieder nannte er die Zahlen und lachte. Hugentobler hob die linke Augenbraue.

»Jetzt wissen Sie, weshalb er ständig am Fenster sitzt«, sagte Hugentobler. »Er merkt sich Autokennzeichen. Eine tolle Lebensaufgabe.«

Jasmin drehte ihren Kopf ruckartig zu mir, und ich wusste sofort, woran sie dachte. Hugentobler drehte sich zur Tür, aber Jasmin hielt ihn am Ärmel zurück.

»Wann waren Sie zuletzt hier in der Gegend, Hugentobler?« fragte sie ihn. »Mit Ihrem Dienstwagen.«

»Keine Ahnung«, sagte er. »Muss Jahre her sein.«

»Damals, als der Knabe verschwand?«

»Sicher«, sagte er, »da war ich einige Male hier in der Gegend. Auf was wollen Sie hinaus?«

»Albi merkt sich Autokennzeichen«, sagte ich. »Vielleicht hat er im Kopf Tausende gespeichert.«

»Das ist schon möglich«, sagte Hugentobler. »Aber für so etwas gibt es dicke Verzeichnisse, da stehen alle Nummern drin.«

»Aber da steht nicht drin, wer vor zehn Jahren einen Knaben zu sich in den Wagen steigen ließ«, sagte Jasmin.

Hugentobler drehte sich wieder zu Albi Münch um. Dieser wippte noch immer wie ein Matrose bei schwerer See hin und her.

»Ach was. Er hat die Nummer vorhin gesehen. Als ich parkierte.«

»Wo haben Sie parkiert?« fragte ich. »Vor dem Haus?«

Jasmin ging zum Fenster. Hugentobler zeigte auf die Wand links vom Fenster.

»Nein«, sagte er, »drüben auf der anderen Straßenseite.«

»Kann man Ihr Auto vom Fenster aus sehen?« fragte ich.

»Hier nicht. Aber vielleicht von der Toilette aus.«

Wir schauten aus allen Fenstern der Wohnung, doch Hugentoblers Wagen war nicht zu sehen. Er blieb dennoch skeptisch.

»Vielleicht sah er mich, als ich vor dem Haus vorbeifuhr«, sagte er. »Nur für Sekunden.«

»Und wenn es nicht so war?« fragte Jasmin. »Wenn er sich Ihre Autonummer vor Jahren gemerkt hat?«

»Die Autonummer und mein Gesicht? Nach all den Jahren soll er mich wiedererkennen?«

»Ich nehme nicht an, dass Sie in der Zwischenzeit bei einem Schönheitschirurgen waren«, sagte ich.

Frau Münch erschien. Sie bestand darauf, dass wir ihren Sohn in Ruhe ließen.

»Er ist es nicht gewohnt, so beansprucht zu werden«, sagte sie.

»Vielleicht haben Sie ihn zu lange zu wenig beansprucht«, sagte Jasmin.

Sie sah Frau Münch vorwurfsvoll an. Albis Mutter sah müde aus, sie hatte keine Energie, um großen Widerstand zu leisten.

»Wir nehmen Ihren Sohn mit«, sagte Jasmin bestimmt. »Wir machen einen kleinen Ausflug. Es wird ihm nichts geschehen. Die Polizei wird ihn bewachen.«

Hugentobler protestierte, und Frau Münch schüttelte den Kopf. Sie stellte sich schützend vor ihren Sohn.

»Man wollte ihn erschießen«, schrie Frau Münch. »Sie sind schuld! Lassen Sie mir meinen Sohn. Ich habe sonst nichts mehr.«

Sie begann zu heulen, war aber von den Beruhigungsmitteln so geschwächt, dass sie sich setzen musste. Ich nahm ihren Sohn am Arm und zog etwas daran. Er sträubte sich zuerst, gab aber rasch nach.

27

Hugentobler fuhr uns enervierend langsam aus der Stadt. Er hielt vor jedem Fußgängerstreifen und bremste vor jeder Ampel ab, um ja nicht ein rotes Signal zu verpassen. Als Taxifahrer wäre er damit reich geworden. Albi Münch freute sich über die Spazierfahrt. Er schaute aufgeregt aus dem einen Fenster, drehte sich zum anderen und wieder zurück. So viele Autonummern auf einmal war er nicht gewohnt. Er war begeistert. Hugentobler sprach unterwegs mit der Einsatzzentrale und erfuhr, dass der Schütze verhaftet worden war.

»Ein Betrunkener, dem die Freundin weggelaufen ist«, sagte er. »Also keine Verschwörung, Maloney.«

»Aber die Schüsse haben uns auf die richtige Fährte gebracht«, sagte ich. »Imhasli muss das ebenfalls herausgefunden haben. Das war die heiße Spur, die er verfolgte. Wetten, dass Albi Münch die Autonummer von Bader kennt?«

»Selbst wenn es so wäre«, sagte Hugentobler, »ein Beweis ist das nicht. Der Staatsanwalt würde sich totlachen, wenn ich ihm mit dieser Geschichte kommen würde.«

Jasmin Weber hatte ebenfalls telefoniert. Sie dirigierte Hugentobler durch den Feierabendverkehr Richtung Hallenstadion. Sie hatte keine Lust, uns zu Bader zu begleiten. Zu dritt fuhren wir weiter über die Autobahn Richtung Flughafen. Es war innert Minuten stockdunkel geworden. Albi Münch schaute enttäuscht aus dem Fenster, er konnte nur noch die Autonummern der vor uns fahrenden Wagen erkennen. Er freute sich riesig, wenn unser Wagen überholt wurde, denn das brachte eine neue Nummer ins Spiel. Da

Hugentobler noch immer bestrebt war, sämtliche Tempolimits zu unterbieten, wurden wir andauernd überholt.

Die Gegend um Baders Haus sah in der Dunkelheit unfreundlich und ein wenig gespenstisch aus. Es brannten zwar in allen Häusern Lichter, aber es war kaum ein Geräusch zu hören. Bei Bader war das ganze Haus hell erleuchtet. Das Wohnzimmer, das durch einen großen ebenerdigen Balkon zugänglich war, leuchtete hell wie ein Fußballstadion unter Flutlicht. Man sah Fernsehbilder zucken. Im oberen Stockwerk sah ich den Schatten einer Frau hinter einem Fenster.

Albi Münch fror. Er bewegte sich unsicher zwischen Hugentobler und mir. Plötzlich begannen seine Arme zu schlingern. Seine Hände zeigten auf die Terrasse. Bader öffnete die Balkontüre und trug einen Abfallsack nach draußen. Aus Albi Münchs Mund sprudelten Zahlen. Es war verblüffend, er erkannte Bader auf Anhieb wieder. »56, 78, 9.« Zweimal. Der Junge war ein Genie. Bader war durch Münchs lautes Stammeln auf uns aufmerksam geworden. Albi Münch schien Baders Bewegungen nachzumachen. Noch einmal nannte er die Zahlen, jetzt noch erregter. Er war sich offenbar sicher.

Ich trat auf Bader zu. Hugentobler und Albi Münch blieben stehen. Ich sah, dass Hugentobler die Sache peinlich war.

»Mein Name ist Philip Maloney. Privatdetektiv. Ich war schon einmal bei Ihnen. Nur noch eine Frage, Herr Bader. Wie lautet Ihre Autonummer?«

»Ist das ein Quiz?« fragte er. »Was wollen Sie von mir? Ich habe Ihnen doch schon vor Tagen gesagt, dass Sie bei mir bei der falschen Adresse sind. Ich könnte Sie anzeigen. Sie haben auf meinem Grundstück nichts verloren. Gilt Besitz und Eigentum heute nichts mehr?«

»Die Autonummer. Mehr will ich nicht.«

»Ich fahre praktisch nicht mehr. Meine Augen sind schlechter geworden. Und meine Nerven. 518712. Und jetzt verschwinden Sie.«

»Besitzen Sie noch einen Zweitwagen?« fragte ich. »Vielleicht mit der Nummer 56789?«

»Zweitwagen? Wenn ich schon mit dem ersten nicht mehr fahre? Ich bin kein Grüner, aber ich bin auch kein Idiot. Wozu soll ich für zwei Wagen Steuern bezahlen, wenn ich nicht mal einen benötige? Können Sie mir das verraten? Können Sie mir natürlich nicht. Es ist Ihr Beruf, Fragen zu stellen. Warum aber stellen Sie keine wichtigen Fragen? Warum nur dieser oberflächliche Schwachsinn? Es ist an der Zeit, die wirklich entscheidenden Fragen zu stellen, jetzt, hier. Das Leben ist keine Quizshow im Fernsehen. Ich opfere Jahre meines Lebens, um Katastrophen zu erforschen. Ohne Forschungsauftrag, auf die Gefahr hin, lächerlich gemacht zu werden. Alle werden lächerlich gemacht. Wer nicht lächerlich gemacht wird, leistet nichts Großes. Nur wer in den Augen der Mehrheit lächerlich ist, kann etwas Bleibendes leisten. Sie können mich nicht daran hindern, mit Ihren stümperhaften Fragen. Niemand kann mich daran hindern.«

Er ging zurück über die gemusterten Bodenplatten zum Balkon. Jetzt schaute er sich Hugentobler und Albi Münch etwas genauer an. Er blinzelte, konnte keinen der beiden richtig erkennen. Ich sah seine Frau im oberen Stockwerk. Wahrscheinlich hatte sie unsere Unterhaltung mit angehört. Sie schloss leise das Fenster. Bader ging zurück ins Wohnzimmer, schloss die Balkontüre und ließ den Rollladen herunter. Hugentobler ging mit Albi Münch zum Wagen, ich folgte ihm. Münch kauerte sich in die Ecke und rieb seine Hände an den Knien. Hugentobler sah mich durch den Rückspiegel an.

»Das war keine gute Vorstellung, Maloney.«

»Vielleicht hat er die Nummer gewechselt«, sagte ich. »Das könnte man herauskriegen.«

»Könnte, vielleicht, wäre. Damit lässt es sich als Privatdetektiv einigermaßen leben, Maloney, aber als Polizist definitiv nicht. Wir haben nichts gegen Bader in der Hand.«

Damit hatte er natürlich recht. Wir lieferten Albi Münch wieder bei seiner Mutter ab. Die war erstaunt darüber, dass er noch lebte. Zumindest eine Lungenentzündung hatte sie erwartet, doch Albi war nur müde, aber scheinbar zufrieden.

In einer Bar lud mich Hugentobler zu einem Drink ein. Später fuhr er mich in mein Büro und wünschte mir bessere Zeiten. Ich ging nach oben. Das Licht im Treppenhaus funktionierte nicht. Als ich die Tür zu meinem Büro öffnen wollte, hörte ich ein Geräusch. Es kam von oben. Ich drehte mich ruckartig um, konnte aber nur einen Schatten erkennen. Instinktiv trat ich zwei Schritte zur Seite und duckte mich. Nichts geschah. Dann löste sich der Schatten und kam auf mich zu. Es war Frau Bader. Sie schaute mich mit steinerner Miene an. Aus einer Plastiktüte holte sie ein Kissen. Es war ein hellbraunes, abgenutztes Kissen, das oft und lange der Sonne ausgesetzt gewesen war. Auf das Kissen war eine Autonummer gestickt. Es war die Nummer ZH 56789. Albi Münch hatte sich doch nicht geirrt.

28

Die Heizung in meinem Büro war nicht an. Es war bitterkalt. Ich machte Frau Bader den Vorschlag, zu Jasmin hinunterzugehen. Sie war einverstanden. Jasmin arbeitete am Computer. Sie arbeitete an einer Erweiterung für ein Graphikprogramm. Sie hatte mir erzählt, sie programmiere nur noch zur Entspannung. Sehr entspannt sah sie allerdings nicht aus an diesem Abend. Frau Bader grüßte sie unsicher und setzte sich. Noch immer hielt sie die leere Plastiktüte in der Hand. Ich legte Jasmin das Kissen auf die Tastatur und erzählte ihr, was sich vor Baders Haus ereignet hatte. Frau Bader hörte mit gesenktem Blick zu. Jasmin Weber atmete tief ein.

»Sie haben es gewusst?« fragte sie. »Sie haben es all die Jahre gewusst, nicht wahr?«

Frau Bader antwortete nicht. Sie holte ein weißes, dünnes Stofftaschentuch aus einer kleinen, hübschen Handtasche und wischte sich damit über die Nasenflügel. Ich setzte mich auf die Kante des Schreibtisches.

»Ich glaube, Sie sollten uns jetzt die ganze Geschichte erzählen, Frau Bader«, sagte Jasmin. »Es ist höchste Zeit. Es gibt in dieser Stadt eine Mutter, die noch immer nicht weiß, was vor zehn Jahren mit ihrem kleinen Sohn geschehen ist.«

Jetzt schaute Frau Bader uns abwechselnd an. Ihr Blick war ausdruckslos, sie hatte keine Tränen mehr.

»Damals begann das mit dem Rheuma«, sagte sie. »Ich ging regelmäßig zur Kur. Thermalbäder. Meistens eine bis zwei Wochen, Bernhard rief mich an, etwa jeden zweiten Tag. Sie müssen wissen, dass Bernhard ein sehr korrekter

Mensch ist. Er war mir nicht untreu. Da bin ich mir sicher. Wenigstens war er es nicht bis zu jenen Ereignissen.«

Sie machte eine Pause. Wahrscheinlich dachte sie in jenem Moment an die brasilianische Haushaltshilfe. Ich war mir sicher, dass sie Bescheid wusste.

»Wir hatten eine gute Ehe«, sagte sie, »kaum Streit. Bernhard hat mich respektiert, ich habe ihn bewundert für seine Gelassenheit. Er ließ sich nie von den kleinen unwichtigen Dingen im Leben irritieren. Probleme gab es für ihn nicht. Nur Fragen, auf die man eine praktische Antwort finden musste. Er hatte immer die Idee, eines Tages etwas Großes zu schaffen, eine Entdeckung zu machen. Er hat viel gelesen, vor allem Biographien. Das hat ihn fasziniert. Was machte aus einem Menschen einen Forscher, einen Entdecker? Er hat auch immer geschaut, dass unser Sohn über den Tag hinausdenkt, sich nicht an den alltäglichen Dingen aufhält. Ich habe ihn geliebt«, sagte Frau Bader. »Wir hatten es schön zusammen. All die Jahrzehnte ist mir nie aufgefallen, dass ihm etwas fehlte, dass er besessen war von Dämonen. Ich weiß, das ist der falsche Ausdruck, es gibt keine Dämonen. Wir Menschen sind es, die Böses tun. Aber Bernhard ist kein böser Mensch.«

Sie faltete, während sie sprach, das weiße Taschentuch, öffnete es wieder, faltete es erneut.

Jasmin und ich schwiegen. Frau Bader hatte zehn Jahre auf diesen Moment gewartet. Zehn Jahre lang hatte sie es zurückgehalten, es nicht gewagt, das Undenkbare zu akzeptieren.

»Später ist mir natürlich schon einiges in einem anderen Licht erschienen«, sagte sie. »Bernhard hat sich immer sehr gut mit Buben verstanden. Wissen Sie, jahrelang hat mich der Gedanke geplagt, ob er vielleicht auch mit unserem Sohn Dinge getan hat. Aber Stefan hat mir gesagt, dass sein Vater nie …«

»Sie haben Ihren Sohn gefragt?« fragte Jasmin. »Weiß er auch, was damals geschah?«

»Ach, Sie reden jetzt so, als ob alles klar wäre. Aber wissen Sie, ich habe keine Klarheit, nur hier drin, da ist etwas, das mir sagt, dass damals etwas Schreckliches geschehen ist. Aber ich habe keine Gewissheit, ich habe nie mit Bernhard darüber gesprochen. All die Jahre nicht. Ich glaube, ich hätte das nicht überlebt. Das verstehen Sie nicht, können Sie nicht verstehen. Bernhard hatte schon zweimal einen Infarkt. Er ist nicht so gesund, wie es vielleicht den Anschein macht. Die Ärzte haben ihm gesagt, dass er nur noch ein paar Jahre hat. Deshalb ist ihm das auch so wichtig mit seiner Arbeit. Er möchte zu einem Ende kommen.«

Sie schluckte und schaute wieder auf den Boden. Jasmin fragte sie nach dem, was sich damals genau ereignete.

Frau Bader benötigte mehrere Minuten, bis sie wieder in der Lage war zu sprechen.

»Ich kam von der Kur«, sagte sie. »Ich spürte sofort, dass etwas passiert war. Bernhard war anders als sonst. Ich weiß nicht, irgendwie angespannt, und gleichzeitig machte er einen ganz ruhigen Eindruck. Verzeihen Sie mir den Vergleich, aber er wirkte wie ein Sportler, der nach einer großen Anstrengung zufrieden am Ziel angelangt ist. Was mir sofort auffiel, war, dass er den Garten umgegraben hatte. Er wollte neue Platten verlegen. Auch hinter dem Haus. Das fand ich seltsam, denn Bernhard ist ein sparsamer Mensch. Weshalb wollte er Platten hinter dem Haus verlegen, wo doch nie jemand hinter das Haus ging außer uns? Ich hatte während der Kur keine Zeitung gelesen. Zu Hause las ich natürlich von dem Knaben, er war ja schon der vierte, der verschwunden war in jenen Jahren. Ich sprach mit meinem Mann ganz kurz darüber, als im Fernsehen die Vermisstenmeldung kam. Er war abweisend. In jenen Tagen zog er sich oft stundenlang in sein Zimmer zurück und hörte klassische Musik. Bach. Immer das gleiche Stück. Das kannte ich nicht an ihm. Er war nie besonders gesellig, aber auch nie ein Eigenbrötler. Ich mag Menschen nicht, die sich zu sehr abschotten. Ich finde das unheimlich. Bernhard war in jenen Tagen so.«

Sie redete jetzt schneller, fand rascher die Worte und kümmerte sich nicht um ihre Zuhörer. Es war ihre Geschichte. Und es war das erste Mal, dass sie sich selber diese Geschichte erzählte.

»Dann kam die Polizei. Sie verhörten Bernhard. Wissen Sie, die Geschichte mit dem nackten Knaben habe ich nie ernst genommen. Bernhards Kollege, der den Abend organisiert hatte, war ein seltsamer Mann, hatte immer bizarre Ideen. Nie wäre ich auf die Idee gekommen, dass mein Bernhard Gefallen daran finden könnte. Die Polizisten redeten aber mit Bernhard, wie wenn er vorbestraft gewesen wäre. Dabei wurde er nicht einmal entlassen in der Schule. Damals standen alle hinter ihm. Heute wäre das anders, heute lässt man einem Lehrer so etwas nicht mehr durchgehen. Mir fiel auf, dass Bernhard nervös war. Warum, fragte ich mich, ist er nervös? Er schwitzte. Als die Polizisten gegangen waren, sprach ich Bernhard darauf an. In jenem Augenblick brach für mich eine Welt zusammen. Er sagte nichts, er gab nichts zu, sagte kein Wort, er umarmte mich. In dieser Umarmung wurde mir klar, dass Bernhard etwas mit dem Verschwinden des Buben zu tun hatte. Mir fielen sofort die Platten im Garten ein.«

»Weshalb haben Sie ihn nicht darauf angesprochen?« fragte ich. »Oder die Polizei verständigt?«

»Ich weiß es nicht«, sagte Frau Bader. »Bis heute weiß ich es nicht. Ich habe mich schuldig gefühlt. Ja, ich fühle mich immer noch schuldig. Schuldig, weil ich ihn verdächtigt habe. Habe ich ihn dadurch nicht betrogen, ihn mit einer entsetzlichen Tat in Verbindung gebracht? Und wenn alles nur Einbildung war? Was dann? Immer wieder sagte ich mir, es kann nicht sein. Es darf nicht sein. Mit jedem Tag gab es mehr Zweifel. Einmal in diese Richtung, dann wieder in die andere. Und dann haben sie diesen Brustmann verhaftet. Er hat die Morde gestanden und sich erhängt.«

»Brustmann hat nur drei Morde gestanden«, sagte ich.

»Die Polizei sagte, dass Bernhard nichts mehr zu befürchten habe. Sie haben sich sogar entschuldigt bei ihm. Es war wie eine Befreiung, doch dann tauchte dieser andere Mann auf.«

»Imhasli?« fragte Jasmin.

»Ich weiß nicht, wie er hieß. Er redete mit Bernhard, und ich sah, dass Bernhard kalkweiß war, als der Mann gegangen war. Was ist mit dir, habe ich ihn gefragt. Er sagte nichts, da wusste ich wieder, dass es doch so war, wie es nicht hätte sein dürfen. Dieser Mann notierte sich Bernhards Autonummer. Er beobachtete das Haus, tagelang, machte Fotos. Damals besuchte uns Stefan oft, er redete mit Bernhard, die beiden zogen sich zurück in Bernhards Zimmer. Ich durfte nicht dabei sein. Es gehe um Geschäfte, sagte Bernhard. Ich glaubte ihm nicht. Unser Sohn, Stefan, schenkte uns ein Wochenende in Wien, alles ganz luxuriös. Als wir zurückkamen, stellte ich sofort fest, dass im Garten gearbeitet worden war. Hinter dem Haus. Die Platten waren neu verlegt worden. In jener Zeit veränderte sich auch Stefans Haltung mir gegenüber. Immer wenn wir uns sahen, war er ganz zärtlich, drückte mich fest an sich. Er hat nur ein einziges Mal eine Andeutung gemacht. Er sagte: Vergiss alles, es ist vorbei. Das hat er gesagt. Stefan hat es gewusst, Bernhard hat es unserem Sohn gesagt. Das ist alles, das ist meine Geschichte. Sie können mich jetzt verurteilen, ich habe nicht richtig gehandelt in all den Jahren. Ich weiß das.«

»Niemand wird Sie verurteilen, Frau Bader«, sagte ich.

Jasmin stand auf und öffnete das Fenster. Die trockene,

kalte Luft strömte in das Büro und setzte sich auf dem Boden fest. Ich wartete darauf, dass Jasmin eine Ladung Gummibärchen samt Verpackung verschlang, doch sie zog es vor, ein Bier aus dem Eisschrank zu holen.

Frau Bader stand auf. Sie sagte, dass sie nicht zu ihrem Mann zurückkehren werde. Sie habe eine Schwester, die in der Stadt lebe. Jasmin bestellte ein Taxi. Frau Bader sah weder erleichtert noch niedergeschlagen aus. Ihrem Gesicht war nicht anzusehen, was es sie gekostet hatte, all die Jahre die Geschichte für sich zu behalten. Wir warteten, bis das Taxi kam. Danach holte ich mir aus meinem Büro eine Flasche Whisky und setzte mich wieder zu Jasmin, die bereits am zweiten Bier nippte.

»Das war starker Tobak«, sagte sie.

»Allerdings. Wir haben voll ins Schwarze getroffen. Bader hat den Knaben auf dem Gewissen.«

»Trotzdem werde ich nicht schlau aus der Geschichte. Es sieht doch ganz so aus, als ob Imhasli Bader erpresst hat.«

»Das wäre eine Möglichkeit. Und um Bader zuvorzukommen, hat er sich mit dem Geld aus dem Staub gemacht und seinen Tod vorgetäuscht. So brauchte er nicht zu befürchten, dass Bader ihm einen Killer auf den Hals hetzt.«

»Und Baders Sohn? Wenn das stimmt, was Frau Bader vermutet, hat sein Sohn dafür gesorgt, dass die Leiche des Knaben aus dem Garten verschwindet.«

»Das ist ein völlig neuer Aspekt. Der Sohn hat gewusst, dass sein Vater Sebastian Steiner getötet hat.«

»Aber was ist mit Stadler und Lutz, den beiden Polizisten? Wurde Lutz tatsächlich umgebracht? Und woher kommt das Geld für Stadler? Vom Sohn? Was ist das für ein Mann? Ist er der geheimnisvolle Unbekannte, der Mann mit dem großen Einfluss und dem noch größeren Portemonnaie? Hast du schon einmal etwas von Stefan Bader gehört, Philip?«

»Nein. Aber es wird höchste Zeit, dass wir uns um den Mann kümmern.«

»Und was machen wir mit Bader Senior?«

»Wir haben noch immer nichts gegen ihn in der Hand«, sagte ich. »Seine Frau hat keine Beweise, und wenn das stimmt, was sie vermutet, liegt auch keine Leiche mehr im Garten. Wir müssen Bader und seinen Sohn unter Druck setzen, sie beschatten, ihnen auf Schritt und Tritt folgen. Das könnte gefährlich werden. Zieh dich warm an, Jasmin.«

»Sollten wir nicht Hugentobler hinzuziehen?«

»Hat keinen Sinn«, sagte ich. »Er ermittelt erst, wenn du ihm frei Haus ein Skelett oder zumindest einen Schädel lieferst. Überlege dir lieber, was du der Mutter des Knaben sagst.«

»Die habe ich beinahe vergessen. Sie ist zu mir gekommen, weil sie Gewissheit wollte über das Schicksal ihres Sohnes. Und was kriegt sie von mir?«

»Eine tödliche Gewissheit. Damit lässt es sich vielleicht besser leben als hin- und hergerissen zwischen Hoffnung und Verzweiflung.«

Sie nickte. Sie erzählte mir, dass sie bis dahin erst zweimal einem Klienten mitteilen musste, dass die von ihr gesuchte Person nicht mehr lebte. Beide Male wollte sie danach den Job an den Nagel hängen und wieder zu programmieren beginnen. Ich kannte das Gefühl. Um so mehr war ich entschlossen, mich um Bader und seinen Sohn zu kümmern.

29

Ich ließ mich durch das Radio wecken und erfuhr, dass es erneut Gerüchte im Bundeshaus gab. Es wurde darüber spekuliert, ob ein zweiter Bundesrat zurücktreten würde. Niemand wusste aber so recht weshalb, und überhaupt schien die Nachricht keinen fundierten Hintergrund zu haben. Es war wie nach einer Flugzeugkatastrophe: Da wird auch in den Tagen danach jeder verzögerte Start zur Beinahekatastrophe hochstilisiert und uns armen Passagieren erbarmungslos gezeigt, in was für einem maroden Zustand die meisten Maschinen sind, die uns ins Urlaubsparadies bringen sollen. So marode wie der Zustand der Politik. Dabei präsentierte sie sich so wie immer. Ich stellte das Radio aus und machte ein paar Kniebeugen. Es knackte heftig, tat aber gut. Durch das Fenster drangen helle Strahlen der Wintersonne, und auf den Gehsteigen sah man fröhliche Gesichter, die sich über den erfreulich warmen Tag freuten. Ein Mann studierte einen Stadtplan und schaute immer wieder auf unsere Straßenseite. Ich hatte mit Jasmin abgemacht, dass wir den Tag damit verbringen würden, Baders Sohn ausfindig zu machen. Als ich frisch geduscht und einigermaßen wach zu Jasmins Büro hinunterstieg, war sie dabei, zwei riesige Koffer mit Computern, Disketten und Handbüchern zu füllen. Sie forderte mich auf, aus dem Fenster zu schauen. Ich tat es und sah wieder den Mann mit dem Stadtplan. Er sah aus wie ein Zivilfahnder. Lederjacke, Pullover, Turnschuhe. Der Mann studierte nicht den Stadtplan, er beobachtete das Haus. Ich trat zurück, und Jasmin schaute auf die Uhr.

»Er steht seit zwei Stunden da«, sagte sie. »Ist das ein Bulle?«

»Schon möglich. Aber weshalb sollte die Polizei uns überwachen?«

»Ich habe jedenfalls genug. Zuerst der Einbruch und dann das. Ich verschwinde. Du kannst mitkommen, wenn du möchtest.«

»Für die Bahamas müsste ich noch Badehosen kaufen«, sagte ich.

»Mein Freund ist zwei Wochen weg. Ich könnte zu ihm, aber vermutlich wissen die längst, dass er mein Freund ist. Ich habe eine bessere Adresse. Da findet uns garantiert niemand.«

»Und wie kommen wir hier unerkannt raus? Soll ich mich in einen der Koffer legen?«

»Im Keller ist ein Verbindungsgang zum Nachbarhaus. Und das hat einen Hinterhof. Dort hat mein Freund seinen Wagen parkiert. Wir gehen durch den Keller und hauen ab. Möchtest du noch packen?«

»Ich kaufe mir unterwegs eine Zahnbürste«, sagte ich. »Findest du das nicht etwas übertrieben? Vielleicht ist der Kerl bloß liebeskrank und wartet auf seine Angebetete.«

»Ich haue ab«, sagte sie mit Nachdruck. »Und zwar gleich.«

Sie füllte die Koffer randvoll. Zuletzt packte sie auch noch ihr Faxgerät ein, was ich mit einem Kopfschütteln quittierte. Sie reagierte nicht, drückte mir aber ein gerolltes Stück Faxpapier in die Hand. Darauf war das Foto eines Mannes mit Stirnglatze und Brille.

»Das ist Bader Junior.«

»Wo hast du das aufgetrieben?«

»Stammt aus einem Zeitungsarchiv. Stefan Bader saß vier Jahre lang im Gemeinderat von Grünwil.«

»Ausgerechnet in Grünwil?« frage ich entsetzt. »Müssen wir jetzt etwa da hin?«

»Nein. Bader wohnt nicht mehr dort. Er ist in die Nähe von Bern gezogen. Schon vor 15 Jahren. So alt ist etwa das Foto. Stefan Bader ist heute 48 Jahre alt. Er arbeitet in der Bundesverwaltung. Nichts Besonderes, ein kleiner Beamter. Er war verheiratet, hat sich aber, bevor er von Grünwil wegzog, scheiden lassen. Seine Ex-Frau lebt heute irgendwo in Australien oder Neuseeland. Bader hat keine Kinder. Mehr konnte ich bis jetzt nicht herausfinden.«

»Alle Achtung«, sagte ich. »Und das alles, bevor unsereins gefrühstückt hat.«

»Wenn wir unser neues Quartier bezogen haben, können wir uns um Bader Junior kümmern«, sagte Jasmin. »Vielleicht sollten wir aber zuerst noch einmal mit dem Senior sprechen. Möglicherweise bringen wir ihn dazu, zu gestehen.«

»Das bezweifle ich sehr. Wo ziehen wir eigentlich hin? Soll ich die Elektroheizung mitnehmen?«

»Ist nicht nötig.«

Sie überließ mir die beiden Koffer. Sie waren so schwer, als enthielten sie den Lagerbestand eines mittelständischen Betriebes. Jasmin selber trug ihr Notebook und eine Tasche mit persönlichen Dingen. Der Weg durch den Keller war beschwerlich und führte an einer Menge Spinnweben und ausgedienten Skiern vorbei. Der Verbindungsgang zum anderen Haus bestand aus zwei feuchten Mauern und einem schmalen schlauchartigen Loch. Die Kellerabteile sahen aus wie Verliese aus dem Mittelalter. Doch anstelle von ausgehungerten Gefangenen sah man darin alte Stereoanlagen, Bettgestelle, Getränkekisten und eingelagerte Kartoffeln und Äpfel. Ein Abteil war randvoll mit Dosen gefüllt. Genügend Nahrung für zwei Atomkriege. Das Nachbarhaus war gepflegter, das Treppenhaus renoviert und die Wände frisch gestrichen. Wir kamen problemlos durch den Hinterausgang in den Hof. Tatsächlich stand da ein blauer Wagen.

Eingeklemmt unter dem Scheibenwischer eine Parkbuße. Jasmin fluchte und öffnete alle verfügbaren Türen. Im Kofferraum lag ein anderer Koffer, gefüllt mit einigen privaten Dingen, wie sie mir erläuterte, vorne auf dem Rücksitz ein weiterer Schalenkoffer. Ich fragte sie, ob sie damit rechnete, mehrere Jahre im Exil verbringen zu müssen.

»Es ist einfach so«, sagte sie, »dass ich mich nicht wohlfühle, wenn ich nicht meine Kleider, meine Geräte und ein paar andere Dinge um mich habe.«

»Weshalb hast du dann nicht gleich eine Umzugsfirma bestellt?«

»Wie wäre es, wenn du dir noch ein paar Kleider aus deinem Büro holst, Philip? Ober willst du ständig in diesen Klamotten herumlaufen?«

»Was heißt hier ständig? Ich habe nicht vor, im Untergrund alt zu werden. Zudem kann ich mir jederzeit ein frisches Hemd kaufen. So viel habe ich nämlich noch auf dem Konto.«

Wir beendeten den Dialog, indem ich mich auf den Beifahrersitz zwängte und eine Tasche mit Bierflaschen zwischen die Beine klemmte. Dabei sah ich, dass neben den Bierflaschen auch noch eine Familienpackung Gummibärchen darin verstaut waren.

Sie fuhr schnell und geübt durch mehrere Einbahnstraßen, bog jeweils im letzten Moment ohne Blinker ab und raste bei Dunkelrot über eine recht stark befahrene Kreuzung. Nachdem sie so alle möglichen Verfolger losgeworden war und den Rest der Welt auf sich aufmerksam gemacht hatte, nahm sie es etwas gemütlicher und drehte noch ein paar Runden durch den morgendlichen Berufsverkehr. Mitten im alten Industriequartier, in dem vor allem noch leer stehende Fabrikhallen zu bestaunen waren, fuhr sie in eine Garage. Wir luden alle Koffer und Taschen in einen anderen, zu meinem Entsetzen noch kleineren Wagen und quetschten uns schließlich in das Auto. Noch einmal begann die Jagd durch alle verbotenen Zonen des öffentlichen Verkehrs, dann endlich sagte sie, dass wir praktisch am Ziel angelangt seien. Sie parkierte auf einer grünen Wiese, die sich tatsächlich Parkplatz nannte. Es war weit und breit kein Haus zu sehen.

»Da vorne ist es«, sagte sie. »Etwa zweihundert Meter.«

»Und wo sind die Kulis?«

»Die Koffer haben alle Räder.«

»Das ändert nichts daran, dass sie jemand ziehen muss.«

»Komm schon, alter Mann, ich spendiere dir nachher einen Whisky.«

Nicht dass ich mich dermaßen leicht überreden lasse, aber was blieb mir anderes übrig? Schließlich wollte ich nicht schuld daran sein, wenn Jasmin von einer Horde Homeboys überfallen wurde oder sich ein Skinhead über ihre Gummibärchen hermachte. Die Gegend sah jedenfalls so aus, als hätte man darin schon einige Filme über die Schattenseiten der Großstadt gedreht. Im Hintergrund sah man den Güterbahnhof, in der anderen Richtung trostlose Fabrikgebäude und Lagerhallen.

Wir gingen alten, mit Moos zugewachsenen Schienen entlang, die ins Nichts führten. Als wir zu einem verfallenen Haus kamen, blieb Jasmin stehen.

»Das ist es«, sagte sie.

»Das ist kein guter Scherz«, sagte ich.

»Aber ein tolles Versteck«, sagte sie.

Es war kein Scherz, es war viel schlimmer. Auf dem verwitterten Schild, das an der braunen Hausfassade angebracht war, standen die Worte: *Männerheim der Heilsarmee.*

»Das ist eine Durchgangsstation für Alkoholiker und Obdachlose«, sagte ich. »Frauen sind hier nur als Pin-ups erlaubt.«

»Abwarten. Ist alles halb so wild wie du denkst.«

Sie klingelte, und wenig später erschien eine Frau in der typischen Uniform. Ich rechnete damit, dass sie gleich anfangen würde zu singen, doch sie nickte nur und gab Jasmin einen Schlüssel. Ich staunte nicht schlecht. Offenbar hatte Jasmin Weber nicht nur Kontakte zu Eishockeyprofis, auch die Sänger Gottes gehörten zu ihrem Bekanntenkreis. Wir gingen um das Haus herum und eine schmale Holztreppe hoch, die außen an der Hausmauer angebracht war. Im Inneren des Hauses stießen wir nach einigem Suchen auf eine geräumige Wohnung. Sie war mit Secondhandmöbeln eingerichtet und strahlte den Charme eines gescheiterten Alkoholikerlebens aus.

Jasmin überprüfte die Stromanschlüsse und zeigte mir zwei große Zimmer.

»Du kannst beide haben«, sagte sie großzügig. »Das rechte ist allerdings einsturzgefährdet. Du solltest nicht allzu sehr darin herumtrampeln.«

»Schöne Aussichten. Und wo ist die Toilette? Vielleicht drüben auf der anderen Straßenseite, zwischen den Gleisen?«

»Es ist ja nur vorübergehend. Das war früher einmal eine Dienstwohnung. Ein Bekannter von mir hat das Haus vor einem halben Jahr gekauft. Es wird irgendwann abgerissen. Hier vermutet uns sicher niemand.«

»Da hast du allerdings recht.«

Sie begann ihre Koffer auszupacken. Ich fand in einem Schrank ein paar Anzüge, die nach Moder rochen, dazu Fotos und Ansichtskarten aus einem anderen Leben. Das Bett war relativ neu und frisch bezogen. Wer seine Geliebte unbedingt loswerden wollte, musste sie nur in ein solches Liebesnest abschleppen. Wenigstens funktionierte die Zentralheizung. Das Nebenzimmer betrat ich nur für einen Sekundenbruchteil. Die Decke hing durch und der

Fußboden war wie ein Teller eingebuchtet. Jasmins Zimmer sahen nicht besser aus. Es gelang ihr trotzdem, alle elektronischen Geräte an den Strom anzuschließen, ohne dass die Sicherungen durchbrannten. Ich rief mit dem Mobiltelefon den Beantworter in meinem Büro an und lauschte meiner Stimme. Es waren zwei Anrufe registriert, aber niemand sagte etwas. Jasmin startete ihren Computer und schaltete darauf das Fernsehbild ein. Es war verschwommen und sah aus wie die Bilder der ersten Mondlandung.

»Kein Kabelanschluss«, sagte sie enttäuscht. »Wir müssen uns mit dem Schweizer Fernsehen begnügen. Und auch noch Schwarzweiß.«

»Der Ausflug wird immer mehr zu einem Nostalgietrip.«

»Das kannst du laut sagen. Ich habe früher in solchen Häusern gelebt. In Wohngemeinschaften.«

»Das habe ich befürchtet. Vermutlich hast du auch gegen Atomkraftwerke demonstriert und dich irgendwann in einer Frauengruppe engagiert.«

»Die hatten nichts übrig für eine biertrinkende Studentin, die ohne Komplexe vögelte.«

»Apropos ...«

»Denkst du an die Heilsarmistin, Philip?«

»Nein. An meinen Durst. Du hast mir etwas versprochen.«

»Richtig«, sagte sie. »Und ich könnte jetzt ein Bier vertragen, auch wenn es noch nicht Mittag ist.«

»Ich fühle mich so, als wäre ich schon zehn Stunden auf den Beinen.«

»Wie lange hält deine Leber eigentlich den Whisky noch aus?«

»Keine Ahnung. Im Übrigen trinke ich nicht mal mehr jeden Tag, manchmal eine ganze Woche nicht. Meine Leber hat sich dafür allerdings noch nicht erkenntlich gezeigt. Und Bier ist auch nicht gerade eine ideale Leberdiät.«

»Alkoholfreies schon«, sagte sie. »Und genau so eine Dose öffne ich jetzt. Möchtest du auch eine?«

»Meinetwegen. Und was machen wir danach? Stefan Bader arbeitet in Bern. Sollen wir ihn dort besuchen?«

»Ich plädiere noch immer dafür, dass wir zuerst den Senior behelligen«, sagte sie. »Moment mal, siehst du das?«

Sie zeigte auf das Schneetreiben auf dem Computer. Sie hielt ihren Finger als Antenne in die Buchse und das Bild wurde klarer. Man sah einen Bundesrat, umgeben von persönlichen Beratern und Mitarbeitern. Die Kommentatorin erklärte aus dem Off, dass sich die Gerüchte verdichten, dass dieser Politiker demnächst ebenfalls zurücktreten würde. Im Hintergrund war ein Mann zu sehen, dessen Gesicht demjenigen von Stefan Bader auffallend glich. Der Mann lächelte und schaute etwas verlegen um sich. Einmal schienen sich der Mann und der Bundesrat anzusehen. Dann war der Bericht zu Ende. Jasmin holte das Fax mit Stefan Baders Foto hervor.

»Das könnte er sein«, sagte sie und klopfte auf das dünne Papier. »Findest du nicht?«

»Ich weiß nicht. Meine Klientin sammelt Gesichter. Sie hat sicher ein Dutzend Fotos von Männern, die genauso aussehen.«

»Nach meinen Informationen ist Stefan Bader nur ein kleiner Beamter«, sagte Jasmin. »Was hat er dann bei dem Bundesrat verloren?«

»Vielleicht ist er eines dieser treu ergebenen Faktoten, die auch nicht davor zurückschrecken, Leuten wie Hitler oder Stalin den Hintern freizuhalten. Vielleicht beliefert unser Herr Bader Junior die Bundesräte mit Pizzas? Aber mal ernsthaft, Jasmin, wenn das tatsächlich unser Stefan Bader ist, dann ist er mehr als nur ein kleiner Beamter in Bern.«

»Das lässt sich herausfinden«, sagte sie. »Hast du Hunger?«

Wir suchten ein Restaurant und fanden in der Gegend ein koreanisches. Jasmin erkundigte sich danach, ob die Hunde artgerecht gehalten würden. Der Kellner fand das gar nicht komisch. Wir aßen schließlich einen seltsam aussehenden Eintopf, der allerdings hervorragend schmeckte. Dazu tranken wir koreanisches Bier, das nicht unbedingt nach meinem Geschmack war.

30

Auf meinem Anrufbeantworter hatte sich meine Klientin gemeldet. Ich verabredete mich mit ihr in einem Einkaufszentrum. Sie kam schwer beladen auf mich zu, und wir setzten uns neben ein paar Jugendliche, die lautstark auf Videospielkonsolen herumhämmerten. Ich zeigte ihr das Foto von Stefan Bader. Sie sah es sich an, überlegte und klopfte mit einem Fingernagel darauf.

»Der Mann kommt mir bekannt vor«, sagte sie. »Übrigens ein sehr typisches Gesicht. Diese Männer bekommen meist schon Anfang Zwanzig eine Stirnglatze. Die sehen mindestens dreißig Jahre lang wie fünfundvierzig aus. Auch das mit der Brille ist typisch. Viele von ihnen benötigen sehr starke Korrekturen. Ich hatte mal einen Verehrer, der auch so aussah. Nicht gerade mein Typ. Jetzt fällt mir ein, wo ich den Mann schon einmal gesehen habe. Basil, sorry, ich kann mich einfach nicht daran gewöhnen, dass er nicht Basil hieß, also Urs Imhasli hat einmal, als wir ins Kino gingen, einen Mann gesehen, der genauso aussah. Er wollte danach rausgehen, er sagte, er habe Magenkrämpfe. Ich sah aber genau, dass er erschrocken war, als er den Mann gesehen hat.«

»Und das fällt Ihnen erst jetzt wieder ein?«

»Mir sind in den letzten Tagen verschiedene Dinge wieder eingefallen, Dinge, denen ich früher keine Beachtung geschenkt habe. Basil, also ich sage jetzt einfach Basil, schließlich war das der Name, den er hatte, als ich mich in ihn verliebte, Basil hat immer sehr sorgfältig darauf geachtet, wer in einem Restaurant an den Tischen saß. Ich dachte, gut, vielleicht hat er Angst, seiner Frau zu begegnen. Ich wusste ja nichts über ihn. Er hat mir zwar gesagt, dass es keine andere Frau gibt, aber ich dachte, er möchte vielleicht nicht, dass ich unnötig eifersüchtig werde, ich meine, es hätte ja sein können, dass er sich getrennt hatte und sie ihn verfolgte, oder so.«

»Aber das mit dem Mann auf dem Foto, da sind Sie ganz sicher?«

»Ich kann nicht sagen, ob es tatsächlich dieser Mann hier war, aber es war ein Mann mit diesem Gesicht. Ich schätze einmal, dass es allein hier in der Stadt Hunderte solcher Gesichter gibt.«

Ich bedankte mich bei ihr und half ihr, die Taschen zum Wagen zu tragen. Sie waren nur unwesentlich leichter als das, was ich für Jasmin Weber geschleppt hatte. Frau Koller erzählte mir von dem scheuen Verehrer, der ihr einst den Hof gemacht hatte und der einen genauso verlorenen Eindruck gemacht hatte wie Stefan Bader auf dem Foto, das ich ihr gezeigt hatte. Ich schaute mir die Passanten mit ihren Einkaufswagen an und entdeckte gleich zwei Männer, die eine entfernte Ähnlichkeit mit Bader hatten. Frau Koller sagte, dass dieser Typ vor allem in Westeuropa häufig anzutreffen war.

Als ich wieder in meinem Büro anrief, hörte ich die Stimme von Hugentobler auf meinem Beantworter. Die Polizei hatte eine Leiche gefunden und wünschte mich am Tatort zu sehen.

31

Der alte Bahnhof war durch den Ausbau des S-Bahnnetzes zu einem neuen Knotenpunkt geworden. Die Bahnhofshalle war renoviert worden, und rund um das Bahnhofsgelände entstanden Läden und Cafés. Die Züge verkehrten nur eingleisig, weil das zweite Gleis durch die Polizei abgesperrt worden war. Vom Bahnsteig aus konnte man nicht erkennen, was der Grund für die Absperrung war. Erst ein längerer Spaziergang bis zum Tunnel, der quer durch die Stadt führte, brachte mich dem Ort des Leichenfundes näher. Ich sah Hugentobler, der sich mit einem Kollegen unterhielt. Beamte suchten den Gleisbereich nach Spuren ab, andere sorgten dafür, dass die Gaffer nichts zu gaffen hatten. Als mich Hugentobler sah, winkte er mich zu sich. Er war in einen schäbig aussehenden Regenmantel gehüllt, auf seinem schmalen Kopf thronte ein Filzhut.

»Üble Sache, Maloney. Die Leiche wurde vor zwei Stunden gefunden. Es muss heute früh geschehen sein. Ich weiß, dass Sie das nicht gerne hören, Maloney, aber das sieht nach einem klassischen Selbstmord aus.«

Ein Beamter untersuchte gerade die elegante, kleine Handtasche, in die Frau Bader am Abend zuvor ihr Taschentuch verstaut hatte. Der Fundort deutete darauf hin, dass Frau Bader vom Bahnhof aus den Gleisen entlang in den Tunnel gegangen war und sich dann vor einen einfahrenden Zug geworfen hatte.

»Wir haben Herrn Bader bereits benachrichtigt«, sagte Hugentobler. »Er hat uns gesagt, dass seine Frau seit Längerem an Depressionen gelitten hat.«

»Haben Sie einen Abschiedsbrief gefunden?«

»Nein.«

»Das scheint aus der Mode gekommen zu sein. Erst Imhasli und jetzt Frau Bader, die Leute schreiben einfach nicht mehr.«

»Ich wusste, dass das kommen würde, Maloney. Bevor Sie mir jetzt aber eine Ihrer Verschwörungstheorien auftischen, verraten Sie mir lieber, weshalb wir in Frau Baders Manteltasche Ihre Visitenkarte gefunden haben.«

»Ganz einfach«, sagte ich. »Ich habe ihr gestern Abend eine gegeben. Sie hat nämlich ein Geständnis abgelegt.«

»Ein Geständnis? Frau Bader?«

»Sie hat mir gestanden, dass sie gewusst hat, dass ihr Mann den kleinen Sebastian Steiner ermordet hat.«

»Und weshalb sagen Sie mir das erst jetzt, Maloney?«

Unter seinem Hut begann es zu dampfen, er atmete laut und zischend durch die Nase ein und aus.

»Sie hätte nicht gegen ihren Mann ausgesagt«, sagte ich.

»Aber sie hatte einen guten Grund, sich umzubringen«, sagte er. »Oder etwa nicht, Maloney? Ist das kein guter Grund?«

»Kann schon sein. Aber ich bezweifle es. Sie hat sich zehn Jahre lang nicht umgebracht. Weshalb sollte sie es jetzt tun, wo sie ihr Gewissen erleichtert hat?«

»Vielleicht, weil sie ihren Mann verraten hat? Es gibt jedenfalls keine Anzeichen einer Fremdeinwirkung. Es gibt einen Zeugen, der gesehen hat, wie Frau Bader zum Bahnhof ging.«

»Mit anderen Worten: es gibt für Sie keinen Grund, weiter zu ermitteln?«

»Gegen Bader? Wieso sollten wir? Oder haben Sie endlich Beweise gegen ihn?«

Ich blieb noch eine Weile am Tatort und schaute den Beamten bei der Arbeit zu. Frau Bader hatte sich einen trostlosen Tag für ihren Abgang ausgesucht. Leichter Nieselregen hatte eingesetzt. Es war wieder merklich kühler geworden.

32

Jasmin Weber hatte es fertiggebracht, dass ihr Verehrer bei der Telekom eine Anrufumleitung für sie arrangierte, ohne dass die neue Nummer im elektronischen Verzeichnis registriert wurde. Auf dem mit Kerben und Ritzen übersäten Holzschreibtisch in unserer neuen Unterkunft lagen einige gerollte Faxblätter herum.

Ich erzählte ihr von Frau Baders Tod. Jasmin hörte stumm zu und schaute danach lange durch das Fenster auf den Regen, der in feinen Bahnen die Fensterscheibe herunterfloss.

Ich überflog einige der Faxe und stellte fest, dass sie weitere Informationen über Stefan Bader beschafft hatte. Stefan Bader arbeitete beim Bundesamt für Kommunikation, in einer Unterabteilung, deren eigentliche Aufgabe niemandem so recht klar war. Offiziell ging es um Testberichte neu zugelassener Telefone und Zusatzgeräte, inoffiziell wurde aber gemunkelt, dass die Abteilung vor allem Besitzern nicht zugelassener Billigtelefone, Faxgeräte und Modems nachschnüffelte. Eine ehemalige Sekretärin, die Stefan Bader näher kannte, behauptete, dass Bader Alkoholprobleme habe und eigentlich ein Sozialfall sei. Er stehe zwar auf der Lohnliste, arbeite aber nicht mehr, sondern hänge einfach im Amt herum und gehe den Sekretärinnen auf den Geist. Er solle sich ihr mehrmals mit eindeutigen Angeboten genähert, einmal sogar in betrunkenem Zustand einem Vorgesetzten einen Schuh an den Kopf geworfen haben. Daraufhin sei er nicht mehr in der Abteilung erschienen, und niemand wusste, wohin man ihn versetzt hatte. Ein Mann, der in Bern als Journalist arbeitete und der Jasmin Weber auf dem Fax mit Herzchen anredete, behauptete, dass Stefan Bader gar nicht mehr für das Bundesamt für Kommunikation arbeitete. Niemand wisse, wo er zu erreichen sei. Wer sich mit ihm verbinden lasse, lande meistens in einer Leitung, die mit fürchterlicher Wartemusik belegt sei, bei der aber nie jemand abnehme.

Jasmin Weber wandte sich vom Fenster ab und biss sich in die Unterlippe.

»Hätten wir etwas tun können?« fragte sie. »Ich meine, wir hätten uns um Frau Bader kümmern müssen. Es hat sie enorme Überwindung gekostet, zu uns zu kommen.«

»Wenn jemand schuld ist an ihrem Tod, dann ihr Mann. Ist dir aufgefallen, wie sich die Berichte über Stefan Bader widersprechen? Einmal ist er der biedere Beamte, ein anderes Mal ein sexistischer Trunkenbold, dann wieder ein geheimnisvoller Fahnder nach verbotenen elektronischen Geräten. Den Kerl sollten wir uns demnächst vorknöpfen.«

»Und Bader Senior? Ich habe ehrlich gesagt keine Lust mehr, mich mit ihm zu treffen.«

»Kann ich verstehen«, sagte ich. »Ich werde ein Taxi nehmen.«

»Du fährst zu Bader?«

»Ja. Und danach in mein Büro. Keine Angst, ich lasse mich nicht hinterrücks erschießen. Ich werde mich wie Winnetou heranpirschen und vorsichtig in mein Wigwam kriechen.«

»Kannst du meinen Briefkasten leeren? Ich versuche, Leute ausfindig zu machen, die Stefan Bader mehr als nur oberflächlich kennen.«

»Sei vorsichtig. Noch wissen wir nicht, mit wem wir es zu tun haben. Wenn mich mein Gefühl nicht täuscht, ist auch an Frau Baders Tod etwas faul.«

»Du glaubst, ihr Mann hat sie nicht nur moralisch auf dem Gewissen?«

Ich antwortete nicht. Ich sagte ihr auch nicht, dass ich mir überlegte, ob ich nicht in meinem Büro meine Waffe aus der untersten Schublade des Schreibtisches holen sollte. Es war Jahre her, seit ich sie das letzte Mal gebraucht hatte.

33

Ich dirigierte das Taxi in den Hinterhof und ging durch den Keller in mein Büro. Ein kurzer Blick nach draußen, der Mann mit dem Stadtplan war nicht zu sehen. Auch sonst keine auffällige Gestalt. Ich blieb dennoch vorsichtig und tastete mich ohne Licht durch mein Büro. In eine Tasche packte ich ein paar Kleidungsstücke, Turnschuhe und meine Waffe. Unten leerte ich unsere Briefkästen, ohne auf die Post zu achten. Ich steckte sie zu den Kleidern und machte mich schleunigst wieder aus dem Staub. Einige Straßen weiter nahm ich ein Taxi. Der Fahrer lächelte erfreut, als ich ihm mein Fahrziel nannte. Wir einigten uns auf eine Pauschale, horrende 70 Franken für die Fahrt in die Agglomeration. Im Wagen packte ich die Waffe aus, um zu prüfen, ob sie noch einigermaßen in Takt war. Als der Taxifahrer durch den Rückspiegel Wind davon bekam, sagte er, dass er nur wenig Geld bei sich habe, ich aber alles haben könne. Er reichte mir ein Foto, auf dem eine Frau und zwei hässliche Kinder zu sehen waren. Ich sagte ihm, dass er gefälligst auf die Straße achten solle. Er behielt mich im Auge. Meine Waffe sah gut aus, taugte aber nicht mehr viel. Ich wusste auch nicht, ob ich noch damit umgehen konnte. Es hätte mich zwar durchaus gereizt, die Waffe in dem Taxi auszuprobieren, ich verzichtete aber darauf, weil ich nicht wollte, dass der Fahrer einen Herzinfarkt kriegte.

Bader ließ sich Zeit, ehe er die Tür öffnete. Sein Blick war ausdruckslos, seine Stimme fest und ruhig.

»Kommen Sie herein«, sagte er, »ich habe Sie erwartet.«

Er führte mich in jenen Raum, in dem ich bereits einmal mit Jasmin Weber gesessen hatte. Noch immer stand ein Kassettenrekorder auf dem Salontischchen. Ich behielt den Mantel an und setzte mich.

»Ich weiß nicht, was Ihnen meine Frau gesagt hat, aber ich weiß, dass sie gestern Nacht bei Ihnen war.«

»Und woher wissen Sie das, Herr Bader? Ließen Sie Ihre Frau beschatten?«

»Sie hat mich aus einer Telefonzelle angerufen. Ich hätte vielleicht länger mit ihr sprechen sollen. Aber es ging nicht, sie wollte nicht sprechen. Sie wollte sich von mir verabschieden.«

»Mir kommen gleich die Tränen.«

»Ich kann Ihren Zynismus verstehen. In Ihrem Beruf muss man zynisch werden.«

»Vor allem wenn man mit Typen wie Ihnen zu tun hat.«

»Sie kennen mich nicht, Herr Maloney. Sie wissen nichts über mich. Wie wollen Sie mich als Menschen beurteilen? Wissen Sie, was in mir vorgeht? Womit ich mich beschäftige? Wovor ich mich fürchte? Sie wissen es nicht. Nicht einmal meine Frau wusste es. Ich bin besessen. Vielleicht hat Ihnen das meine Frau gesagt. Sie sagte mir einmal, tu etwas gegen die Dämonen in dir, Bernhard. Ja, ich bin besessen, aber nicht besessen von einem Wahn, nein. Ich bin besessen von einer Idee, einer großartigen Idee. Ich erzählte Ihnen schon von meinen Forschungen. Ich suche nach Erklärungen für Unerklärliches. Meine Frau hat das nie verstanden. Nichts hat sie verstanden. Wie sollte sie auch.«

»Ihre Forschungen interessieren mich nicht, Herr Bader. Reden wir über Sebastian Steiner. Seine Mutter möchte gerne wissen, was mit dem Jungen geschah.«

Bader, der sich zwischendurch gesetzt hatte, stand wieder auf und ging in dem kleinen Raum auf und ab. Die

Hände hatte er auf dem Rücken verschränkt. So hatten ihn vermutlich alle seine Schüler in Erinnerung. Der gute Lehrer Bader.

»Ich weiß, dass meine Frau glaubte, ich hätte diesen Jungen ermordet«, sagte er. »Sie glaubte es so sehr, dass ich erschrak. Offensichtlich traute sie mir das zu. Wir haben in all den Jahren nie darüber geredet, aber diese Wochen damals haben unsere Ehe zerstört. Das gegenseitige Vertrauen war weg. Einfach so.«

»Ihnen war es also egal, was Ihre Frau dachte?«

»Nein. Aber es gibt Bilder, die lassen sich nicht mehr löschen. Unser Leben ist geprägt von Bildern, die wir uns machen. Bilder von anderen Menschen, Bilder von uns selbst. Wir leben in diesen Bildern und werden selbst zu Bildern in unseren Bildern. Meine Frau hatte sich in jenen Tagen ein neues Bild von mir gemacht. Ein schreckliches Bild. Solche Bilder lassen sich nicht mehr löschen. Wer das glaubt, irrt sich. Sie können nur durch neue Bilder ersetzt werden. Aber meiner Frau ist es nie gelungen, ein neues Bild anstelle des schrecklichen Gestalt werden zu lassen.«

»Sie haben ihr auch nicht dabei geholfen.«

»Was hätte ich tun sollen? Gut, vielleicht hätte ich mich bemühen sollen. Ich dachte, nachdem der Mörder gefunden worden war und sich erhängt hatte, gäbe es keinen Grund mehr für meine Frau, an dem schrecklichen Bild festzuhalten.«

»Vielleicht lag der Grund in Ihrem Garten vergraben?«

»Das ist lächerlich. Sie werden mir keinen Mord anhängen. Niemand wird das. Ich möchte nicht, dass Sie sich in etwas verrennen. Sie und diese junge Frau. Eine hübsche Frau. Es wäre schade, wenn ihr etwas zustoßen würde.«

»Sie drohen mir?«

»Ich will Ihnen nichts vormachen. Ich möchte Sie warnen. Es sind Dinge im Gange, die sich nicht aufhalten lassen.

Große Dinge. Sie und ich haben nur ganz am Rande damit zu tun. Wir sollten uns zurückhalten.«

»Hat Ihr Sohn damit zu tun?«

Er blieb stehen, dann näherte er sich mir bis auf einen halben Meter. Er beugte sich vor und schaute mich an, wie eine Giraffe ihren Lieblingsbaum anschaut.

»Mein Sohn ist ein kleines Würstchen«, sagte er. »Er hört das nicht gerne, aber es ist so. Wir sind alle kleine Würstchen. Ich möchte nur nicht, dass Sie unnötig früh verspeist werden.«

»Wer beschattet uns?«

»Sie werden beschattet? Das wusste ich nicht. Ich habe nichts damit zu tun. Glauben Sie mir. Ich habe auch nichts mit dem Tod des Knaben zu tun. Meine Frau ließ sich leider nicht davon abbringen, dieses Bild mit in den Tod zu nehmen. Eine traurige Sache. Lassen Sie mich in Ruhe, Maloney. Dann wird Ihnen nichts geschehen, im Gegenteil.«

»Soll das heißen, dass mir anonym eine größere Summe überwiesen wird?«

»Ich habe Ihnen gesagt, was ich zu sagen habe.«

»Was sollte mich daran hindern, Ihnen die Polizei auf den Hals zu hetzen?«

»Die Polizei wird nicht gegen mich ermitteln. Und jetzt gehen Sie, bitte. Der Tod meiner Frau geht mir näher, als Sie vielleicht denken.«

Ich brauchte ein paar Minuten, um das Gespräch mit Bader zu verdauen. Der Fußweg zum Bahnhof war mit Schotter übersät, der Schnee war zu kleinen Eisschollen geworden, und grauschwarze Klumpen am Rande des Gehsteigs waren von Hundepisse gelb eingefärbt. Ich trug die Tasche mit der Post und den Kleidern abwechslungsweise in der rechten und der linken Hand, um wenigstens gleichmäßig Frostbeulen zu bekommen. Ich benötigte über eine Stunde, um das Heilsarmeeheim zu finden. Es sah im Dunkeln noch unheimlicher aus. Ich stieg die knarrenden Stufen zu unserer rustikalen Wohnung hoch und erzählte Jasmin von den netten Warnungen des Herrn Bader. Dabei öffnete ich die Briefe und überflog deren Inhalt. Ein Umschlag war ein dicker Karton, die Adresse mit Filzstift geschrieben. In dem Umschlag steckte ein kleiner Zettel. Auf dem Zettel stand: *Mein Mann ist krank. Helfen Sie ihm.* Als ich noch einmal in den Umschlag schaute, fiel eine kleine Kette heraus. Es war ein Goldkettchen, wie es viele Leute um den Hals tragen. Auf der Innenseite des kleinen Anhängers war ein Name und ein Geburtsdatum eingraviert. Sebastian Steiner, 23. 5. 75. Frau Bader hatte uns nicht die volle Wahrheit gesagt. Die Zweifel, die sie gehabt hatte, waren rational nicht zu erklären, weil sie etwas gefunden hatte, das keinen Zweifel zuließ. Frau Bader hatte nicht nur geahnt, dass ihr Mann ein Mörder ist, sie hatte alle die Jahre den Beweis dafür aufbewahrt. Ich gab das Kettchen Jasmin und schenkte mir einen Whisky ein.

34

In Hugentoblers Büro irrte ein kleiner Hund umher. Er schnupperte an allen Stuhlbeinen, strich an meiner rechten Wade entlang und trottete dann in eine Ecke, wo man ihm eine Decke hingelegt hatte. Hugentobler sagte, dass der Hund einem Kollegen gehöre, der nach einer Blinddarmoperation im Krankenhaus liege.

»Gut, dass Sie vorbeischauen«, sagte er. »Ich wollte Sie gerade anrufen. Ich habe Neuigkeiten.«

»Die habe ich auch.«

»Wunderbar. Soll ich Ihnen einen Kaffee holen?«

»Nur das nicht.«

»Tja, Maloney. Heute Morgen wurde in einem Waldstück außerhalb der Stadt ein Schädel gefunden. Erste Untersuchungen haben ergeben, dass er von einem etwa 8-jährigen Kind stammt und vor 8–12 Jahren da verscharrt wurde. Noch haben wir keine endgültige Klarheit, aber wir gehen davon aus, dass es sich um Teile der Leiche von Sebastian Steiner handelt. In dem gleichen Wald hatte Brustmann einen anderen Knaben verscharrt.«

»Wer hat den Schädel gefunden?«

»Ein Forstarbeiter.«

»Gab es einen anonymen Hinweis?«

»Nicht, dass ich wüsste. Allerdings hat ein Spaziergänger den Forstarbeiter darauf aufmerksam gemacht, dass in dem Waldstück Knochen herumlagen.«

»Und der Spaziergänger ist spurlos verschwunden, nicht wahr?«

»Das tut doch nichts zur Sache, Maloney. Was wollten

Sie mir mitteilen? Sie sagten doch auch etwas von Neuigkeiten?«

»Das hat sich erledigt.«

»Kommen Sie, Maloney. Ich habe Ihnen die Akten zum Fall Sebastian Steiner kopiert und Sie über unsere Ermittlungen im Fall Imhasli auf dem Laufenden gehalten.«

»Das war auch nicht schwer. Sie haben ja noch gar nichts ermittelt.«

»Dafür haben wir ziemlich sicher den Mordfall Steiner gelöst. Das ist doch auch etwas.«

»Und was ist das?«

Ich zeigte ihm die Kette. Hugentobler schaute sie sich eingehend an.

»Wo haben Sie die her?«

»Frau Bader hat sie mir zukommen lassen.«

Er war so überrascht, dass er rülpste und sich sogleich dafür entschuldigte.

»Das verstehe ich nicht. Wie ist sie zu der Kette gekommen?«

»Das ist doch ganz einfach. Ihr Mann hat Sebastian Steiner entführt und ermordet. Die Kette hat er in seinem Haus verloren, oder sie lag im Garten herum. Frau Bader hat sie gefunden.«

»Und weshalb liegt der Schädel des toten Knaben in dem Wald, in dem Brustmann ein anderes seiner Opfer vergraben hatte?«

»Vielleicht handelt es sich um einen anderen Knaben. Ich glaube aber vielmehr, dass jemand den Schädel dort vergraben hat, um den Verdacht auf Brustmann zu lenken. Und dieser jemand hat jetzt auch dafür gesorgt, dass der Schädel ans Tageslicht zurückkam.«

»Das ist doch absurd. Wer sollte ein Interesse daran haben? Der Mörder? Sie glauben doch nicht, dass dieser alte Herr Bader sich solche Gemeinheiten ausheckt?«

»Er und sein Sohn.«

»Jetzt reicht es aber, Maloney. Könnte es nicht sein, dass Frau Bader ihren Mann hasste und sich diese Kette machen ließ, um ihn nach ihrem Selbstmord zu belasten? Wir wissen mittlerweile, dass die Frau jahrelang Medikamente gegen ihre Depressionen nahm.«

»Wir müssten die Kette nur Frau Steiner zeigen. Sie wird Ihnen sicher sagen können, ob sie echt ist oder nicht.«

»Gut. Ich werde sie anrufen. Sie wird sicher nichts dagegen haben, sich die Kette anzuschauen.«

Es dauerte über eine Stunde, bis Hugentobler Frau Steiner erreicht hatte. Sie wollte sofort vorbeikommen. Dieses »sofort« dauerte aber eine weitere Stunde. Ich verbrachte die Zeit damit, in polizeiinternen Broschüren zu blättern und mich dabei gehörig zu langweilen. Hugentobler unterhielt sich mit verschiedenen Untergebenen, las Berichte und zwischendurch auch eine Boulevard-Zeitung.

Als Frau Steiner kam, wirkte sie angespannt. Die Gewissheit über das Schicksal ihres Sohnes war ganz nahe, ein Moment, auf den sie lange Jahre gewartet hatte. Sie erzählte mir, dass Jasmin Weber sie ebenfalls angerufen hatte. Ich zeigte ihr die Kette. Sie erkannte sie sofort. Sie umklammerte sie wie der letzte Rest Leben, den ihr kleiner Sebastian noch zu verlieren hatte. In diesen Sekunden starb ihr Sohn endgültig. Sie öffnete die Hand und rieb mit dem Daumen über die Kette. Ihr Blick wanderte nach unten. Sie nickte nur und gab mir die Kette zurück. Hugentobler kratzte sich an der Schläfe und bohrte einen Finger ins Ohr.

Als Frau Steiner gegangen war, wollte er noch einmal genau wissen, wie ich zu der Kette gekommen war. Dann setzte er sich und nahm den Telefonhörer in die Hand. Er ließ sich mit der Staatsanwaltschaft verbinden. Der Haftbefehl gegen Bernhard Bader, ehemaliger Mittelschullehrer, konnte ausgestellt werden.

»Möchten Sie mitkommen, Maloney?«

»Das möchte ich mir nicht entgehen lassen.«

Es dauerte noch einmal zwei Stunden, die Uhr hatte die Hälfte ihres Tagessolls bereits zurückgelegt, was sich auch knurrend in meinem Magen äußerte. Wir fuhren in einem Dienstwagen zusammen mit einem jungen, blonden Polizisten mit Bürstenschnitt zu Baders Haus. Hugentobler sagte dem Polizisten, er solle hinter das Haus gehen. Als wir vor dem Haus hielten, sah ich bereits, dass sich das erübrigte. Ein Blick durch den Garten und die Balkontüre verhieß nichts Gutes. Durch das Wohnzimmerfenster sah man eine ältere Frau, die sauber machte. Sie öffnete die Türe und schaute uns durch eine Brille mit riesigen runden Gläsern argwöhnisch an.

»Herr Bader ist nicht hier«, sagte sie. »Er ist für längere Zeit verreist.«

»Und wann ist er verreist und wohin?« fragte ich.

»Das weiß ich nicht. Ich bin seine Nachbarin. Heute Morgen hat mir Herr Bader die Schlüssel übergeben und mir gesagt, ich solle ein wenig nach dem Rechten sehen, während er weg ist. Dann fuhr er weg.«

»Alleine? Oder wurde er abgeholt?« brüllte Hugentobler.

»Wer sind Sie überhaupt? Ich habe Sie noch nie hier in der Gegend gesehen.«

»Wir, also ich bin von der Polizei. Wir haben einen Haftbefehl gegen Herrn Bader.«

»Einen Haftbefehl?« Die Frau schüttelte ungläubig den Kopf.

»Aber das muss ein Irrtum sein. Herr Bader ist doch kein Krimineller. Wissen Sie, er war immer sehr freundlich zu mir. Nach dem tragischen Tod seiner Frau habe ich ihm angeboten, ihm zu helfen, wenn er Hilfe braucht. Deshalb putze ich jetzt auch. Herr Bader sagte, dass er Erholung braucht. Wer kann ihm das verübeln?«

Sie wusste nicht, wohin er gefahren, wer ihn abgeholt und mit was für einem Wagen er weggefahren war. Für sie war Herr Bader der stets korrekte, gut gekleidete und freundliche ehemalige Lehrer, bei dem auch ihr Sohn viel gelernt hatte. Hugentobler war kurz vor der Explosion. Er verständigte die Zentrale und ließ in der ganzen Schweiz nach Bader fahnden.

»Die Chancen sind allerdings gering«, sagte er. »Bader hat mehrere Stunden Vorsprung. Das genügt, um ins Ausland abzuhauen. Aber wir werden ihn schon kriegen, keine Angst.«

Ich hatte da meine Zweifel. Wenn hinter Baders Verschwinden die gleichen Leute steckten, die auch die Kinderleiche hatten verschwinden lassen können und jahrelang alle Spuren, Zeugen und Mitwisser auf die eine oder andere Art zum Schweigen brachten, dann hatten sie auch genügend Möglichkeiten, Bader auf Nimmerwiedersehen verschwinden zu lassen.

Ich rief bei Jasmin Weber an und fragte sie, ob sie schon einen Termin bei Bader Junior verabredet hatte. Sie sagte, dass der Junior nicht zu erreichen sei, weder privat noch geschäftlich. Niemand wisse, wo er sich zurzeit aufhalte. Ich hängte auf und dachte, dass es doch noch so etwas wie Solidarität zwischen den Generationen gab. Denn ich ging davon aus, dass sich Bader Junior gerade mit der Altenpflege beschäftigte. Der Greis, den er umsorgte, war sein liebenswerter Vater.

35

Wie nicht anders zu erwarten, war Bader Junior auch in den nächsten Tagen unauffindbar. Ich fuhr einen Tag lang in Bern herum, sprach mit Leuten aus der Verwaltung und mit Nachbarn des Mannes mit der Stirnglatze. Ich hätte genauso gut Erkundigungen über Batman einholen können. Niemand wusste etwas über Baders Aufenthaltsort, und es konnte mir auch niemand sagen, wer Baders Vorgesetzter war und was er genau arbeitete.

Im Waldstück wurden auch die restlichen Knochen von Sebastian Steiner gefunden. Eine auffällige Bruchstelle im Oberschenkel ließ keine Zweifel mehr offen. In den Zeitungen wurde darüber berichtet, als hätte noch nie jemand etwas von Bader gehört. Brav wurde darauf hingewiesen, dass der Knabe dort gefunden wurde, wo Brustmann auch einen anderen Knaben verscharrt hatte. Es gab keinen Hinweis darauf, dass tatsächlich nach Bernhard Bader gefahndet wurde. Entweder hatte die Polizei darauf verzichtet, das an die große Glocke zu hängen, oder der Haftbefehl war bereits wieder im Reißwolf gelandet. Zwei Tage nach Bernhard Baders Verschwinden erhielt ich einen Anruf von Hugentobler. Er klang heiser. Eine Grippe hatte ihn niedergestreckt.

»Man hat mich zurückgepfiffen, Maloney.«

»Tatsächlich? Ist Ihren Vorgesetzten unangenehm aufgefallen, dass Sie erstmals seit 25 Jahren so etwas wie Arbeit verrichten?«

»Der Fall Sebastian Steiner wird nicht neu aufgerollt. Brustmann gilt jetzt auch offiziell als der Täter.«

»Das darf doch nicht wahr sein. So viel Ignoranz trifft man nicht mal in einer Bananenrepublik.«

»Es kommt noch besser, Maloney. Die Kette von Sebastian Steiner ist verschwunden.«

»Das riecht ziemlich streng nach einer ganz üblen Suppe. Sehen Sie jetzt endlich ein, in was für einer korrupten Truppe Sie arbeiten, Hugentobler?«

»Meine Leute haben nichts damit zu tun«, sagte er. »Angeblich hat das Präsidium Besuch gekriegt.«

»Vom Geheimdienst oder von Jassir Arafat persönlich?«

»Mehr weiß ich nicht, Maloney. Ich weiß nur, dass ich Fieber habe und ein paar Tage außer Gefecht bin. Und noch etwas: Seien Sie vorsichtig, Maloney.«

»Seit wann liegt Ihnen etwas an meinem Wohlbefinden?«

»Ich möchte bloß nicht, dass Ihre Kollegin Schaden nimmt. Sie hat bisher immer sehr gut mit uns kooperiert.«

»Sie reden schon wie Bader. Dieser Mistkerl hat mich ebenfalls gewarnt.«

»Wann? Hat er sich bei Ihnen gemeldet?«

Ich wünschte ihm gute Besserung und sagte ihm, er solle doch ein wenig im Präsidium herumhusten und am besten die ganze Meute anstecken. Er jammerte mir vor, dass seine Gelenke schmerzten und sich sein Kopf wie eine Bowlingkugel nach einem Alle-Neune-Wurf anfühlte. Ich sagte ihm, er solle sich bei einem Chirurgen einen neuen Schädel besorgen, egal was für einen, besser würde er es nachher auf jeden Fall haben. Polizisten sind nicht dafür bekannt, dass sie vor Humor bersten, kranke Polizisten sind etwa so humorvoll wie radikalfeministische Ökologinnen oder fundamentalreligiöse Politiker.

Jasmin Weber hatte die Zeit nach Baders Untertauchen damit verbracht, eine Erweiterung für ein modular aufgebautes Kommunikationsprogramm zu entwickeln. Für diese

Zwecke war es offenbar notwendig, mindestens acht Stunden am Tag in irgendwelchen Netzen herumzugeistern und Datenbanken abzurufen. Ganz nebenbei erkundete sie auch unbekanntere Datenwelten, so zum Beispiel eine Mailbox für Hacker, in die nur Leute Zutritt hatten, die schon mindestens eine codierte Datenbank geknackt hatten. Seit solche Späße auch in der Schweiz strafbar waren, hatten sich die Hobbyhacker weitgehend zurückgezogen und das Feld den Profis überlassen, die wie eine Untergrundorganisation arbeiteten und sich konspirativ nicht in fremde Wohnungen, dafür auf fremden Leitungen trafen und die Telefonrechnungen braver Bürger nach oben frisierten. Am dritten Tag ihres Reiseabenteuers war Jasmin fündig geworden.

»Es gibt auf der Hackerbox ein eigenes Brett für sogenannte ›Strange Numbers‹«, sagte sie. »Das sind Telefonnummern, die nirgendwo offiziell eingetragen sind. Ich habe darin eine Meldung von einem Mann, der sich Jeronimo nennt, gefunden. Er ist vor zwei Jahren zufällig in einer Box gelandet, als er von Deutschland aus irrtümlich die Vorwahlnummer 0003 in der Schweiz angewählt hat.«

»Klingt vielversprechend«, sagte ich.

»Es kommt noch besser. Ein Hacker aus Biel hat auch schon Erfahrungen mit unserer Pizzabox gemacht. Damals unter der Vorwahlnummer 0008. Das mit der Pizza scheint aber neu zu sein. Er hat damals lediglich ein leeres Fenster mit dem Prompt erhalten. Als er etwas eintippen wollte, wurde unterbrochen.«

Ich verzichtete darauf, sie zu fragen, was ein ›Prompt‹ ist. Seit ich regelmäßig mit ihr zu tun hatte, war ich es mir gewohnt, wöchentlich mindestens zehn Begriffe zu hören, von denen ich keine Ahnung hatte.

»Jeronimo konnte ich nicht ausfindig machen«, sagte sie. »Seine letzte Meldung datiert vom Februar des vergangenen Jahres. Scheint so, als sei er nicht mehr als Hacker aktiv. Vielleicht hat er die Seiten gewechselt und verdient jetzt 20 Mille im Monat bei einer Bank oder bei Vater Staat. Viele ehemalige Hacker sind heute in großen Betrieben für die Datensicherheit und Codierung zuständig. Den Bieler habe ich ausfindig gemacht. Er hat auch die Seiten gewechselt. Er lebt jetzt in Österreich. Ganz in der Nähe der Schweizer Grenze. Er war allerdings nicht sehr erfreut, als ich ihn auf die Pizzabox ansprach.«

»Wurde er bedroht?«

»Er hat die gleiche Erfahrung gemacht wie wir. Wenige Tage nach seinem elektronischen Besuch erhielt er ebenfalls Besuch. Es wurde in seiner Wohnung eingebrochen, alles schön durchsucht, aber nichts entwendet.«

»Das kommt mir bekannt vor. Hat er gesagt, ob er Imhasli kannte?«

»Das habe ich ihn nicht gefragt. Er besteht darauf, mit mir persönlich zu sprechen.«

»Noch so ein lüsterner Techniker? Hast du nicht schon bei Stoffel genug gelitten?«

»Du kannst ruhig mitkommen. Er hat nichts dagegen. Allerdings möchte er unter keinen Umständen in die Schweiz zurückkommen.«

»Ist er allergisch?«

»Nein. Wenn du mich fragst, hat er Angst.«

Am nächsten Morgen bestiegen wir den Zug, der uns nach Feldkirch im Vorarlberg brachte. Während der Fahrt las ich in der Zeitung einen Bericht über die bevorstehenden Wahlen in einem südamerikanischen Land und den Zerfall der mexikanischen Währung. Ein paar Seiten weiter hinten beklagte sich der Trainer der Eishockey-Nationalmannschaft über die Mentalität seiner Spieler. Ich gab die Zeitung Jasmin.

Sie erzählte mir von den Junioren, die ihr Freund ab dem Frühjahr trainieren sollte. Sie träumten alle davon, eines

Tages ein großer Star zu werden. Doch für den Fall, dass dieser Traum nicht in Erfüllung ging, hatten die meisten noch ein paar andere kleinere Träume. Das, so sagte Jasmin, sei der Unterschied zwischen denjenigen, die etwas mit Sturheit und letztem Einsatz verfolgen und jenen, die meistens irgendwann wieder abspringen und auf eine bürgerliche Karriere umschwenken. Viele kleine Träume zerstören den ganz großen Traum. Das sei im Sport genauso wie in der Kunst. Ich überlegte mir, was aus meinem ganz großen Traum geworden war. Vielleicht träumte ich ihn immer noch, vielleicht war er auch in kleine Splitter zerstoben, und einer dieser Splitter war mein Wunsch, herauszufinden, welche Macht uns daran hindern wollte, Bernhard Bader hinter Gitter zu bringen.

36

Das Gebiet rund um den Bahnhof war düster und von Wolken verhangen. Wir fuhren mit dem Taxi in die Altstadt und spazierten ein wenig herum. Allmählich trauten sich einige Sonnenstrahlen hervor, sie wärmten nicht sehr, taten aber dennoch gut.

Der Bieler, der nach Feldkirch ausgewandert war, erwartete uns angeblich in einer Einkaufspassage. Wir standen eine Weile dort herum, umgeben von Jugendlichen, die herumlungerten und gierig an Joints sogen. Ich ging zwischendurch in eine kleine Spielhalle und warf ein paar Dartpfeile. Jasmin stand vor einem Schaufenster und schaute sich die Auslagen an. Nachdem knapp eine Stunde vergangen war, kam einer der Jugendlichen auf uns zu. Er schwankte in den Hüften wie einst John Wayne, und sein Stoppelbart sah aus, als würde er ihn jeden Morgen millimetergenau zurechtstutzen. Er ging an mir vorbei, stemmte die Arme in die Hüfte und quatschte Jasmin kaugummikauend an. Er fragte im nuschelnden Singsang, ob sie diejenige sei, die mit Mike verabredet sei. Jasmin schaute an ihm vorbei zu mir und warf leicht den Kopf nach hinten. John Wayne drehte sich um und verzog missbilligend seinen Mund. Damit, so hörte ich ihn kauen, damit habe er nicht gerechnet. Jasmin sagte, dass wir zusammenarbeiten. Das gefiel John Wayne überhaupt nicht, war er es sich doch gewohnt, alleine für Recht und Ordnung zu sorgen. Er zupfte die Stoppeln an seinem Kinn und schnalzte mit der Zunge. Woher, sagte er, solle er wissen, dass ich kein Bulle sei. Ich hätte ihm am liebsten mit einer linken Geraden geantwortet, doch Jasmin stellte sich zwischen uns und versuchte John Wayne von meiner eigentlichen Identität als Trapper zu überzeugen. Es vergingen unendlich lange Sekunden, bis sich Johnnys Gedanken den Weg zu seinem Mund gebahnt hatten. Okay, sagte er und winkte uns näher zu sich. Sein Kaugummi roch nach Himbeere und erinnerte mich unangenehm an besonders aufregende Intimsprays aus uralten Liebesgeschichten. Mike, so sagte John Wayne flüsternd, Mike sei auf der Schattenburg. Er nickte, drehte sich um und verschwand im nächstbesten Saloon. Ich fragte mich, ob wir vielleicht irrtümlich in die Proben der Karl-May-Festspiele von Feldkirch geplatzt waren, doch außer John Wayne sahen alle Jugendlichen wie ganz gewöhnliche Jugendliche aus.

Jasmin erkundigte sich bei einem Einheimischen nach der Schattenburg. Der nickte wissend und zeigte mit der Hand Richtung Himmel. Den Erklärungen, die danach folgten, entnahm ich, dass die Schattenburg durchaus zu Fuß erreicht werden konnte, wenn auch mit einigen Anstrengungen. Wir nahmen die Strapazen auf uns und erklommen den kleinen Hügel, der zur Burg führte.

Mitten im Burghof stand ein Brunnen. Darauf saß ein Mann mit einem Mobiltelefon in der Hand. Als er uns sah, verstaute er das Telefon und stand auf. Offenbar hatte ihm John Wayne ein mündliches Telegramm zukommen lassen. Der Mann war in einen dunklen Wollmantel gehüllt. Er war groß und hatte eine auffällig lange Nase. Er stellte sich uns als Mike vor und entschuldigte das umständliche Prozedere, aber er müsse vorsichtig sein. Bevor er uns erklärte, weshalb er vorsichtig sein müsse, geleitete er uns zu seinem Wagen. Wir fuhren schweigend mehrere Kilometer, über Feldkirch hinaus, eine hügelige Straße hinauf und landeten vor einem kleinen Haus, an das ein Stall angebaut war. Alles sah so aus, als sei es erst vor Kurzem umgebaut worden. Mike ließ uns in sein Haus eintreten, und eine junge Frau in hautengen Leggins, die uns Mike als seine Freundin vorstellte, servierte uns Kaffee und Kuchen. Mike behielt seinen Mantel an und setzte sich.

»Meine Mutter ist Österreicherin«, sagte Mike. »Sie hat mir geholfen, als ich aus Biel wegwollte.«

»Sind Sie vor jemandem geflohen?« fragte Jasmin.

»So direkt würde ich das nicht sagen.«

Er lächelte vielsagend und rührte in seiner Kaffeetasse.

Der Raum war geschmackvoll eingerichtet, wenig Schnickschnack, kaum teure Möbel, aber ein gutes Auge für die richtige Balance. Die Decke war niedrig, erinnerte noch stark an das Bauernhaus, zu dem sie einst gehörte.

Mike wollte von Jasmin wissen, wie sie in die geheimnisvolle Mailbox gekommen sei. Jasmin erzählte ihm von der Diskette. Danach fachsimpelten sie, während Mikes Freundin stumm am Tisch saß und ab und zu freundlich lächelte. Nach etwa zehn Minuten stand sie auf und verließ den Raum. Jasmin war gerade dabei, ihre Karriere als Programmiererin zu erzählen. Ich langweilte mich und schlürfte Kaffee. Interessanter wurde es erst, als Mike wieder auf die Mailbox zu sprechen kam.

»Ich bin völlig zufällig hineingekommen«, sagte er. »Es war wirklich keine Absicht dahinter. Die Vorwahl war in Hackerkreisen schon einige Male herumgegeistert, aber niemand hatte tatsächlich eine Nummer erwischt, auf der etwas abging. Ich habe einfach etwas herumgespielt, und plötzlich war ich drin.«

»Wie wurden Sie empfangen?« fragte Jasmin. »Gab es eine Eintrittsseite?«

»Nein. Nur ein Fenster. Keine Anweisungen, kein Name, nichts. Ich versuchte es mit einfachen Anweisungen, doch schon nach wenigen Sekunden flog ich aus der Box heraus. Das ging etwa ein Dutzend Mal so, dann war da nur noch das Besetztzeichen. Am nächsten Tag war die Nummer gesperrt. Ich habe in meinem Bekanntenkreis herumgefragt, aber niemand wusste etwas über die Nummer. Ich habe danach andere Nummern versucht, aber so ein Glückstreffer gelingt einem nur alle paar Jahre. Ich ging danach ein paar Tage weg und als ich zurückkam, stellte ich fest, dass bei mir eingebrochen worden war. Ich brachte das zuerst nicht in Zusammenhang mit der Mailbox. Aber am gleichen Tag erhielt ich einen seltsamen Anruf.«

Er schenkte sich Kaffee nach. Im Hintergrund ging Mikes Freundin in einen Kunstpelzmantel gehüllt und mit einer großen Tasche in der Hand aus dem Haus. Sie verabschiedete sich nicht.

»Es war ein Mann«, sagte Mike. »Freundlich. Er erkundigte sich bei mir, weshalb ich die Nummer der Box mehrmals angewählt hätte. Ich sagte ihm, dass das Zufall gewesen sei und fragte ihn scherzhaft, ob ich im Vorzimmer der Geheimpolizei gelandet sei. Er lachte nicht, ging überhaupt nicht darauf ein. Er wollte wissen, wem ich von meinem Eindringen in das System erzählt hätte. Ich stellte fest, dass er sehr gut über mich Bescheid wusste. Wo und wie ich lebte, was ich verdiente, dass ich damals ohne festen Job war. Er fragte, ob ich bereit sei, mit ihm zu kooperieren. Ich wollte natürlich wissen, was er unter ›kooperieren‹ versteht. Er sagte nur: Schweigen. Ich sagte ihm, die Mailbox interessiere mich nicht. Er reagierte nicht. Ganz offensichtlich ging er davon aus, dass ich mehr wusste, dass ich zumindest eine Ahnung davon hatte, wozu die Box diente. Ehrlich gesagt hatte ich überhaupt keine Ahnung. Es hätte auch eine Box der Telekom sein können, etwas völlig Unspektakuläres. Nach dem Anruf wusste ich natürlich, dass ich in einer wichtigen Box gelandet war. Aber ich hatte damals anderes im Kopf, die Hackerei war mir sowieso langsam zu gefährlich geworden. Im Ausland gab es die ersten Prozesse gegen Hacker mit teilweise sehr hohen Gefängnis- und Geldstrafen. Ich sagte mir, gut, ich schweige, und damit hat sich der Fall für mich erledigt.«

Mike zündete sich eine Zigarette an, was Jasmin veranlasste, sich vom Tisch zurückzuziehen, um aus dem Dunstkreis der Zigarette zu kommen. Ich fand den Geschmack der Zigarette ganz angenehm, wusste aber, dass sich das innert Minuten ändern konnte. Es war schon erstaunlich, wie der Körper nach nur ein paar Jahren Erholung auf die gleichen Giftstoffe negativ reagierte, die er jahrelang scheinbar mühelos absorbierte.

»Zwei Wochen nach dem Anruf stellte ich plötzlich fest, dass 50000 Franken auf meinem Konto gelandet waren. Überwiesen von einer Gesellschaft, die sich OKE nannte. Die Gesellschaft existierte gar nicht, aber trotzdem hatte sie irgendwo ein Konto. Man konnte oder wollte mir auf der Bank aber nicht sagen, wem das Konto gehörte. Eines Morgens rief wieder der freundliche Mann an. Er sagte mir, ich solle nicht weiter nachforschen, woher das Geld stamme. Ich solle es behalten und schweigen. Die Sache wurde mir unheimlich. Wer macht das schon, einfach so viel Geld überweisen und hoffen, dass derjenige, der es erhält, darüber schweigt? Es vergingen ein paar Monate, in denen nichts geschah. Kein Anruf, keine weiteren Überweisungen, kein Einbruch, nichts. Ich begann das Geld auszugeben. Das war wohl der Moment, als ich mich kaufen ließ.«

Er drückte seine Zigarette aus und öffnete ein Fenster. Aus einem Schrank holte er eine Flasche Cognac. Es war eine mittelprächtige Sorte. Jasmin griff zu, ich schaute den beiden dabei zu.

»Etwa ein halbes Jahr danach stieß ich in einer Hackerbox auf die Mitteilung von Jeronimo. Ich wusste sofort, dass er in der gleichen Box gelandet war. Ich fragte ihn, ob er bereits einen Anruf erhalten habe, erhielt aber nie eine Antwort. Dafür geschah etwas, was mir heute noch Albträume bereitet. Die Bremsen an meinem Wagen funktionierten nicht. Ich raste eine Böschung hinunter und überschlug mich dreimal. Ich hatte Glück. Eine Gehirnerschütterung und zwei gebrochene Rippen. Die Prüfung meines Wagens ergab, dass kein Defekt vorlag. Jemand hatte an den Bremsen manipuliert.«

Eine neue Zigarette glimmte auf. Mike zog den Rauch tief in die Lungen und hielt ihn lange, ehe er den Rauch langsam aus Nase und Mund in den Raum strömen ließ.

»Ich habe seither keinen Anruf mehr erhalten, auch sonst keinen Hinweis, dass der Unfall mit der Box im Zusammenhang stand, aber es gab für mich keine andere Erklärung. Ich hatte mein Schweigen gebrochen und wurde deshalb bestraft.«

»Haben Sie eine Ahnung, wer hinter der Box steckt?« fragte ich.

»Nein. Aber ich bin sicher, dass staatliche Stellen zumindest ihre Finger im Spiel haben. Mir jedenfalls hat der Unfall mehr als gereicht. Ich verließ die Schweiz und zog hierher. Seither habe ich meine Ruhe.«

»Und weshalb gehen Sie das Risiko ein, mit uns zu sprechen?«

»Ich habe vor drei Wochen in Berlin an einem Hacker-Treffen teilgenommen. Dort erfuhr ich, dass Jeronimo bei einem Autounfall ums Leben gekommen ist. Die Bremsen haben versagt. Ich hätte ihn warnen müssen.«

Er stand auf und schaute auf seine Armbanduhr. Er sagte uns, dass er bald gehen müsse. Jasmin wollte von ihm noch einige technische Details wissen. Sie fachsimpelten, bis Mikes Freundin zurückkam. Sie schwieg noch immer, machte Mike aber Zeichen, die ich nicht deuten konnte. Wir verließen das Haus. Mike schloss die Tür und warf den Schlüssel in den Briefkasten. Die beiden wohnten nicht da. Mike erzählte Jasmin, er arbeite an einer interaktiven CD-ROM. Er fuhr uns zurück zum Bahnhof. Als wir im Zug über Mike und seine Erlebnisse sprachen, wollte ich von Jasmin wissen, was sie als Nächstes zu tun gedenke.

»Ich werde die Bremsen an meinem Wagen überprüfen lassen«, sagte sie.

»Kluges Kind.«

Sie schmiss mir einen leeren Pappbecher an den Kopf. In unserer Absteige über dem Männerwohnheim sah alles noch so aus, wie wir es verlassen hatten. Ich rief in meinem Büro an und erhielt von meinem Anrufbeantworter die Stimme eines Mannes zugespielt. Er sagte, dass seine Schwester Graziella wieder aufgetaucht war. Ich erinnerte mich an den grippekranken Anlageberater und an das Video, das Graziella Colombo zusammen mit Urs Imhasli gezeigt hatte. Als ich bei Herrn Colombo anrief, meldete sich eine weiche Frauenstimme. Als ich meinen Namen nannte, hängte sie sofort ein. Danach nahm niemand mehr ab. Ich erreichte Colombo in der Bank, in der er arbeitete. Im Hintergrund hörte man hektische Stimmen und Telefonklingeln. Colombo sagte, dass seine Schwester bei ihm zu Hause sei. Er habe ihr von mir erzählt, sie sei aber nicht bereit gewesen, mich aufzusuchen. Er werde aber mit ihr telefonieren. Zwanzig Minuten später klingelte mein Mobiltelefon, und eine weiche Frauenstimme fragte mich, ob ich mich heute noch mit ihr treffen wolle. Jasmin war skeptisch, als ich ihr davon erzählte und fragte, ob das nicht eine Falle sein könne. Ich sagte ihr, dass nicht jede Frau eine Falle sei, dafür erntete ich mehrere Gummibärchen. Sie sagte, dass sie versuchen werde, Genaueres über das Schicksal von Jeronimo herauszufinden. Ich solle mich in der Zwischenzeit um die mysteriöse Graziella Colombo kümmern. Und das tat ich dann auch.

37

Sie bestand darauf, mir Pasta zu kochen. Schon nach wenigen Minuten roch es in der hellen Küche nach italienischer Tomatensoße. Ihr Bruder rief zwischendurch an und ließ ausrichten, dass er erst spät nach Hause kommen würde. Während sie mit einem Kochlöffel in der Soße rührte, bestand sie darauf, dass ich ihr alles über Urs Imhasli erzählte, was ich wusste. Es war nicht viel. Sie nickte nur ab und zu oder gab zustimmende Laute von sich.

»Ich habe von meinem Bruder erfahren, dass Imhasli tot ist«, sagte sie.

»Weshalb sind Sie wieder aufgetaucht?«

»Das hat verschiedene Gründe. Das Hauptmotiv ist, dass ich mich mit meinen Eltern versöhnen möchte. Sie leben in Italien. Mein Bruder hat ebenfalls keinen Kontakt mehr zu ihnen. Ich rief ihn vorgestern an. Er fragte mich sofort, ob ich von Imhaslis Tod gehört hätte. Das war neu für mich. Er erzählte mir von Ihrem Besuch. Da hielt ich es für richtig, zurückzukommen und nach dem Rechten zu schauen.«

»Wo möchten Sie nach dem Rechten schauen?«

»Ich möchte wissen, was mit Urs geschehen ist. Wir haben uns zwar schon vor fünf Jahren getrennt, aber nicht im Streit.«

»Wo haben Sie all die Jahre gelebt?«

»Meine Mutter sagte immer: Die besten Geschichten klingen auf leeren Magen nicht gut. Zuerst wird gegessen, dann geredet.«

Tatsächlich war nichts mehr aus ihr herauszuholen, bis die letzte Nudel in unseren Mägen verschwunden war. Wir tranken dazu eine Flasche Barolo, und erst als Frau Colombo zwei winzige Espressotassen gefüllt hatte, war sie bereit, über die vergangenen zehn Jahre ihres Lebens zu reden.

»Ich war damals schwanger«, sagte sie. »Von Urs. Wir wollten beide das Kind nicht. Ich fühlte mich noch zu jung. Für meine Eltern war das unfassbar. Eine Abtreibung war für sie der direkte Weg in die Hölle. Ich verstand mich sowieso nicht gut mit meinen Eltern. Ich war längst eine Schweizerin geworden, und meine Eltern träumten davon, eines Tages wieder nach Italien zurückzukehren. Meine Eltern hatten sich in der Schweiz kennengelernt. Für mich war klar, dass das Kind in meinem Bauch wegmusste. Urs sagte, dass er das arrangieren könne. Er arbeitete als Detektiv, hatte viele Kontakte. Eines Tages fragte er mich, ob ich bereit wäre, mit ihm ein neues Leben zu beginnen.«

»Hat er einen Mann namens Bader erwähnt?«

»Nein. Urs hat mit mir nicht über seine Arbeit gesprochen. Mein Gott, ich war damals noch jung, Urs faszinierte mich, er war mein erster Freund, ich war sexuell eine Spätzünderin, voller Komplexe. Kein Wunder, wenn man aus einem so katholischen Elternhaus kommt. Urs hat nur immer darüber gelacht. Ich fand ihn stark. Ich habe erst später gemerkt, dass vieles nur Show war, dass er sein Leben überhaupt nicht im Griff hatte. Er fragte mich also, ob ich bereit wäre, mit ihm zu verschwinden. Natürlich war ich bereit. Das war doch schöner als alles, was ich mir als kleines Mädchen erträumt hatte. Eine romantische Flucht aus dem Elternhaus mit meinem Prinzen. So ein Stuss ging mir durch den Kopf. Es war einfach aufregend. Es störte mich auch nicht, dass Urs viel älter war als ich. Im Gegenteil, ich vertraute ihm. Er sagte, er könne alles besorgen, neue Pässe, ein Haus im Ausland. Ich fragte ihn, wovon wir leben sollten. Er sagte, er werde weiterarbeiten als Detektiv.«

Sie stand auf und sagte, sie brauche einen Zahnstocher. Sie fand keinen. Dafür entdeckte sie eine Schachtel Pralinen. Sie öffnete sie und stellte sie auf den Tisch. Wenige Augenblicke später waren schon drei der Pralinen in ihrem Mund verschwunden.

»Tatsächlich kam er eine Woche später mit einem neuen Pass für mich«, sagte sie. »Ein französischer Pass auf den Namen Claudine Favre. Er sagte mir, dass er auch einen neuen Schweizer Pass besorgen könne, das würde aber ein paar Wochen dauern. Wir verabredeten, dass ich als Erste verschwinden solle und er mir ein paar Wochen später folgen würde. Dann geschah etwas Seltsames. Ich hatte eine Fehlgeburt, einfach so. Urs hatte Angst, dass ich jetzt nicht mehr wegwollte, aber daran hatte sich für mich nichts geändert. Wissen Sie, dass mit dem Kind habe ich einfach als lästig empfunden, aber es war keine Belastung, oder so. Ich war natürlich erleichtert, dass sich der Embryo von alleine verabschiedete. Drei Wochen später fuhr mich Urs mit dem Auto in die Provence. Er gab mir Geld, und ich lebte in einem schönen kleinen Haus und wartete darauf, dass Urs nachkommen würde.«

»Hat er Ihnen gesagt, dass er seinen eigenen Tod inszenieren wollte?«

»Nein. Das hat er mir erst viel später erzählt. Stimmt es, dass eine Leiche gefunden wurde, die man für Urs hielt?«

»Ja. Hat er Ihnen das nicht erzählt?«

»Ich habe es ihm zuerst nicht geglaubt«, sagte sie. »Ehrlich gesagt, war es mir auch egal. Ich war so glücklich wie noch nie, als er kam. Er hieß jetzt entweder Basil Huber oder Gaston Perret. Ich habe gesehen, dass er noch einen anderen Pass bei sich hatte. Den hat er aber nie gebraucht. Zuerst lebten wir fast den ganzen Sommer hindurch wie ein reiches Paar. Wir arbeiteten nicht, aber Urs hatte immer genug Geld. Wir fuhren durch Südfrankreich, besuchten erstklassige Restaurants und genossen das Leben. Bis eines Tages ein Anruf kam. Urs fuhr ein paar Tage weg. Als er wieder zurückkam, sagte er, dass er einen neuen Job gefunden habe. Er müsse aber einmal im Monat in die Schweiz zurück. Ich hielt das für riskant, aber er sagte, es könne gar nichts passieren. Tatsächlich verbrachte er aber viel mehr als nur ein paar Tage in der Schweiz. Manchmal sah ich ihn wochenlang nicht. Dann tauchte er auf, wollte aber nie über seine Arbeit sprechen. Ich habe die ganze Zeit nichts getan, habe nur das Leben genossen. Unvorstellbar, nicht wahr? Aber es war mir nie langweilig. Ich habe mich um den Garten gekümmert, Gemüse angepflanzt und mir Tiere angeschafft. Ich wusste gar nicht, dass mir das Landleben so gefallen würde. In dieser Zeit habe ich einen jungen Franzosen kennengelernt. Er besuchte eine Landwirtschaftsschule und wollte später Agrikultur studieren. Wir hatten zuerst nichts miteinander, aber als Urs immer häufiger und länger wegblieb, bekam ich Sehnsucht nach mehr Nähe und mehr Sex. Ich redete mit Urs darüber. Er machte mir den Vorschlag, dass wir uns trennen sollten. Seine einzige Bedingung war, dass ich niemandem erzählte, unter welchen Namen er lebte. Ich verliebte mich in Guy. Er stellte nicht viele Fragen, ich sagte ihm, ich sei früher drogensüchtig gewesen und abgehauen, weil man mich einbuchten wollte. Er schluckte die Geschichte. Ich zog zu ihm. Urs hat das Haus in der Provence verkauft. Er gab mir auch noch Geld, eine schöne Stange. Danach habe ich Urs nie mehr gesehen.«

Sie machte eine Pause. In der Schachtel lagen nur noch zwei Pralinen. Es war dunkel geworden. Graziella Colombo zündete eine kleine Spotlampe an und streckte sich.

»Das ist die Geschichte«, sagte sie. »Klingt nicht sehr spannend, oder?«

»Und es hat Sie nie interessiert, womit Urs Imhasli das viele Geld verdiente?«

»Nein. Na ja, das stimmt nicht ganz, das ist gelogen. Es hat mich schon interessiert, aber da Urs nie etwas sagte, nahm ich an, dass es besser für mich und unsere Beziehung war, dass ich nichts wusste.«

»Sie vermuteten also, dass er es mit krummen Touren verdiente?«

»Banküberfälle und so? Nein, das passte nicht zu ihm. Nein, nein, er arbeitete für jemanden in der Schweiz.«

»Haben Sie einen Anhaltspunkt, für wen er arbeitete?«

»Ja. Es muss jemand in Bern gewesen sein. Als er den Anruf erhielt, notierte er sich eine Adresse. Ich habe den Zettel im Papierkorb gefunden. Ich war einfach neugierig. Auch etwas eifersüchtig. Es hätte ja auch eine andere Frau dahinterstecken können. Es war aber die Adresse einer Firma. An der Eigerstraße.«

Sie schrieb mir die Adresse auf. Graziella Colombo stand auf, ging zum Kühlschrank, öffnete die Tür und hielt sich mit beiden Händen daran fest. Sie atmete tief durch und schloss dabei die Augen.

Ich stand auf und trat neben sie.

»Ist Ihnen schlecht?«

»Es geht schon«, sagte sie. »Ich bin schwanger. Das ist auch der Grund, weshalb ich mich mit meinen Eltern versöhnen möchte. Jetzt möchte ich das Kind. Ich freue mich darauf.«

»Ist der Franzose der Vater?«

»Guy? Nein. Ich habe ihn vor einem Jahr verlassen. Er betrog mich ständig. Ich hatte genug davon. Ich zog nach Nizza. Dort lernte ich Paolo kennen.«

»Einen Italiener? Da werden sich Ihre Eltern aber freuen.«

»Und ob«, sagte sie. »Ist doch komisch, nicht. Ich habe immer gedacht, dass ich nie etwas mit einem Italiener haben könnte. Und jetzt das. Vielleicht hat das mit den Genen zu tun. Jetzt werde ich also doch noch eine italienische Mama.«

Sie klopfte sich auf den Bauch. Sie erzählte von Paolo, einem, wie sie sagte, typischen Italiener, der sie sofort heiraten wollte. Er habe sofort gemerkt, dass bei ihr auch italienisches Blut durch die Adern floss. Sie sagte, dass sie mit Paolo in Nizza leben wolle. Er sei dort Besitzer eines Feinkostladens. Sie lachte. Dann verfinsterte sich ihre Miene.

»Ist Urs ermordet worden?« fragte sie.

»Dafür gibt es keine Beweise. Aber ich bin sicher, dass es so war.«

»Er ist in irgendetwas hineingeraten, das ihn total fasziniert hat«, sagte sie. »Es hat sein Leben bestimmt.«

»Eine Sekte?«

»Warum eigentlich nicht.«

Ich schüttelte den Kopf, auch wenn ich mir nicht sicher war.

»Das wäre die erste Sekte, die ihren Anhängern hohe Honorare zahlt, anstatt deren Konten zu plündern.«

»Da haben Sie auch wieder recht.«

»Imhasli muss doch zwischendurch etwas erwähnt haben, einen Namen oder sonst etwas.«

»Er redete immer nur von den Geschäften, die er machen musste. Es gibt allerdings eine lustige Geschichte, die ich Ihnen noch nicht erzählt habe.«

»Sehr gut«, sagte ich. »Komische Geschichten erheitern Föten und Maloney.«

»Urs war immer mit einem großen Koffer unterwegs. Einmal hat er den Koffer im Schlafzimmer auf dem Bett liegen lassen. Als ich ihn runternehmen wollte, fiel der Deckel auf. Da sah ich, dass er im Koffer zwei Perücken hatten.«

»Perücken?«

»Ja. Eine blonde und eine dunkelhaarige Perücke. Es waren Männerperücken, eigentlich mehr Toupets. Und ich sah auch, dass er falsche Schnurrbärte und Brillen mit Fenstergläsern im Koffer hatte.«

»Haben Sie ihn darauf angesprochen?«

»Ja. Er sagte, dass er das bei der Arbeit brauche. Er sei schließlich Detektiv. Tragen Sie manchmal auch eine Perücke, wenn Sie Leute beschatten?« Sie lachte.

Ich sagte ihr, dass das nicht ungewöhnlich sei. Es gebe Detektive, die wochenlang dieselbe Person beschatteten. Da war es von Nutzen, wenn man sich äußerlich verändern konnte.

»Das würde also dafür sprechen, dass er tatsächlich als Detektiv gearbeitet hat. Welcher Auftraggeber bezahlt aber so viel über so viele Jahre hinweg?«

»Wenn ich das wüsste, säße ich jetzt nicht hier, sondern würde mich mit einer schönen Italienerin in der Provence vergnügen.«

»Ein gutes Stichwort. Ich packe jetzt meine Sachen zusammen und fahre zurück nach Nizza. Mein Bruder wird versuchen, meine Eltern ausfindig zu machen. Wenn ihm das nicht gelingt, werde ich Sie damit beauftragen. Ich hoffe, dass Sie Urs' Mörder finden.«

Sie fuhr mich in ihrem Wagen in die Nähe meines Büros. Ich machte erneut den Umweg durch den Keller und stellte überrascht fest, dass in Jasmins Büro Licht brannte.

Ich blieb vorsichtig stehen und lauschte. Jemand betätigte den Lichtschalter im Treppenhaus. Ich hörte leise Schritte, die Stufen knarrten, jemand verlagerte sein Gewicht. Stille. In Jasmins Büro glaubte ich ein Geräusch zu hören, war mir aber nicht sicher. Ich versuchte, so leise wie möglich in die Ecke des Treppenhauses zu gelangen, von wo aus ich nach oben schauen konnte. Es blieb alles ruhig, niemand regte sich. Dann ging das Licht wieder aus. Ich hörte wieder Schritte. Jemand tastete sich der Wand entlang nach oben. Durch den fahlen Schein einer Straßenlampe konnte ich das Treppenhaus gut einsehen. Jetzt sah ich den Schatten, der sich dem Treppenabsatz näherte. Es war Jasmin Weber. Ich atmete lautstark aus und gab mich zu erkennen. Ich hörte sie lachen, dann bog sie um die Ecke. Trotz der gegenseitigen Entwarnung flüsterten wir.

»Ich hatte Sehnsucht nach meinem Büro«, sagte sie.

»Du hättest kein Licht machen sollen.«

»Ich habe kein Licht gemacht.«

»Dann ist jemand in deinem Büro.«

»Aber das ist nicht möglich. Ich war nur zehn Minuten weg. Habe den Schlüssel im Auto vergessen.«

»Hast du mich nicht gesehen?«

»Nein. Ich habe den Wagen nicht im Hof gelassen. Moment mal.«

Jetzt waren deutliche Geräusche aus dem Büro zu hören. Ich nahm ihren Arm und zog sie von der Tür weg. Jemand schob Möbel herum. Ein deutliches Fluchen war zu hören. Danach Schritte. Die Tür wurde geöffnet. Eine stämmige Gestalt kam aus dem Büro. Ich fackelte nicht lange und stürzte mich auf den Mann. Er war so verblüfft, dass er umgehend zu Boden ging. Jasmin schrie hinter mir. Ich verstand nicht, was sie sagte, vielleicht war da noch ein anderer Kerl. Der unter mir stöhnte laut auf und begann zu jammern. Jasmin packte mich am Arm und versuchte mich wegzuziehen.

»Das ist Herr Morger«, sagte sie. »Er wohnt über mir. Lass ihn los, Philip.«

»Und was hat er in deinem Büro verloren?«

Herr Morger fluchte und sagte etwas von einem Wasserschaden. Jasmin schaute in das Büro und gab einen überraschten Laut von sich. Ich drehte meinen Kopf und sah, wie Wasser von der Decke in einen Eimer tropfte. Ich ließ Herrn Morger los und stand auf. Er brauchte etwas länger, sein Gesicht war dunkelrot angelaufen.

»Bei mir ist ein Rohr geplatzt«, sagte er. »Ich wollte nicht, dass Schlimmeres passiert. Die Türe war nur angelehnt.«

»Das ist möglich«, sagte Jasmin. »Ich merkte, als ich die Tür öffnete, dass ich meinen Autoschlüssel hatte stecken lassen.«

Sie entschuldigte sich bei Herrn Morger. Er entschuldigte sich bei ihr für den Wasserschaden. Ich entschuldigte mich bei Herrn Morger für den Würgegriff. Jasmin entschuldigte sich bei mir für den unangemeldeten Besuch in ihrem Büro. Nachdem wir all die Entschuldigungen hinter uns gebracht hatten, erzählte uns Herr Morger, dass vor dem Haus seit Tagen unbekannte Männer auf- und abgingen und den Eingang im Auge behielten. Das war ein Grund, schleunigst wieder abzuhauen. Ich leerte unsere Briefkästen und schaute mich kurz draußen um. Dichter Nebel, kaum Verkehr, keine Passanten. Wir benutzten wieder den Keller-Fluchtweg und versprachen Herrn Morger eine gute Flasche Wein, worauf dieser sagte, dass er keinen Wein trinke, aber er nähme gerne eine Flasche Wodka.

38

Der nächste Morgen begann mit dem Rücktritt eines zweiten Bundesrates. Auf einer Pressekonferenz gab er bekannt, dass er aus persönlichen Gründen zurücktrete. Fragen nach seinem Gesundheitszustand ließ er unbeantwortet im Raume stehen. Der Kommentator im Radio sprach von einer ernsthaften Regierungskrise, und ein Nationalrat bedauerte den Rücktritt seines Parteifreundes. Als man ihn darauf ansprach, ob er selber Bundesrat werden wolle, wiegelte er ab, ohne zu dementieren. Es war das übliche Ritual. Die Kandidaten durften sich nicht als solche ins Gerede bringen.

Ich las noch einmal die Notizen und Berichte von Urs Imhasli. Es hätte immerhin sein können, dass er bereits vor seinem Verschwinden für den großzügigen Auftraggeber gearbeitet hatte. Doch ein paar Kontrollanrufe förderten zutage, dass keiner seiner Klienten nach seinem Tod etwas mit ihm zu tun gehabt hatte.

Wir verfolgten im Fernsehen eine Sondersendung über die politischen Verwirrspiele. Jasmin hielt nicht mit sarkastischen Bemerkungen zurück. Sie erzählte mir, wie sie vergeblich versucht hatte, etwas über Jeronimo herauszubekommen. Ich hatte ihr bereits am Vorabend von meinem Treffen mit Graziella Colombo erzählt und ihr auch die Adresse an der Eigerstraße weitergegeben. Sie hatte mit ihrem Computer bereits mehrere Amtsleitungen besetzt und dabei ein paar nützliche Informationen erhalten.

»Das Haus gehört der Firma Bauinvest«, sagte sie. »Ein Bürokomplex. Vermietet an einen Herrn Sommerhalder.«

»Das ganze Haus?«

»Ja. Tausende von Quadratmetern Bürofläche für Herrn Sommerhalder.«

»Und wer ist dieser Herr Sommerhalder?«

»Ein Pfarrer im Ruhestand.«

»Du verkohlst mich.«

»Nein. Er ist tatsächlich Pfarrer. Seltsam ist nur, dass Herr Sommerhalder behauptet, nichts von dem Bürohaus zu wissen.«

»Dann hast du wohl den falschen Sommerhalder erwischt.«

»Nein«, sagte sie. »Die Adresse stimmt. Sommerhalder, Heinrich ist der Mieter des Bürokomplexes an der Eigerstraße in Bern.«

»Moment mal. Vielleicht veranstaltet Herr Sommerhalder in dem Haus schwarze Messen? Oder er hat eine neue Sekte gegründet, in die nur Sachbearbeiter und Sekretärinnen aufgenommen werden.«

»Oder er weiß tatsächlich nichts von seinem Glück«, sagte Jasmin.

»Wer hat aber auf seinen Namen einen Mietvertrag abschließen können? Aber natürlich. Herr Sommerhalder hat einen Sohn. So ist es doch, oder?«

»Er hatte. Sein Sohn ist tot.«

»Umgekommen bei einem Autounfall, weil die Bremsen versagten?«

»Nein. Ganz profanes Herzversagen.«

Sie lächelte und klopfte mir auf die Brust. Ihre Espressomaschine begann zu röhren, als sie eine Taste drückte. Sie leerte Wasser hinein, und die Maschine presste gluckernd den Kaffee in die Tasse. Ich nahm den Stecker in die Hand und machte eine drohende Handbewegung.

»Frühmorgens ertrage ich keine Spielchen«, sagte ich. »Du weißt mehr, also raus damit.«

»Es gibt auch noch eine Frau Sommerhalder. Sie ist die Tochter von Heinrich Sommerhalder. Frau Sommerhalder ist verheiratet, hat aber ihren eigenen Namen behalten.«

»Und wie heißt der glückliche Ehegatte? Bader, Stefan?«

»Genau.«

»Dann hat sie das Haus im Namen ihres Vaters für ihren Mann gemietet?«

Jasmin nickte und klatschte in die Hände. Es war an der Zeit, meinem Magen ebenfalls einen Espresso zu gönnen.

»Und was macht Bader in dem Bürogebäude? Ein einfacher Beamter mit lukrativem Nebenverdienst?«

»Das müssen wir vor Ort herausfinden. Es gibt nämlich niemanden, der so recht weiß, was in dem Haus passiert. Ich habe heute Morgen schon mit einer ganzen Reihe von Leuten telefoniert. Niemand weiß etwas über die Art von Geschäfte, die da getätigt werden.«

»Das klingt faszinierend. Gehen wir einmal davon aus, dass dieser Stefan Bader Imhasli den Job angeboten hat, der es Imhasli ermöglichte, ein neues Leben zu beginnen. Was für ein Job könnte das gewesen sein?«

»Da kennst du dich besser aus. Wozu engagiert man einen mittelmäßigen Detektiv?«

»Nur nicht frech werden. Stefan Bader wusste, dass Imhasli seinen Vater verdächtigte, den kleinen Sebastian Steiner umgebracht zu haben. Er hatte also einen guten Grund, ihn aus dem Verkehr zu ziehen.«

»Und weshalb hat er das nicht gemacht? So wie es aussieht, schreckt Bader Junior oder wer auch immer hinter ihm steckt, vor keiner Gräueltat zurück. Nicht mal mein Notebook würden sie verschonen.«

»Imhasli musste für Bader nützlich sein. Vielleicht ließ er seinen eigenen Vater durch Imhasli beschatten. Deshalb vielleicht die Maskerade.«

»Da hätte er auch den unmaskierten Philip Maloney engagieren können. Du hättest den Auftrag doch sicher angenommen?«

»Schwer zu sagen. Mein Verstand sagt Nein, aber meine Brieftasche juckt und sagt Ja.«

»So ist das also. Auch du würdest für Geld über Leichen gehen.«

»Ich gehe manchmal sogar gratis über Leichen. Lässt sich nicht immer vermeiden in meinem Beruf.«

»Eines muss man Bader lassen. Der Mann kennt die Menschen.«

»Wie kommst du darauf?«

»Alle diese Geldgeschenke. Er hat nicht allen die gleiche Summe überwiesen. Der Polizist kriegte mehr als die Hacker. Bader weiß offenbar genau, wer welchen Preis hat. Eigentlich erstaunlich, dass auf unseren Konten noch kein Geld gelandet ist.«

Wir schauten uns verblüfft an. Daran hatten wir noch gar nicht gedacht. Ich rief bei meiner Bank an, erhielt aber von einer nüchternen männlichen Stimme den Bescheid, dass gerade mal vier Tausender auf meinem Konto gutgeschrieben waren. Jasmins Konto war vermutlich um einiges besser bestückt, aber auch bei ihr gab es keine größeren Kontoverschiebungen in den letzten Tagen. Sie setzte sich und schaute auf ihre Notizen.

»Wer steckt hinter Bader? Ich bin sicher, dass er auch nur vorgeschoben ist.«

»Das werden wir schon bald wissen«, sagte ich. »Ich schlage vor, dass wir noch heute mit Kind und Kegel nach Bern ziehen. Ich wollte schon immer einmal mit dir unter den Lauben spazieren.«

Sie sprang auf und begann ihre Geräte vom Strom abzunabeln. Ich fragte sie, ob sie all das Zeug mitnehmen wolle, sie antwortete nicht, holte aber einen der großen Schalenkoffer hervor. Ich machte sie darauf aufmerksam, dass wir in Bern nicht ins Männerwohnheim ziehen konnten, sondern uns mit bescheidenen kleinen Hotelzimmern begnügen mussten. Doch all diese Argumente zählten nicht. Sie wollte mindestens die Hälfte ihrer Garderobe und zwei Drittel ihrer Geräte mit auf den Weg nehmen. Ich bündelte nur das Nötigste und ließ auch meine alte Waffe zurück. Wir packten das Auto voll und fuhren gemütlich auf der Autobahn Richtung Bundeshauptstadt.

39

Wir fanden zwei bezahlbare Hotelzimmer, in denen die Gäste nicht stündlich wechselten. Jasmin verbrachte gut eine Stunde damit, ihren Computer und das Zubehör anzuschließen. Ich machte einen kleinen Spaziergang zur Eigerstraße und wurde unterwegs beinahe von einem wildgewordenen Inline-Skater über den Haufen gefahren. Das Gebäude mit der Nummer 156 war ein neuerer Glaspalast mit hellen Metallverstrebungen, die das Sonnenlicht reflektierten. Das Portal war riesig, der Eingang von zwei Marmorsäulen flankiert. Ich schaute mir die Namensschilder an. Es waren Namen von Firmen, die mir nichts sagten. Auf mein Klingeln reagierte niemand. Ich ging so nahe an die Eingangstüre, dass der Hauch meines Atems sich auf dem Glas niederschlug. Im Inneren herrschte gähnende Leere. Ein Informationsdesk, das mitten in der Halle vor den Liften stand, war leer. Die Tafeln, die als Wegweiser dienten, ebenso. Ich spazierte rund um das Gebäude. Die Rollläden der Büros waren heruntergelassen. Nur einer war ein Spaltbreit offen. Ich konnte eine moderne Schreibtischkomposition erkennen. Helles Blau mit Metallverzierungen. Dahinter ein Gestell für Aktenordner. Fünf knallig gelbe Ordner standen darauf. Auf dem Schreibtisch stand ein Computer. Er war nicht in Betrieb. Alles sah aus wie in einer Büroausstellung, kein transpirierender Mitarbeiter störte die keimfreie Atmosphäre. Bei der Vorstellung, dass in solchen Büros Tausende von Menschen ihrer Pensionierung entgegendämmerten, graute mir. Vielleicht war das aber auch ein Prototyp für das erste voll automatisierte Büro. Kollege

Maus und Kollegin Modem im Gespräch mit ihrem Vorgesetzten, dem stets gut gelaunten Server. Immerhin benötigte ein solcher Betrieb keine Richtlinien über die sexuelle Belästigung am Arbeitsplatz.

Ich ging auf die andere Straßenseite und betrat ein anderes Bürohochhaus, in dem reger Betrieb herrschte. Männer und Frauen eilten die Treppen rauf und runter, und aus den Lifts strömten die verschiedenen Alltagsdüfte. Eine dünne Blondine in knallengem Minirock lächelte mir zu und wackelte mit dem Hinterteil, als sie mich passiert hatte. Mehrere anerkennende Blicke folgten ihr. Ich tat so, als sei ich die Nummer 534 und hätte Anspruch auf mindestens fünf Stockwerke. Niemand fragte mich, was ich in dem Laden verloren hatte, und so erklomm ich Stockwerk um Stockwerk.

Im fünften Himmel gab es links eine Treuhandfirma, rechts ein Engineering-Büro und in der Mitte ein Büro für temporäre Stellenvermittlung. Da ich nichts hatte, das ich treuhänderisch weggeben konnte und auch an keinen elektronischen Entwicklungen interessiert war, entschied ich mich für die Stellenvermittlung. Eine solariumgebräunte Frau mit schweren silbernen Ohrringen und Fingernägeln wie Tigerkrallen übergab mir ein Formular und bat mich, es auszufüllen. Ich schaute mich um und sah, dass hinter ihrem Schreibtisch der Blick frei war auf das Gebäude, an dem ich mehr interessiert war als an einem neuen Job. Ich stand deshalb auf und wanderte zu dem Schreibtisch. Die Frau schaute mich fragend an, dabei bewegten sich die Ohrringe wie Weihnachtskugeln im Sturmtief. Ihre weit geöffnete Bluse ließ erkennen, dass sie einen roten BH trug. Mein Blick irritierte sie nicht, sie hatte nichts zu verstecken, und das wusste sie auch. Was sie mehr irritierte, war, dass ich mich auf die Zehenspitzen stellte und über sie hinweg schaute, was gar nicht so einfach war, weil die Sicht durch eine riesige Zimmerpflanze verdeckt war und ich zwischen zwei breiten Blättern hindurchschauen musste. Die Frau schaute mich an und drehte sich etwas zur Seite. Ich bemerkte, wie sie mich aus den Augenwinkeln beobachtete. Vermutlich war ich nicht der erste Spinner, der ihr über den Weg lief. Ihren ruhigen Bewegungen zufolge, schätzte sie mich als eher harmlos ein.

Im anderen Gebäude konnte ich nicht viel erkennen, weil die Sonne direkt auf die Fassade schien und mich blendete. Ich ging wieder einige Schritte zurück und schaute das Formular an. Schließlich winkte ich der Frau zu und sagte ihr, dass ich es mir anders überlegt hätte. Sie nickte nur und hob ihre Hand zum Gruß. Ich ging zwei weitere Stockwerke nach oben, hatte aber keine Lust, nette Menschen kennenzulernen. Das war die Spezialität des Partnervermittlungsbüros, das ihre Räume links der Treppe hatte. Die beiden anderen Firmen sahen auch nicht sehr vertrauenerweckend aus, deshalb mobilisierte ich alle verbliebene Puste und nahm noch ein Stockwerk in Angriff.

Nicht dass ich etwa klaustrophobisch bin, aber die Vorstellung, in einem fremden Gebäude mitten unter fremden Menschen im Lift steckenzubleiben, gehörte nicht zu meinen bevorzugten erotischen Phantasien. Auch die ältere Dame im neunten Stockwerk war kein Fall für meine Libido, dafür zeigte sie mir mit Vergnügen, wie sie sagte, ihre Fensterfront. Ich gab an, Fotograf zu sein, permanent auf der Suche nach der richtigen Optik. Das interessierte die Frau, fotografierte sie doch ebenfalls leidenschaftlich gerne. Sie bombardierte mich mit Linsen, Brennweiten und anderen interessanten Worten. Ich nickte nur und sagte, dass alles nur eine Frage der richtigen Belichtung sei. Die Dame nickte anerkennend und wollte wissen, ob ich auch für Illustrierte fotografiere. Ich sagte, dass ich zurzeit als Industriefotograf tätig sei, worauf sie erstaunt sagte, dass sie gar nicht gewusst habe, dass es so etwas gebe. Erleichtert nahm ich zur Kenntnis, dass ein paar Wolken der Sonne die Sicht versperrten und dafür meine eigene verbesserten. Was ich sah, lohnte die neun Stockwerke Strapaze allerdings keineswegs. Es war nämlich so gut wie nichts zu sehen. Die wenigen Büros, die nicht durch Rollläden von der Außenwelt abgeschirmt waren, sahen alle aus, als warteten sie seit Wochen vergeblich auf jemanden, der sie benutzte. Ich sah zwar diverse Einrichtungsgegenstände, aber niemand bewegte sich, kein Mensch war zu sehen. Die ältere Frau kramte aus ihrer Handtasche ein Foto hervor und hielt es mir unter die Nase. Es zeigt ihr Patenkind, schreiend in einer Wiege. Sie sagte, dieses Bild sage sehr viel über den Charakter ihres Patenkindes aus. Es sei irgendwie typisch. Ich nickte und gab ihr das Foto wieder zurück. Ehe sie mir noch weitere typische Bilder zeigen konnte, sagte ich, dass das Licht jetzt optimal sei und ich schleunigst meine Kamera holen müsse. Ich sah, wie sie aus dem Fenster schaute, auf den verhangenen Himmel und die schweren Tropfen, ein Gemisch aus Schnee und Regen, das auf die Straße klatschte.

40

Ich beobachtete das Haus während Stunden und stellte fest, dass in regelmäßigen Abständen in den Büros Lichter an- und ausgingen. Vermutlich waren Hunderte von Schaltuhren installiert, oder auf dem Dach thronte der Gott aller Hochhäuser und inszenierte sein ganz privates Lichtspektakel. Jasmin Weber hatte sich mittlerweile zu mir gesellt. Wir saßen in einem holländischen Teehaus, das schräg gegenüber dem Hochhaus lag und schlürften Tee, der wie ein Deodorant von Calvin Klein schmeckte. Als es 16 Uhr wurde, trennten sich unsere Wege. Wir gingen beide in entgegengesetzter Richtung rund um das Gebäude. Das Haus hatte vier Notausgänge. Wir platzierten uns so, dass wir alle Ausgänge und auch das Hauptportal im Blickfeld hatten. Eine weitere Stunde verging, ohne dass jemand das Bürohaus verließ oder betrat. Der Schneeregen war jetzt in heftiges Schneetreiben übergegangen. Ich sah wohl bereits aus wie ein verirrter Schneemann, der nach einer Rübe und einem Hut suchte. Als um 18 Uhr noch immer niemand herausgekommen war, ging ich zu Jasmin. Sie schüttelte sich und löste dadurch ein Schneebrett aus, das von ihrem Mantel in die Tiefe donnerte.

»Fehlanzeige«, sagte sie. »Entweder feiern die einen ganz speziellen Feiertag, oder es arbeitet niemand in dem Haus.«

»Die Büros sind alle gut eingerichtet, die Lichtshow ist perfekt. Man will uns vorgaukeln, dass in dem Haus gearbeitet wird. Die Frage ist nur, wozu?«

»Wozu wohl? Um etwas anderes zu tarnen.«

»Sehr gut kombiniert. Vielleicht werden im Keller des

Hochhauses kleine Mädchen geschändet, oder der Verteidigungsminister spielt mit seinen Truppen verbotene Spiele im Luftschutzbunker.«

»Hast du gesehen, dass innen alles elektronisch gesichert ist?«

»Wie sollte ich das sehen? Haben sie es angeschrieben?«

»Man kann alles nur mit einem Batch benutzen. Lift, Türen, wahrscheinlich auch die Klos. Ohne Plastik bist du da drin aufgeschmissen.«

»So viel Sicherheit für ein Geisterhaus?«

»Man müsste an einen Batch rankommen.«

»Wie sieht so ein Ding denn aus?«

»Wie eine Kreditkarte«, sagte sie. »Auf einem Magnetstreifen ist dein Name und dein Zutrittscode gespeichert. Wird heute auch in Luxushotels eingesetzt. Lässt sich besser ersetzen als verlorene Schlüssel und ist zudem individuell anpassbar. Es ist zum Beispiel möglich, dass du mit einem Batch nur während einer ganz bestimmten Zeit Zutritt zu einem Gebäude oder einem Büro hast. Wie aber kommen wir an so einen Batch ran?«

»Ich dachte, so etwas kannst du innert Minuten selber herstellen?«

»Einen Batch, um dir den Zugang zu meinem Hotelzimmer zu ermöglichen, wäre kein Problem, aber in ein bestehendes System reinzukommen, ist wesentlich schwieriger.«

»Typisch Informatiker. Wenn es einmal darum geht, ein echtes Problem zu lösen, versagen sie auf der ganzen Linie.«

Die Folgen meiner Worte hätte ich mir ausmalen können. Ein dicker runder weißer Ball flog mir entgegen. Wir veranstalteten eine kleine Schneeballschlacht, was bei den vorbeieilenden Passanten keineswegs auf Begeisterung stieß. Danach setzte ich mich erschöpft auf eine schneebedeckte Parkbank und streckte meinen ramponierten Rücken durch. Die Kälte spürte ich vor allem an den Füßen, die sich wie zwei Holzklötze anfühlten. Ich wollte Jasmin gerade vorschlagen, im Hotel ein heißes Bad zu nehmen, als ein Kleinbus vorfuhr und vor dem Bürohaus hielt. Eine Putzequipe in dunkelgelben Uniformen und schwarzen Mützen stieg aus und ging zum Hauptportal. Es waren zehn Leute, acht davon Frauen. Den magischen Batch hatte ein bärtiger Mann mit eingefallenem Gesicht. Ein Summen zeigte an, dass die Glastüre keinen Widerstand mehr leistete. Die Putzequipe passierte den Eingang problemlos. Ich wollte mich hinten anstellen, doch Jasmin hielt mich zurück. Der Bärtige wachte darüber, dass die Türe wieder zuging und stieg danach auf den Fahrersitz des Busses. Er fuhr durch das dichte Schneetreiben aus unserem Blickfeld. Wenig später fuhr ein anderer Bus vor. Das Prozedere wiederholte sich. Diesmal war der Fahrer ein gedrungener Südländer mit breitem Schädel. Die zweite Brigade trug ebenfalls dunkelgelbe Uniformen und schwarze Mützen. Ich las den Schriftzug auf dem Autobus und merkte mir den Namen der Putzfirma. Es wäre nicht nötig gewesen, Jasmin war gerade dabei, ihn aufzuschreiben. Wir hatten alles aus unmittelbarer Nähe verfolgt, standen unter einem Baum, schräg versetzt vor dem Hauptportal. Als auch der zweite Fahrer seinen Bus in das Schneetreiben lenkte, klopfte mir Jasmin auf den Wintermantel. Mindestens fünf Kilo Schnee plumpsten auf den Boden, der bereits von einer festen Schneedecke bedeckt war.

»Komm, lass uns abhauen.«

»Wieso? Jetzt wo endlich Stimmung in die Bude kommt?«

»Wir sollten zuerst überprüfen, ob es dieses Reinigungsinstitut tatsächlich gibt.«

Da hatte sie natürlich recht. Der Aufmarsch der Putzkolonnen ging so routiniert und geräuschlos über die Bühne, dass es mich nicht gewundert hätte, wenn sich unter den dunkelgelben Uniformen Geheimdienst-Elitetruppen versteckt hielten. Da die unteren Stockwerke im Dunkeln lagen, war kaum etwas zu sehen. Durch das Fenster des Hauptportals sah ich immerhin, dass die Anzeigen der Lifte aufleuchteten. Allerdings konnte man nicht sehen, in welche Stockwerke die Gelben fuhren. Es blieb uns wohl nichts anderes übrig, als nach einem geeigneten Hochsitz Ausschau zu halten.

Ich erzählte Jasmin von dem Haus gegenüber und der älteren Hobbyfotografin. Ein Blick hinter uns bestätigte, dass noch immer in verschiedenen Büros Licht brannte. Wir kamen problemlos durch den Haupteingang. Jasmin bestand darauf, den Lift zu nehmen. Sie lachte nur, als ich ihr von jenem Detektiv erzählte, der bei einer Personenüberwachung in einem Lift stecken blieb und seither trotz konditionellen Mängeln die Treppenhäuser bevorzugte. Der Lift fuhr uns problemlos in den neunten Stock. Das Büro der älteren eleganten Dame lag im Dunkeln, die Glastüre war aber nicht verschlossen. Wir öffneten sie und traten ein. Es war still. Links neben dem Schreibtisch, von dem aus ich am Nachmittag das Haus gegenüber im Sonnenlicht begutachtet hatte, war eine Tür halb offen. Ein trüber Lichtstrahl fiel wie ein schmales Dreieck auf den Boden. Die Geräusche, die aus dem anderen Raum zu uns drangen, waren eindeutig. Ich schaute zu Jasmin, doch diese schaute gebannt auf das Fenster, in dem sich leicht versetzt das spiegelte, was in dem anderen Raum die eindeutigen Geräusche verursachte. Man sah den muskulösen Körper eines jungen Mannes, der mit seinem Hinterteil an einem Tisch lehnte. Der Mann war nackt, sein Kopf mit den schulterlangen Haaren war nach hinten gebogen. Vor ihm kniete eine Frau, Schuhe mit hohen Absätzen waren zu sehen und eine glitzernde Seidenbluse. Der Kopf der Frau bewegte sich rhythmisch vor und zurück. Es gab keinen Zweifel, sie war gerade dabei, den jungen Mann mit dem Mund zu befriedigen. Jasmin hielt einen Handrücken vor den Mund, sie war kurz davor loszulachen. Die Hände der Frau streckten sich, sie berührte die große Brust des Mannes. Der stöhnte laut. Ich deutete mit dem Kopf nach hinten und machte vorsichtig einen Schritt rückwärts. Im selben Moment sah ich, wie in dem Haus gegenüber auf zwei Etagen das Licht anging. Die gelbe Putzkolonne schwärmte in die Büros aus. Sie hatten tatsächlich Staubsauger, Putzkarren und andere Geräte bei sich. Der junge Mann wurde jetzt noch lauter. Jasmins Blick wanderte von einer Fensterscheibe zur anderen. Durch die eine sah man die Putzequipe bei der Arbeit, und im anderen Fenster spiegelten sich die kniende Frau und der junge Mann, der sich jetzt wand vor Lust. Ich befürchtete schon einen Moment lang, dass er uns im Fenster sah, weil er kurz seinen Kopf hob, doch er war zu sehr mit dem beschäftigt, was ihm angetan wurde. Ich drängte Jasmin mit Blicken, das Büro zu verlassen, doch sie schüttelte den Kopf und zeigte auf das Fenster. Drüben sah man ein weiteres Stockwerk in grellem Licht. Außer den Putzleuten war niemand sonst zu sehen, die Büros sahen alle gleich aus: steril und unbenutzt. Jasmin zuckte zusammen, als im Nebenraum zu den heftigen Atemstößen ein lang gezogener stöhnender Seufzer hinzukam. Jetzt war auch die Frau zu hören, auch sie stöhnte. Leiser, aber nicht minder lustvoll. Gegenüber gingen auf dem obersten Stockwerk alle Lichter aus. Im Nebenraum war Erleichterung zu hören. Ich sah, wie die Frau aufstand und dabei den Bauch und den Brustkorb des Mannes küsste. Der fasste die Frau an den Haaren und zog leicht daran.

Jetzt zupfte Jasmin mich am Ärmel. Wir gingen so leise wie möglich aus dem Büro. Wir erschraken, als sich der Lift in Bewegung setzte und summend nach unten fuhr. Instinktiv eilten wir zur Treppe, stiegen ein paar Stufen nach oben. Wenig später öffnete sich die Lifttür, und ein weißhaariger Mann mit einem schwarzen Spazierstock trat hinaus. Er ging geradeaus in das Büro, in dem sich der junge Mann und die Frau vergnügt hatten. In meinem Beruf entwickelt man ein untrügerisches Gespür dafür, wenn Ärger im Anzug ist. Ich war auf einiges gefasst, nicht aber auf das, was sich wenig später abspielte. Der Mann mit dem Spazierstock und die Frau, die eben noch kniete, kamen gemeinsam aus dem Büro. Die Frau küsste den Mann und umarmte ihn. Es war die Hobbyfotografin. Mit offenen Haaren und gelöstem Blick sah sie attraktiver aus als am Nachmittag, auch wenn sie in der Zwischenzeit nicht jünger geworden war. Hinter den beiden erschien jetzt auch der junge Mann, nicht älter als 25, braun gebrannt, groß und in Lederklamotten. Die Frau schloss die Glastüre ab und bedankte sich bei dem jungen Mann. Der Weißhaarige nickte dem jungen Mann zu und wandte sich dann der Frau zu. Der junge Mann fuhr mit dem Lift nach unten, während die beiden anderen warteten. Sie schwiegen, die Frau atmete noch immer schneller als normal. Sie überprüfte ihre Kleidung, ihr Begleiter starrte auf die Liftanzeige. Als sich die Lifttür wieder öffnete, betraten die beiden den Aufzug und fuhren nach unten. Jetzt konnte Jasmin ihr Lachen nicht mehr zurückhalten.

»Ich habe gar nicht gewusst, dass das Nachtleben in öden Bürohochhäusern so interessant sein kann«, sagte sie. »Glaubst du, dass die beiden verheiratet sind? Hat er ihr den Jüngling vielleicht zum Geburtstag geschenkt?«

»Schon möglich. Ist sicher aufregender als ein neuer Mixer.«

»Langsam verstehe ich, weshalb man als Schnüffler kein ordentliches Privatleben mehr hat. Erlebst du öfter solche Sachen?«

»Hast du heute deine voyeuristische Ader entdeckt, Jasmin? Wenn du willst, leite ich zukünftig alle gehörnten Ehegatten in dein Büro um.«

»Danke, aber auf die Dauer würde ich das nicht ertragen.

Hast du gesehen, wie fleißig sie gegenüber waren? Das sind Profis, eine echte Putzequipe.«

»Dann wissen wir ja, wie wir morgen in das Haus reinkommen.«

»Gelb, mit schwarzer Mütze?«

»Genau.«

»Du willst doch nicht etwa ein Eigentumsdelikt begehen?«

Sie schaute mich neckisch an, wie eine Braut, die erstmals feststellt, dass ihr Mann auch noch andere Dinge als Rülpsen und 0815-Sex beherrscht. Wir nahmen den Lift und blieben prompt im vierten Stockwerk hängen. Ich fluchte und hämmerte gegen die Tür, als sich das Ding wieder in Bewegung setzte. Jasmin hatte nur stumm nach oben geschaut und sich wohl überlegt, wie sie eine Nacht ohne Gummibärchen überstehen würde. Als hätte sie meine Gedanken erraten, kramte sie aus ihrer Tasche zwei gelbe Bärchen hervor und warf sie schwungvoll in den Mund.

41

Am nächsten Morgen besuchten wir das Reinigungsinstitut und fragten, ob wir für Filmaufnahmen zwei Uniformen ausleihen dürften. Nachdem man uns lange warten ließ und mehrere Personen befragt werden mussten, bis die Kompetenzfrage geregelt war, kam uns ein junger Geschäftsführer federnden Schrittes entgegen und fragte, für welche Fernsehsendung wir arbeiteten. Jasmin Weber nannte eine Sendung, die ich noch nie gesehen hatte, die aber dem Geschäftsführer bekannt war und seine Augen zum Blitzen brachte. So viel Gratiswerbung würde in der Direktion sicher ganz toll ankommen. Er begleitete uns persönlich ins Lager und zeigte uns die scheußlichen Anzüge. Als wir zustimmend nickten, fragte er uns, ob wir auch noch ein Transparent mit dem Firmenlogo mitnehmen wollten. Es waren viele beschwichtigende Worte nötig, um ihn von der Schnapsidee abzubringen, eigens für uns das Firmenlogo etwas größer auf die Anzüge zu bringen. Jasmin fragte, wo sie die Anzüge quittieren solle. Der Geschäftsführer rieb sich die Hände und sagte, das komme gar nicht infrage, die Anzüge seien geschenkt, das Fernsehen könne sie doch sicher für Serienfilme verwenden. Vermutlich dachte er bereits an eine 100-teilige Serie mit dem Titel *Abenteuer Putzkolonne,* die ihn auf den Vizepräsidentenstuhl des Putzinstitutes katapultieren würde. Ich tat so, als sei ich der mürrische Assistent, der bei jeder Fernsehproduktion dazugehörte und brummte vor mich hin, als Jasmin die Anzüge begutachtete. Nach einer schier endlosen Quatscherei über Fernsehserien, bei der ich erstaunt feststellte, dass Jasmin viele Helden aus dem Reich der Seifenopern namentlich kannte, verflachte die Konversation immer mehr, bis nur noch Gemeinplätze übrigblieben und sich der Geschäftsführer noch etwas heftiger die Hände rieb. Schließlich hielt er uns seine erhitzte Hand hin und verabschiedete sich mit einem schlaffen Händedruck. Wir verstauten die Anzüge und die Mützen in eine Tasche und verbrachten den Rest des Tages mit einem Stadtbummel und einem Besuch auf dem Bundesplatz. Dort tummelten sich ein paar hundert Demonstranten. Sie forderten auf Spruchbändern Klarheit über die Hintergründe der Bundesratsrücktritte. Einige warnten sogar vor einer kommenden Diktatur, und eine Gruppe von Frauen forderte eine Frauenquote für die Regierung. Jasmin sah dem Treiben belustigt zu und erzählte mir, dass eine Frau, die sie von früher kannte, der Ansicht sei, dass die Welt nur deshalb so im Elend sei, weil sich die feministische Sprachregelung noch nicht durchgesetzt habe. Die Welt, meinte Jasmin fröhlich, ist nicht am Arsch, sondern an der Ärschin.

Vorne auf dem Bundesplatz wurde ein Mikrophon installiert. Es pfiff und jammerte wie einst bei Jimmy Hendrix. Ein Idiot klopfte an das Mikrophon, was verstärkt wie eine Bombenexplosion klang. Zur allgemeinen Erheiterung schrie eine krächzende Stimme die Frage über den Platz, ob man sie gut verstehen könne. Ein Politiker wurde auf das Podest gehievt. Er begann mit einer grundsätzlichen Erklärung, was die Frauengruppe zu einem Sprechchor animierte. »Mehr Frauen, mehr Frauen.« Die anwesenden Männer jubelten, was ich ihnen nicht verübeln konnte. Hinter uns rief ein junger Mann laut »geil«, eine Frau pflichtete ihm bei. Die darauffolgende Diskussion zwischen den beiden war auch nicht viel aufschlussreicher. Der Mann auf dem Podest war bei den Vorzügen der direkten Demokratie angelangt. Niemand schien sich für den kostenlosen Staatskundeunterricht erwärmen zu können. Die Frauengruppe forderte eine gewisse Politikerin auf, endlich das Wort zu ergreifen. Als besagte Frau tatsächlich in der Nähe des Podestes geortet wurde, brach Jubel aus. Der Mann auf dem Podest missverstand dies und bedankte sich für den warmen Applaus und die laute Zustimmung. Als er wegtreten wollte, riss er das Mikrophon mit, ein ohrenbetäubendes Pfeifen gefolgt von einem Knall übertönte sogar die Frauengruppe. Ein langhaariger Mann hechtete auf die kleine Bühne und versuchte das Mikrophon wieder aufzurichten. Ein anderer Redner schritt mit einem Blatt Papier zum Pult und begann, ungeachtet des defekten Mikrophons, zu sprechen. Man verstand kein Wort, man sah nur die grotesken Gesten des Redners, der seine Arme und Hände wie ein drittklassiger Dirigent benutzte. In der Zwischenzeit fuhr ein kleiner Laster auf den Bundesplatz. Auf dem Wagen waren große Lautsprecher montiert. Musik erklang. Einige Demonstranten klatschten und begannen, mit den Füßen zu wippen. Vorne redete der Mann stur weiter, während das Publikum entweder enttäuscht den Platz verließ oder sich ganz der eingängigen Musik hingab. Jasmin hakte sich bei mir unter und zog mich weg, bis wir in einer gemütlichen Pizzeria landeten. Wir hatten noch zwei Stunden Zeit, bis wir in unsere gelben Anzüge schlüpfen mussten.

42

Wir versteckten uns hinter einem Container und warteten. Mein Anzug war etwas zu klein geraten, er schnitt unter den Achselhöhlen in das Fleisch, und die Ärmel reichten mir bis knapp über den Ellbogen. Die alberne Mütze war dafür zwei Nummern zu groß. Jasmins Anzug passte wie angegossen. Ich rätselte, ob sie irgendeiner Normgröße für Putzpersonal entsprach. Bei dem ersten Bus gelang es uns nicht, uns unauffällig unter die arbeitende Bevölkerung zu mischen. Der Aufseher mit dem Batch schaute sich argwöhnisch um und glotzte dabei mehrmals rüber zu dem Container, hinter dem wir uns duckten. Jasmin hatte es fertiggebracht, in einer neuartigen Yogastellung ihren Kopf knapp über dem Erdboden abzustützen und unter dem Container hindurchzuschauen. Ich begnügte mich mit einem Blick auf die andere Straßenseite, wo ich auf der Scheibe eines parkierten Wagens einigermaßen mitbekam, was sich vor dem Hauptportal abspielte. Ich überlegte, was wir falsch gemacht hatten, denn so kamen wir niemals unauffällig in das Gebäude rein. Nachdem der erste Bus wieder weggefahren war, berieten wir uns.

Als der zweite Bus auf dem Trottoir hielt, preschten wir hinter dem Container hervor und duckten uns hinter dem Heck des Busses. Der Fahrer stieg aus, und die mittlere Tür öffnete sich ebenfalls. Die Equipe stieg aus, wir erhoben uns und folgten den Gelben. Ich hoffte, dass der Fahrer seine Schäflein nicht zählte und ihnen auch nicht allzu genau in die Augen sah. Als ich den gelangweilten Blick des Mannes sah, beruhigten sich meine Nerven. Ich sah, dass er in seinem linken Ohr einen Kopfhörer stecken hatte, dessen Kabel zu seiner Jackentasche führte. Wir konnten problemlos in das Gebäude spazieren. Die anderen beachteten uns nicht, nur eine dunkelhäutige Frau sah sich kurz zu Jasmin um und nickte. Jasmin nickte zurück. Das war es dann auch schon. Als die anderen in den Lift stiegen, schauten wir uns kurz an und stiegen ebenfalls ein. In unserem Lift waren neben Jasmin und mir noch vier andere, alles Frauen. Eine war so breit, dass sie die zwei, die hinter ihr standen, fast vollständig verdeckte. Ich wunderte mich darüber, wie die Frau in den gelben Anzug gekommen war. Sie schaute ihre Finger an und begann, mit dem Zeigefinger in der Nase zu bohren. Die beiden Frauen hinter ihr kicherten. Sie sahen aus wie Türkinnen und waren es wohl auch. Ich war überrascht, dass der Lift überhaupt funktionierte, denn niemand hatte einen Batch hineingesteckt. Die dunkelhäutige Frau, die Jasmin zugenickt hatte, war im Licht der Neonröhren gar nicht mehr so dunkelhäutig. Sie fragte Jasmin, ob sie zum ersten Mal auf dieser Tour sei. Jasmin nickte. Die Frau, dem Akzent nach aus dem ehemaligen Jugoslawien, winkte mit einer Hand ab. Das sei keine schwere Arbeit. Jetzt streckte sie ihr eine Hand hin und sagte, dass sie Dolana heiße. Im achten Stockwerk schwärmte die Brigade aus und holte aus Abstellräumen die Putzkarren und riesige runde Staubsauger. Jasmin und ich standen ein wenig hilflos herum. Dolana winkte Jasmin zu, und Jasmin winkte mir zu. Dolana lachte, als sie sah, dass ich irgendwie zu Jasmin gehörte. Sie drückte mir einen Staubsauger in die Hand und führte mich in ein großes Büro, in dem drei Schreibtische standen. Dolana zeigte auf den Fußboden.

»Alles sauber«, sagte sie. »Ist immer alles sauber hier. Aber müssen doch immer putzen. Hier arbeiten doch niemand. Schau, da. Papierkorb leer. Keine Zigaretten in Aschenbecher, keine Flecken von Kaffee auf Teppich. Alles wie neu.«

»Wie lange machen Sie hier schon sauber?« fragte Jasmin.

»Oh, lange«, sagte Dolana. »Über ein Jahr. Jeden Tag, auch Wochenende. Gut bezahlt am Wochenende. Nicht schwere Arbeit. Aber Chef will, dass alles wir putzen. Da, du sehen? Kein Staub auf Fenster. Und du riechen? Kein Geschmack in Luft. Menschen immer riechen, auch mit Klimaanlage. Hier keine Menschen. Nur Maschinen. Aber jetzt müssen weiter. Chef sagt, nicht mehr als eine putzen in eine Büro.«

Sie zeigte auf mich und winkte mich heftig nach draußen. Ich folgte ihr. Sie wies mir ein kleineres Büro und einen kleineren Staublappen zu. Ich wartete, bis Dolana im nächsten Büro verschwunden war und ging dann zurück zu Jasmin. Wir eilten ans Ende des Flurs und öffneten die Tür zum Treppenhaus, problemlos, ohne Batch. Ich schaute auf die Uhr. Wir hatten genügend Zeit. Wir gingen die Treppe hinunter bis in den ersten Stock und nahmen uns die Büros vor. Jasmin startete als Erstes einen der installierten Computer.

»Sieht aus wie frisch ab Werk. Das Betriebssystem ist installiert und ein paar Standardprogramme, aber es hat keine Dateien von einem Benutzer, nichts, das darauf hindeuten würde, dass mit dem Gerät gearbeitet wird. Einige wichtige Dateien sind seit über einem Jahr nicht verändert worden. Hier arbeitet niemand.«

»Aber es muss doch in diesem Haus irgendein Büro geben, dass ab und zu benutzt wird.«

»Wir haben ja eine Nacht lang Zeit, um das herauszufinden.«

»Du willst doch nicht etwa hier übernachten?« fragte ich entsetzt.

»Warum nicht? Wenn wir schon mal drin sind, sollten wir das auch ausnutzen.«

»Und wenn uns der Nachtwächter beim Liebesspiel überrascht und uns auf der Stelle erschießt?«

»Glaubst du, dass da drüben wieder eine orale Phase begonnen hat?«

Sie zeigte auf die geschlossene Jalousie. Es war eine stabile Metallkonstruktion. Ich ging zum Fenster und öffnete die Lamellen einen Spaltbreit. Ich schaute auf das gegenüberliegende Haus. Alle Büros waren dunkel. Hinter mir hörte ich Jasmin Schubladen öffnen und wieder schließen.

»Nichts, absolut nichts«, sagte sie. »Keine Papiere, keine Notizen, keine Büroklammern, die in der Schublade herumliegen, kein Kleingeld, keine Briefmarken. Hier arbeitet niemand.«

»Tja, dann hätten wir jetzt immerhin schon etwa 0,5 Prozent der vorhandenen Büros durchkämmt.«

Wir teilten uns auf und durchsuchten ein Büro nach dem anderen. Es war überall das Gleiche. Normeinrichtungsgegenstände, neue, ungebrauchte Computer. In den Wandschränken hingen jeweils zwei Kleiderbügel. Als wir eine Pause machten, fiel uns die Stille auf, selbst die Klimaanlage war auf Flüsterton eingestellt. Die Atmosphäre erinnerte mich an das Büro, in dem ich Urs Imhasli von der Stange geschnitten hatte.

»Unheimlich«, sagte Jasmin, »findest du nicht auch? In unseren Büros hörst du immer etwas, Wasserleitungen, Schritte. Aber hier? Wie in einer Geisterstadt.«

Das nächste Stockwerk bewältigten wir in der Hälfte der Zeit, ebenfalls ohne Erfolg. So ging es weiter, bis wir im vierten Stock leise Erschütterungen hörten. Die Putzequipe war an der Arbeit. Wir setzten uns ins Treppenhaus und warteten. Jasmin stützte den Kopf auf ihre Hände. Plötzlich stand sie auf. Ein Gummibärchen war fällig.

»Die geben sich wirklich Mühe. Zwanzig Leute, um ein Haus zu putzen, in dem sich selbst Howard Hughes wohlgefühlt hätte.«

»Moment mal.«

Ich stand ebenfalls auf. Es gibt Momente im Leben, da knallt einem eine Erkenntnis richtiggehend durch den Kopf und verursacht Schwindelgefühle. Das war einer dieser Momente. Ich hielt mich an Jasmin fest. Sie ließ es sich gefallen.

»Wo ist die zweite Brigade?« fragte ich.

»Da draußen. Soll ich sie ins Treppenhaus holen?«

»Nicht die, die andere. Die mit dem ersten Bus kam.«

»Keine Ahnung. Wahrscheinlich noch einen Stock höher.« Der Kopf eines Gummibärchens schaute zwischen ihren Zähnen hervor. Sie biss ihn ab und holte den kleinen Kopf mit der Zunge in den Mund zurück.

»Nicht schlecht, Mister Holmes. Brigade eins ist verschwunden. Darauf willst du doch hinaus, oder?«

»Allerdings. Wir fuhren nach oben in den achten Stock. Das Haus hat neun Stockwerke. Wenn Brigade eins ganz oben begann, weshalb sollte Brigade zwei im achten Stock beginnen? Sinnvoller wäre es doch, Brigade zwei beginnt im ersten Stock und die beiden treffen sich in der Mitte.«

»Vielleicht will der Chef aber, dass alles zweimal geputzt wird.«

»Dann müsste Brigade eins jetzt über uns sein.«

Wir gingen nach oben. Funkstille. Auch im sechsten und siebten Stock rührte sich nichts. Im achten trafen wir ebenfalls niemanden an. Dann war die Treppe zu Ende. Der Weg in den neunten Stock war versperrt. Jasmin ging zum Lift.

»Im Fahrstuhl gibt es einen Knopf für den neunten Stock«, sagte sie.

»Wenn sie geschickt sind, dann funktioniert er nicht. Es könnte sonst passieren, dass Brigade zwei aus Versehen ins Allerheiligste hochsteigt.«

»Aber im neunten Stock war gestern nichts, als wir herüberschauten«, sagte Jasmin. »Es war dunkel. Niemand war da, keine Brigade eins.«

Da hatte sie recht. Wir gingen zum Lift. Jasmin ging in

die Knie und kontrollierte die Lichtschranke. Sie suchte auch die Decke ab. Ich fragte nicht, wonach sie suchte. Der Knopf mit der Nummer neun brachte uns tatsächlich in den neunten Stock. Wir schauten uns das Stockwerk genau an, konnten aber keine Geheimtüren, Verliese oder unsichtbaren Aufzüge finden. Es sah genauso aus wie auf den anderen Stockwerken. Ich atmete tief durch und ließ mich in einen der fabrikneuen Bürosessel plumpsen.

»Rekapitulieren wir«, sagte ich. »Brigade eins bestieg den Lift, das habe ich gestern eindeutig und heute ansatzweise gesehen. Wohin auch immer sie gefahren sind, es ist anzunehmen, dass sie mit dem Lift auch wieder verschwinden werden.«

»Das klingt nach einer langen unvergesslichen Nacht.«

Wir überlegen uns, welches Stockwerk das strategisch beste für unsere Warterei sein könnte, einigten uns schließlich darauf abzuwarten, bis Brigade zwei das Gebäude wieder verlassen hatte. Das war zwei Stunden später der Fall. Wir richteten uns in einem kleinen Raum hinter dem Informationsdesk in der Eingangshalle einigermaßen gemütlich ein und warteten.

43

Um vier Uhr morgens war von der Putzbrigade eins noch immer nichts zu sehen. Wir wechselten uns bei der Wache ab wie alte Kameraden. Jasmin vergnügte sich zwischendurch auf einem der herumstehenden Computer. Ich ging von Büro zu Büro und betrachtete andächtig das leichte Schneetreiben vor dem Haus, das stündlich dichter wurde. Die Gefahr, dass wir in dem Haus überwintern mussten, weil wir nicht mehr durch das Hauptportal ins Freie kamen, bestand durchaus. Ich hatte mich bereits so an den engen gelben Anzug gewöhnt, dass ich mir durchaus vorstellen konnte, in einem nächsten Leben leer stehende Büros zu putzen oder als Teil der Putzbrigade eins verschollen in den labyrinthartigen Gängen des Hauses auf eine wie auch immer geartete Erlösung zu warten.

Punkt 4 Uhr 15 kam mir ein Gedanke, der unsere ganze Warterei mit neuen Spekulationen erfüllte. Ich drückte eine Taste und die Lifttür öffnete sich elegant. Ein Blick auf die verschiedenen Knöpfe bestätigte meinen Verdacht. Jasmin hatte sich zu mir gesellt. Sie sah in dem Kunstlicht auch nicht sehr erfrischend aus, was meine persönliche Eitelkeit wieder etwas befriedigte, kam ich mir doch beim Anblick meines Gesichtes im Spiegel wie in einem Film über skorbutkranke Seeleute vor. Ich zeigte auf die leuchtenden Ziffern im Lift.

»Wir haben uns so auf das 9. Stockwerk konzentriert, dass uns gar nicht aufgefallen ist, dass dieser Lift nur nach oben, nicht aber ganz nach unten fährt.«

»Tatsächlich. Ein Hochhaus ohne Keller. Das ist seltsam.«

»Keller, Tiefgarage, Luftschutzbunker, das darf gar nicht fehlen, das gehört zu so einem Haus.«

»Die Treppe geht aber auch nicht weiter hinunter.«

»Dann wissen wir jetzt, wo Brigade eins steckt.«

»Im Keller. Wie kommen wir da runter?«

»Soll ich uns Presslufthammer und Spaten besorgen?«

»Die Brigade stieg in den Lift und fuhr nach oben. Es muss also einen Weg von den oberen Stockwerken in das Untergeschoss geben.«

»Allerdings«, sagte ich. »Und wir werden ihn auch finden.«

Das war allerdings leichter gesagt als getan. Die Treppe ging ebenfalls nur in eine Richtung, nach oben. Da, wo sie in den Keller abgezweigt wäre, war nur hellgrauer Beton zu sehen. Es gab auch keine zweite Treppe. Wir durchkämmten noch einmal die neun Stockwerke. Meine Beinmuskeln schmerzten so sehr, dass ich mich zwischendurch auf den Oberschenkeln abstützte, ein Bein nach dem anderen lockerte und es sogar mit einbeinigem Hüpfen versuchte, was allerdings nur zur Folge hatte, dass meine Waden auch noch wehtaten. Das Haus wurde immer mehr zu einer jener schmerzhaften Erfahrungen, die man später seinen Enkelkindern als prägend fürs Leben erzählte. Als wir uns wieder im fünften Stock trafen, war ich drauf und dran, am nächsten Morgen zum Berufsberater zu gehen und mir eine neue Tätigkeit auszusuchen. Jasmin machte Stretchingübungen und dachte dabei laut nach.

»Wir müssen alles noch einmal durchkauen«, sagte sie. »Die Putzequipe zwei hat offensichtlich den Auftrag, vom 8. Stock bis ins Erdgeschoss sauber zu machen. Weshalb aber nicht den 9. Stock?«

»Ganz einfach, weil im neunten das Geheimnis der unsichtbaren Keller verborgen ist.«

»Genau das denke ich auch.«

»Wir haben das neunte Stockwerk aber bereits ein halbes Dutzend Mal durchgekämmt. Es gibt nichts, aber auch gar nichts, was sich darin von den anderen Stockwerken unterscheidet.«

»Bingo.«

»Was soll das denn heißen?«

»Es ist der Lift. Komm.«

Sie war plötzlich wieder beneidenswert frisch, während ich mich Meter um Meter vorwärtskämpfte, bis ich erschöpft vor dem Lift stehen blieb.

Sie holte den Lift, und wir stiegen ein. Die Fahrt in den 9. Stock war angenehm entspannend. Die Tür ging auf, doch Jasmin hielt mich zurück.

»Jetzt kommt es.«

»Was denn? Das UFO, das uns in den Keller fliegt? Oder die Klingonen, die uns in eine andere Galaxie entführen?«

»Abwarten«, sagte sie.

Die Tür schloss sich wieder. Jasmin atmete tief durch und drückte noch einmal die Taste mit der Zahl 9. Anstatt die Tür zu öffnen oder einfach stehenzubleiben, was jeder dumme Lift in einer solchen Situation getan hätte, setzte sich der Fahrstuhl in Bewegung. Jasmin jubelte und zählte mit. Ich schaute mir die Zahlen auf der Anzeigetafel an. Tatsächlich fuhr der Lift über das Erdgeschoss hinaus. Die Fahrt dauerte beinahe doppelt so lange. Wir waren drauf und dran, zum Mittelpunkt der Erde vorzustoßen. Dann hielt der Lift. Es dauerte unerträglich lange, bis sich die Türe ruckartig öffnete. Vor uns lag ein blauer Teppich und ein langer Flur. Im Hintergrund hörte man Musik, die aus Lautsprechern in den Flur rieselte. Wir gingen zwei Schritte vorwärts, sofort schloss sich die Lifttür hinter uns. Jasmin drehte sich um, wollte die Taste des Liftes drücken, doch an der Wand hatte es keine Taste. Sie zuckte die Schultern, und ich drückte die Faust gegen meine Wirbelsäule. Es tat höllisch weh, aber die Verkrampfung löste sich danach ein wenig.

Wir gingen den Flur entlang bis zum ersten Raum, der links des Flures lag. Er war eingerichtet wie die Büros in den oberen Stockwerken, allerdings mit dem Unterschied, dass in dem Büro tatsächlich jemand arbeitete. Ein Papierkorb war voll mit Papieren, und auf dem Computerbildschirm flackerten bunte Moirémuster. Der Schreibtisch war voll mit Büromaterial. Kugelschreiber, Resten eines Sandwiches. Auch im nächsten Büro trafen wir auf ähnliche Anzeichen eifriger Geschäftstätigkeit. Wir waren ganz offensichtlich im ersten Untergrundbüro der Stadt Bern gelandet. Weiter vorne hörten wir Stimmen. Ein Mann und eine Frau, in den gleichen albernen Anzügen, wie wir sie trugen, kamen direkt auf uns zu. Ich schaute zu Jasmin, sie schaute zurück. Die Waffe hatte ich nicht dabei: Jasmin ahnte wohl, was ich dachte, sie bewegte eine Hand leicht vor und zurück, um mir zu signalisieren, dass ich mich ganz ruhig verhalten solle. Die beiden sahen uns an, nickten mit dem Kopf und verschwanden in dem Büro, in dem wir die Reste des Sandwiches geortet hatten. Jasmin sah mich erleichtert an und ging weiter den Flur entlang.

In den Büros, an denen wir vorbeikamen, arbeiteten Männer und Frauen. Einige trugen gelbe Anzüge, andere ganz normale Straßenkleidung. Sie sahen weder aus wie Außerirdische, noch schienen sie einer Sekte anzugehören, oder Mitglieder einer extremistischen Partei zu sein. Das Bild, das sich uns bot, unterschied sich nicht vom Büroalltag irgendeiner Versicherungsgesellschaft. Nur mit dem Unterschied, dass hier auch nachts gearbeitet wurde und sich alles 20 Meter unter der Erde abspielte. Es gab keine Sicherheitskräfte, die uns mit Maschinenpistolen oder Mundgeruch bedrohten, niemand stellte uns unangenehme Fragen. Nicht einmal ein Kaffee wurde uns angeboten, worauf normalerweise selbst Kriegsgefangene Anspruch haben. Man behandelte uns so, als würden wir dazugehören. Ganz hinten im Flur führte eine Treppe nach oben. Wir kamen der Meereshöhe etwas näher, waren aber noch immer in den geheimen Zonen des Hauses. Es bot sich uns das gleiche Bild. Arbeitende Menschen am Computer. Sie schauten kurz auf, wenn wir in ihr Büro blickten, einige grüßten, andere schwiegen. Noch einmal führte uns die Treppe näher ans Tageslicht. Diesmal veränderte sich das Bild ein wenig. Im vorderen Teil des Flures lag die Datenverarbeitungsanlage. Ein großer Raum, in dem die Ventilatoren einen enormen Lärm verursachten. Zwei Männer kontrollierten die Maschinen und schauten sich lange Computerausdrucke an. Neben diesem Raum gab es noch andere, ebenfalls größere Räume. Zwei Sitzungszimmer, komfortabel eingerichtet. Weiter hinten sah man Frauen und Männer, die Computer und Einrichtungsgegenstände in große Kisten verpackten. Ein Mann mit dünnem Schnurrbart und lauter Kommandostimme dirigierte den Abtransport der Möbel. Wir schlängelten uns an den Kisten und Arbeitern vorbei und landeten bei den vordersten Räumen dieses Untergeschosses. Raum eins war ein Aufenthaltsraum mit Kaffeemaschine, Getränkeautomaten und mehreren Mikrowellengeräten. Zwei Frauen waren gerade dabei, von einem Plastikteller Nudeln zu essen. Meinem Magen tat der Anblick gut, und auch Jasmin seufzte, als wir in den Raum schauten.

Der letzte Raum auf der Etage hatte es in sich. Es war eine Art Fernsehzimmer. Eingerichtet mit einem Ledersofa, einem Lederhocker, um bequem die Füße hochzulagern, und einem großen Fernseher, auf dem eine der Serien lief, welche die Privatsender rund um die Uhr auf die Konsumenten loslassen. Auf dem Ledersofa saß ein alter Mann. Er blickte müde auf das Fernsehbild, die Finger seiner linken

Hand trommelten einen eigenen Rhythmus auf das Lederpolster des Sofas. Der alte Mann war niemand anders als Bernhard Bader. Er erkannte uns nicht gleich, nickte aber lächelnd, als wir den Raum betraten. Dann wich sein Lächeln einem unsicheren Fragezeichen, das sich von seinen Mundwinkeln bis hinter die Ohren ausbreitete. Ich stellte mich vor den Fernseher und sah ihn an.

»Guten Morgen, Herr Bader«, sagte ich.

»Sie? Arbeiten Sie jetzt auch hier?«

»Die Polizei sucht Sie.«

»Das stimmt nicht. Niemand sucht mich. Das war ein Missverständnis.«

»Der Mord an Sebastian Steiner war ein Missverständnis?«

»Hören Sie doch endlich auf mit dieser Geschichte. Ich bin genug gestraft. Meine Frau ist tot. Und meine Arbeit kann ich hier auch nicht fortsetzen. Dabei habe ich Kontakte zu einer Frau, die als einzige eine Schiffskatastrophe vor Kap Hoorn überlebt hat. Die Frau ist wichtig für meine Untersuchungen. Aber das verstehen Sie nicht. Ich bin nahe dran, müssen Sie wissen. Es gibt einen Schlüssel für die Katastrophen dieser Welt. Ich werde es allen beweisen. Katastrophen sind keine unvorhersehbaren Ereignisse. Nichts ist unvorhersehbar. Nicht mehr. Dank mir.«

Er drückte eine Taste der Fernbedienung und schaltete damit den Fernseher ab. Jasmin war wieder einige Schritte zurückgegangen, um den Flur im Auge behalten zu können. Ich setzte mich neben Bader. Meine Beine reagierten auf die Entlastung mit einem brennenden Schmerz. Bader trank aus einem Glas Rotwein. Er bot mir ebenfalls ein Glas an. Ich lehnte ab, weil ich befürchtete, nach einem Glas Wein endgültig das Zeitliche zu segnen, so elend fühlte ich mich in jenem Moment.

»Jetzt, wo wir hier so gemütlich zusammensitzen«, sagte

ich, »können Sie uns doch verraten, was Sie mit dem Knaben gemacht haben.«

»Ich bin niemandem Rechenschaft schuldig. Niemandem. Mein Leben lang habe ich Kindern und Jugendlichen das Rüstzeug für das Leben mit auf den Weg gegeben. Ich war ein guter Lehrer.«

»Das bezweifelt auch niemand. Sie haben aber mindestens einen Menschen auf dem Gewissen.«

»Was wissen Sie schon? Schauen Sie sich die Welt an. Wissen Sie, wie viel Männer, die weltweit an der Macht sind, Blut an den Händen haben? Zieht man diese Männer zur Rechenschaft? Nein. Man feiert sie, man lädt sie ein zu Staatsempfängen. Was bin ich im Vergleich zu diesen Männern?«

»Sie sind nur ein kleiner fieser Mörder, Herr Bader«, sagte Jasmin.

»Ach, hören Sie doch auf. Niemanden interessiert das. Einzig Sie machen sich darüber Gedanken. Unnötige Gedanken. Für alle anderen gibt es keinen Mörder, der frei herumläuft. Wenigstens nicht in diesem Fall. Brustmann hat die Knaben ermordet. Alle glauben das. Manchmal glaube ich es sogar selbst. Das ist die Macht der Medien. Was die verbreiten, ist die Wahrheit, und wenn es nicht die Wahrheit ist, dann wird sie zur Wahrheit. Früher oder später wird alles, was in den Medien verbreitet wird, zur Wahrheit. Es gibt nur noch eine Wahrheit. Und das ist die Wahrheit der Medien. Was auch immer Sie für richtig oder falsch halten, es taugt nur etwas, wenn es in den Medien bestätigt wird. Fragen Sie heute jemanden nach seiner Meinung, dann schaltet er den Fernseher ein und schaut sich an, was die Sender zu sagen haben. Nicht das Medium ist die Botschaft, nein, das Medium ist das Ereignis, die Realität. Tote, irgendwo auf dieser Welt, werden nur dann wahrgenommen, wenn eine Kamera sie zeigt. Nirgendwo steht oder wird erzählt, dass ich ein Mörder bin. Brustmann ist vor den Medien der Täter. Also ist er tatsächlich der Täter.«

Wie um das zu untermauern, schaltete er wieder den Fernseher ein. Die Uhr auf dem Bildschirm zeigte an, dass es bereits sieben Uhr morgens war. In einer Sonderausgabe der Nachrichtensendung wurde bekannt gegeben, dass für die anstehenden Ersatzwahlen in den Bundesrat überraschend zwei Kandidaten in die engere Wahl kamen, die man auf der politischen Bühne kaum kannte. Man zeigte die Bilder eines Mannes und einer Frau, die ich noch nie zuvor gesehen hatte. Der Kommentator sprach von zwei politischen Leichtgewichten, doch mache es den Anschein, dass sich im Parlament eine Mehrheit finden ließe, welche diese beiden Kandidaten unterstützen würden. Bader lächelte und schaltete wieder ab.

»Interessieren Sie sich für Politik, Herr Maloney?«

»Nur wenn es sein muss.«

»Das ist bedauerlich. Es wird nämlich große Veränderungen geben in diesem Land.«

»Hat das ganze Theater hier im Haus damit zu tun?« fragte Jasmin.

»Sie sind noch nicht lange hier, nicht wahr? Hat man Ihnen noch keine Aufgabe zugewiesen? Vielleicht sollten Sie sich im unteren Stock bei Frau Aschwanden melden.«

Bader ging anscheinend davon aus, dass wir der Organisation, oder was immer es war, beigetreten waren. Ich ließ ihn vorerst in dem Glauben und verließ zusammen mit Jasmin den Greis. Wir tranken im Aufenthaltsraum mehrere Colas und Kaffees und gingen danach einen Stock tiefer.

Frau Aschwanden hatte ein großes, helles Büro ganz für sich alleine. Sie war eine gütig lächelnde Frau in den besten Jahren. Ihr fülliger Oberkörper steckte in einer blauen Seidenbluse. Sie bot uns an, Platz zu nehmen. Das taten wir dann auch.

»Wer hat Sie eingewiesen?«

»Herr Bader.«

»Tatsächlich? Herr Bader persönlich? Davon weiß ich gar nichts. Aber das wird schon seine Richtigkeit haben. Wie Sie vielleicht bemerkt haben, sind wir dabei, einige Stockwerke zu räumen. Eine der dringlichsten Aufgaben ist das Vernichten der Dokumente. Sie beginnen am besten unten im Hauptlager zwei. Herr Flückiger wird Ihnen zeigen, wo es langgeht. Die Anzüge dürfen Sie natürlich ausziehen, aber beachten Sie bitte, dass Sie sie beim Schichtwechsel wieder überziehen. Das muss leider so sein. Aber das hat Ihnen Herr Bader sicher schon alles erzählt.«

Sie rief Herrn Flückiger. Er erwies sich als devoter Diener des Systems. Er führte uns in das Hauptlager zwei und erklärte uns im Stile eines geduldigen Sonderschullehrers die Handhabung der Reißwölfe. Entweder hielt er nur uns oder die ganze Menschheit für Idioten. Nachdem wir ihm je eine Kostprobe unseres Könnens demonstriert hatten, verließ er uns mit einem süffisanten Lächeln auf den Lippen. Wir schlossen die Tür des Lagerraums und setzten uns auf die herumstehenden Stühle. Jasmin Weber fluchte, weil sie in ihrer Packung keine Gummibärchen mehr fand.

»Ich weiß nicht, in was für einen Film wir hier geraten sind«, sagte sie, »aber die Nebenrollen gefallen mir ganz und gar nicht.«

»Mich interessiert vor allem die Hauptrolle.«

»Bader Junior? Er scheint hier der Chef zu sein.«

»Nur was ist das hier? Das Herzstück einer riesigen Aktenvernichtungsmaschine?«

»Komm, lass uns die Akten anschauen, vielleicht werden wir daraus schlauer.«

Sie griff sich wahllos etwa hundert Blatt von einem Stapel, der gut ein Meter hoch war. Es waren eng bedruckte Seiten. Auf den ersten Seiten standen nur Namen. Hunderte. Ohne System, weder alphabetisch geordnet noch nach Geschlecht. Name um Name. Danach folgten Blätter mit eingescannten Zeitungsausschnitten, auch hier schien kein besonderes System dahinter zu stecken. Ich griff in den hohen Papierstapel und fischte andere Blätter hervor. Es waren Briefe. Geschäftsbriefe, aber auch Privatbriefe. Teilweise sah man, dass es Kopien waren. Unterschiedliche Absender und unterschiedliche Empfänger. Der Inhalt der Briefe war nichtssagend. Geschäftskorrespondenz. Bei den Privatbriefen stieß ich auf einen Liebesbrief, einen Brief an eine kranke Mutter sowie banale Briefe mit vielen Nettigkeiten und grammatikalischen Ausrutschern. Jasmin Weber überflog einige Seiten, schüttelte aber schon bald entnervt den Kopf.

»Was soll der Quatsch?« fragte sie. »Ich verstehe das alles nicht. Weshalb tun alle so, als wäre es selbstverständlich, dass wir hier dazugehören? Warum kontrolliert uns niemand? Weshalb fragt uns niemand, wer wir sind? Das ist doch alles nicht normal. Wenn uns wenigstens jemand erschießen würde. Das würde Sinn machen. Aber nicht all diese Leute, die uns netterweise eine Arbeit zuteilen. Das ist doch zum Davonlaufen.«

»Wenn das alles ein Spiel ist, dann sind es nicht wir, die die Spielregeln bestimmen.«

»Lass uns Stefan Bader suchen. Er wird uns schon sagen, nach was für Spielregeln hier gespielt wird. Oder lass uns den Alten verprügeln, der hat es verdient.«

»So kenne ich dich gar nicht.«

Sie war zu erschöpft, um zu kontern. Ich spürte die Müdigkeit ebenfalls, auch wenn mein Kopf völlig klar, ja sogar ein wenig euphorisch war. Wir sahen noch einige Aktenstapel durch, lasen ohne System Rechnungen, Belege, Listen, Briefe und Notizen, die alle etwas gemeinsam hatten: Sie ergaben als Ganzes keinen Sinn. Als ich auf meine Uhr schaute, war es bereits nach acht. Wir verließen das Hauptlager zwei und gingen nach oben. Die Atmosphäre im oberen Stockwerk hatte sich grundlegend verändert. Alle Arbeiten waren zum Erliegen gekommen, kein Mensch war mehr zu sehen, in den Büros herrschte jene Stille, die wir in den überirdischen Etagen des Hochhauses vorgefunden hatten. Bernhard Bader war nicht mehr im Fernsehzimmer und niemand entspannte sich im Pausenraum.

44

Wir durchstreiften den Flur, gingen wieder zurück und die Treppe runter, diesmal gleich zwei Stockwerke. Auch da war es ruhig. Wir eilten weiter nach unten und landeten auf jenem Stockwerk, in das uns der Lift geführt hatte. Vor dem Lift stand eine junge Frau, sie hämmerte gegen die Türe des Liftschachtes. Als wir uns näherten, erschrak sie. Sie hatte Tränen in den Augen.

»Die lassen uns nicht mehr raus«, schrie sie. »Die werden uns töten.«

»Ganz ruhig«, sagte Jasmin. »Wer will uns töten?«

»Die Organisation. Ich habe gehört, wie sie über uns geredet haben. Ein Mann sagte, dass alles eingerichtet ist. Er sagte, dass man mit der Liquidation beginnen könne.«

»Vielleicht meinte er die Auflösung des Geschäftes?«, sagte ich. »Man hat schließlich Geräte eingepackt.«

»Ach was. Abgehauen sind sie. Und uns lassen sie hier unten verrecken. Es ist sicher etwas schiefgelaufen. Die brauchen uns nicht mehr.«

»Wo sind all die anderen?« fragte Jasmin.

»Einige sind weg. Alle mit den gelben Anzügen. Wieso seid ihr noch hier? Die sind alle weggegangen. Die anderen sind unten bei dem Alten.«

»Bernhard Bader?«

»Ist er der Vater von Stefan Bader?« fragte die Frau. »Verdammt, ich möchte hier raus. Lieber in den Knast als noch einmal fünf Jahre hier unten.«

»Sie leben seit fünf Jahren hier unten?«

Jasmin sah die Frau ungläubig an. Sie machte einen verwirrten Eindruck. Ihre Haut war hell, beinahe durchsichtig, die Augen lagen tief in den Höhlen.

»Na klar«, sagte die Frau. »Was denkt ihr denn? Freiwillig macht das doch niemand.«

»Man hält Sie hier unten gefangen?«

»He, wer seid ihr überhaupt? Habt keine Ahnung, was hier abgeht, oder? Scheiße. Ich bin sicher, dass die etwas planen. Ich habe immer gewusst, dass sie uns am Ende umbringen werden. Die können uns doch nicht freilassen. Wir wissen doch zu viel.«

»Was wissen Sie?«

Ich packte die Frau an ihrer ausgebleichten Lederjacke. Sie fauchte mich an und biss mir in die Hand. Jasmin riss ihren Kopf weg und dabei ein Büschel Haare aus. Die Frau begann, mit den Füßen um sich zu schlagen und traf mein linkes Schienbein. Es tat höllisch weh. Jasmin bereitete dem Spektakel ein Ende, indem sie die Frau kunstvoll auf den Teppich legte. Ich beneidete sie um ihre asiatischen Spezialgriffe.

Es gelang uns, die Frau in eines der Büros zu schleppen und unsanft in einen Bürosessel zu setzen. Sie schaute uns böse an, verhielt sich aber ruhig. Jasmin ging in die Hocke und schaute der Frau in die Augen.

»Wir gehören nicht zur Organisation. Wir sind genauso daran interessiert, hier herauszukommen wie Sie. Erzählen Sie uns, wer Sie sind und was hier unten vorgeht.«

»Werden Sie vor Gericht ein gutes Wort für mich einlegen?«

»Weshalb sollten Sie vor Gericht kommen?«

»Wegen Mordes. Ich habe meinen Mann erschossen.«

Jasmin blickte unsicher zu mir, ich war damit beschäftigt, mein lädiertes Schienbein zu pflegen und stützte deshalb mein Bein an der Schreibtischkante ab. Ehe ich etwas sagen konnte, begann die junge Frau ihre Geschichte zu erzählen. Sie sagte, dass sie Monika Mahrer heiße und aus dem Wallis komme. Sie sei schon früh von zu Hause abgehauen, habe sich in verschiedenen Städten herumgetrieben, Drogen konsumiert, geklaut und sei zwischendurch auch auf den Strich gegangen. Vor acht Jahren habe sie ihren Mann, einen welschen Junkie, im Streit erschossen. In Grenoble war das gewesen. Sie sei abgehauen, habe sich versteckt, sei unbemerkt in die Schweiz zurückgekommen und bei Freunden untergetaucht. Eines Tages sei ein Mann an sie herangetreten. Er habe sehr genau gewusst, wer sie war und was sie getan hatte. Er bot ihr einen Deal an. Für ihn und seine Organisation zu arbeiten und dafür nicht in den Knast zu müssen.

»Ich willigte sofort ein. Vor dem Knast hatte ich einen Horror. Ich dachte, das ist eine Chance, die du nicht zweimal kriegst. Greif zu, du kannst noch mal von vorne beginnen. Ich erhielt einen neuen Pass mit neuer Identität und so. Den Drogenentzug habe ich in Spanien gemacht, das ging ganz gut, wenigstens ein paar Monate. Die sagten mir, dass ich offiziell tot bin. Verreckt an einer Überdosis. Ich machte mir keine Gedanken darüber. Als ich hier ankam, traf ich zwei andere Junkies. Die arbeiten ebenfalls hier. Ich habe hier den Umgang mit Computern gelernt. Tippte den ganzen Tag nur Zeugs ein. Unmengen von Zeugs.«

»Sie leben hier im Keller?« fragte Jasmin.

»Na klar. Unten hat es Zimmer. Ganz hübsch eingerichtet. Aber natürlich alles wie im Bunker. Man gewöhnt sich dran. Ist besser als der Knast, sagte ich mir immer. Ich meine, eingesperrt bin ich hier auch, aber ich langweile mich nicht und außerdem kriege ich so viel Stoff, wie ich brauche.«

»Man gibt Ihnen Heroin?«

Jasmin trat einen Schritt zurück, näherte sich dann der Frau wieder und legte ihr eine Hand auf die Schulter.

»Und für wen arbeiten Sie hier?«

»Ich glaube, der Boss ist Stefan Bader«, sagte die Frau. »Er bestimmt, was hier abgeht und was nicht.«

»Und wozu dient das alles?«

»Keine Ahnung. Ich bin hier nur eine Tippse. Alle haben hier einen Job wie oben in irgendeinem Büro.«

»Was für eine Aufgabe haben die Leute in den gelben Anzügen?«

»Sie bringen Arbeit. Manchmal auf Diskette, manchmal ganze Stapel Papiere. Sie haben teilweise spezielle Büros unter den Wohnungen. Da kommen wir nicht rein.«

»Wie viel Untergeschosse hat das Haus?«

»Mindestens vier. Ich darf nicht auf alle Etagen.«

Sie schielte nach draußen zu der Lifttür. Sie hatte die Knie angezogen und umklammerte ihre Beine. Die Frau hatte Angst.

»Weshalb glauben Sie, dass man Sie umbringen möchte?«

»Weil es so ist«, sagte die Frau bestimmt. »Ich bin doch nicht blöd. Das, was wir hier machen, ist doch geheim. Und wenn unser Job gemacht ist, werden wir liquidiert. Das ist doch immer so. Weshalb sollten sie sonst Junkies und Verbrecher beschäftigen? Und weshalb sollten sie uns sonst unter Verschluss halten?«

»Aber Sie müssen doch wissen, wer hinter der Organisation steckt«, sagte ich.

»Das sagte ich doch schon. Stefan Bader.«

»Stefan Bader ist unseres Wissens ein einfacher Beamter in der Lohnklasse 16«, sagte Jasmin. »Nichts Besonderes.«

»Und weshalb führt er sich hier unten auf wie der kleine Herrgott?«

Diese Frage konnte uns wohl nur der kleine Herrgott persönlich beantworten. Jasmin Weber beruhigte die Frau und fragte sie, ob sie bei uns bleiben möchte. Sie schüttelte energisch den Kopf und sagte, dass sie beim Lift warten wolle. Wir nahmen die Treppe und gingen nach unten.

Wir schafften problemlos drei Stockwerke, beim vierten standen wir vor einer schweren Eisentüre, die nur mit einem Batch zu öffnen war. Jasmin steckte ihre Kreditkarte hinein, doch die Türe konnte mit dem Bankinstitut nichts anfangen. Ehe sie ihre Postcard ausprobieren konnte, wurde die Türe von innen geöffnet. Vor uns stand Herr Flückiger, der uns in die Mechanismen des Reißwolfes eingeführt hatte. Er verbeugte sich und führte uns wortlos in einen stilvoll eingerichteten Raum mit einem riesigen Aquarium an der Wand. Ich drehte mich um, weil ich damit rechnete, Kapitän Nemo zu begegnen. Stattdessen sah ich Bernhard Bader. Er lag, durch eine Glaswand getrennt, in einem anderen Raum auf einer Liege und schlief. Erst jetzt sah ich, dass hinter Herrn Flückiger ein Schreibtisch und darüber mehrere kleine Monitore angebracht waren. Auf einem der Monitore erkannte ich die junge Frau, die vor dem Lift wartete. Kapitän Nemo hatte uns seit Stunden durch das Bullauge beobachtet. Herr Flückiger bat uns, Platz zu nehmen. Er drehte sich um, beugte sich vor, sodass wir nur sein Hinterteil bewundern konnten. Als er sich wieder aufrecht uns zuwandte, waren seine Haare verschwunden und auf seiner Nase thronte eine Brille mit starken Gläsern. Herr Flückiger hatte sich in Stefan Bader verwandelt.

»Willkommen in meinem Reich.«

45

Stefan Bader schaltete einen weiteren Monitor ein. Auf ihm war die Eingangshalle des Hochhauses zu sehen. Fahles Tageslicht drang in das Gebäude. Er schaltete auf eine andere Kamera. Nun sah man Personen in gelben Anzügen, die einen Container durch einen kahlen Betongang schoben.

»Wie Sie sehen«, sagte er, »habe ich hier den perfekten Überblick.«

»Sie wussten, dass wir kommen würden?« fragte ich.

»Selbstverständlich. Ich wusste, dass es nur eine Frage der Zeit ist. Sie haben meine einzige Schwachstelle erkannt.«

Er zeigte auf seinen im Nebenraum liegenden Vater. Jasmin schaute auf die Monitore. Man sah, wie Arbeiter Drähte verlegten. Ich betrachtete mir Stefan Bader etwas genauer. Er ging leicht gebückt, und seine Mundwinkel hatten nervöse Zuckungen. Seine rechte Hand bewegte sich in der Tasche seines Jacketts.

»Was wissen Sie über mich«, fragte er, »was haben Sie herausgefunden?«

»Nicht viel. Sie sind ein unbeschriebenes Blatt. Ein einfacher Beamter. War es nicht etwas unvorsichtig, dieses Gebäude durch Ihren Schwiegervater anmieten zu lassen?«

»Das Naheliegende ist oft das Beste. Hätte ich einen anderen Strohmann vorschieben sollen? Eine Firma? Wäre das nicht verdächtiger? Käme da nicht ein Journalist auf die Idee, genauer nachzuforschen? Wie Sie richtigerweise sagten, gelte ich als kleiner Beamter, ein Würstchen, wie mein Vater zu sagen pflegt. Wer interessiert sich schon für Würstchen?«

»In Tat und Wahrheit sind Sie aber kein kleines Würstchen«, sagte Jasmin, »sondern ein großer stinkender Fisch.«

»Darüber wird die Nachwelt urteilen. Ich persönlich bin nicht unzufrieden mit dem, was ich erreicht habe.«

»So wie ich Sie einschätze«, sagte ich, »werden Sie uns das jetzt sicher eingehend erläutern.«

Er rückte seine Brille zurecht.

Jasmins Blick war noch immer gebannt auf die Monitore gerichtet. Sie versuchte vermutlich herauszufinden, was in dem Gebäude vor sich ging. Für mich sah es so aus, als würden neue Leitungen verlegt. Stefan Bader bemerkte, wie konzentriert Jasmin auf einen bestimmten Monitor starrte, und lächelte.

»Wo soll ich beginnen?« fragte er. »Sie möchten doch so etwas wie ein Geständnis hören, nicht wahr? Was aber soll ich gestehen?«

»Beginnen wir bei dem kleinen Sebastian Steiner«, schlug ich vor.

»Eine unangenehme Geschichte.«

»Wussten Sie, dass Ihr Vater auf kleine Knaben steht?«

»Nein. Und so dürfen Sie das auch nicht formulieren. Das war ein Ausrutscher, ein bedauerlicher Ausrutscher. Mein Vater hat die Tat bereut. Er hat nie wieder so etwas gemacht.«

»Ihr Vater hätte vor ein ordentliches Gericht gestellt werden müssen«, sagte Jasmin.

»Ich hatte die Mittel, um das zu verhindern. Jeder Sohn würde so handeln, wenn er könnte.«

»Das bezweifle ich. Aber erzählen Sie ruhig. Wie hat sich die Geschichte zugetragen?«

»Mein Vater hat mir erzählt, was er getan hat. Er hat es bedauert, zutiefst bedauert.«

»Den Knaben hatte er in seinem Garten verscharrt«, sagte ich. »Er hätte sich gleich danebenlegen sollen.«

»Er war nicht bei Sinnen, als er es tat. Die Versuchung war zu groß.«

»Was für eine Versuchung?« fragte Jasmin. »Er hat den Knaben entführt.«

»Es war den ganzen Sommer in den Zeitungen die Rede von den verschwundenen Knaben. Meinen Vater hat das sehr aufgewühlt. Diese Kraft, die in ihm steckte, sie war stärker als sein Wille zu widerstehen. Sie müssen sich das vorstellen wie ein sexueller Trieb, der jahrelang unterdrückt wird. Da muss es irgendwann zu einer Explosion kommen. Viele Menschen machen einmal in ihrem Leben einen Fehler. Soll man ihnen das bis an ihr Lebensende vorhalten?«

»Sie tun so, als ob Ihr Vater als Parksünder ertappt wurde«, sagte Jasmin. »Ihr Vater hat einen Knaben ermordet. Vermutlich hat er ihn noch gequält vor seinem Tod.«

»Der Knabe hat nicht gelitten. Mein Vater hat ihn nicht gequält. Das hat er mir geschworen.«

»Das macht ihn auch nicht wieder lebendig.«

»Nichts wird ihn je wieder lebendig machen«, sagte er.

»Haben Sie die Leiche eigenhändig ausgegraben?«

»Was spielt das für eine Rolle?«

»Sie alleine wollen Polizisten bestochen, Imhasli aus dem Verkehr gezogen und dafür gesorgt haben, dass alles vertuscht wurde? Das können Sie mir nicht erzählen«, sagte ich. »Hinter Ihnen stecken doch noch ganz andere Kaliber.«

»Möchten Sie die ganze Wahrheit wissen? Alles über mich, meinen Vater und die Organisation?«

»Ich bitte darum«, sagte ich. »Schließlich sind Sie daran schuld, dass mir alle Knochen wehtun.«

»Das bedauere ich zutiefst.«

Sein Spott war leise, aber böse. Er musterte Jasmin, die Baders Ausführungen reglos zugehört hatte. Bader verschränkte die Arme, blickte hinter uns auf das Aquarium und begann mit seiner ganz persönlichen Geschichte. Er erzählte von seiner Kindheit, seiner Jugend. Er erzählte von seinem Wunsch, später einmal etwas ganz Großes zu machen. Darin, so sagte er, sei er seinem Vater sehr ähnlich. Leider habe er nur wenige Talente mit auf den Weg bekommen. So habe es nicht gereicht für ein Studium oder eine künstlerische Laufbahn. Er sei Beamter geworden. Zuerst in der Gemeinde und dann beim Staat. Ein kleiner Beamter mit kleinen Befugnissen.

»Es ist jetzt fast zwanzig Jahre her«, sagte er, »dass sich in meinem Leben etwas Grundsätzliches ereignete. Etwas, das mich fortan veränderte, mir eine Idee gab für etwas Neues, Großartiges. Damals wurde die Organisation begründet. Hier, in meinem Kopf. Ich hatte das Glück, durch einen Bekannten einen gewissen Einblick in die Arbeit der politischen Polizei zu gewinnen. Sie erinnern sich sicher an den Skandal um die Fichen. Die ganze Nation war erschüttert, als sie erfuhr, dass Zehntausende von Akten über unbescholtene Bürger angelegt wurden. Ich war fasziniert von der Tätigkeit dieser Menschen. Wissen Sie, ich hatte schon immer einen ausgesprochenen Ordnungssinn und eine gewisse Sammlermentalität. All die Akten, diese Unmengen von Informationen haben mich fasziniert.«

»Sie haben die Arbeit der politischen Polizei auf privater Basis weitergeführt?« fragte ich. »Sind das nun die Früchte der staatlichen Deregulierung?«

»Unterbrechen Sie mich nicht. Wie ich Ihnen schon sagte, wollte ich immer schon etwas Spezielles machen. Zuerst dachte ich, ich wollte ein Entdecker, ein Wissenschaftler oder so etwas werden. Aber wenn ich es mir genau überlegte, dann reizte mich nur eines: Macht. Macht über andere Menschen. Ich war jahrelang Gemeinderat einer kleinen Gemeinde. Nichts Besonderes. Dort habe ich erkannt, dass man in unserem politischen System keine Chance hatte, jene Macht zu erlangen und zu genießen, die mir vorschwebte.

Demokratie ist doch nur etwas für die Mittelmäßigen, die Dummen. In einer Demokratie findet man die wirklich großen Köpfe nur in der Wirtschaft und in der Kunst. Wer in die Politik geht, ist selber schuld. Ich musste einen anderen Weg finden als den der Politik. All das, all das kam an jenem Nachmittag zusammen, als ich mich mit meinem Bekannten über seine Arbeit bei der politischen Polizei unterhielt. Das funktionierte genauso wie bei der Stasi. Alle, die in irgendeiner Form verdächtig waren, wurden registriert. Wer in den Ostblock reiste, mit einer Ausländerin vögelte oder mit einem marxistischen Politiker ein Bier trank, landete in der Kartei. Aber das wissen Sie sicher. Jeder Geheimdienst, jede politische Polizei funktioniert so. Dieses Erlebnis wollte mir nicht mehr aus dem Kopf. Denn ich hatte eine Idee.«

Stefan Bader schaute nach oben an die in einem matten, hellen Grün gestrichene Decke des Raumes. Seine Hände breiteten sich aus, und er öffnete und schloss langsam die Finger.

»Diese Idee wurde immer größer«, sagte er, »füllte meinen ganzen Kopf aus. All das wovon ich immer geträumt hatte, plötzlich war es so nahe. Nicht, dass ich glaubte, innert kurzer Zeit etwas bewirken zu können, nein, nein. Aber der Gedanke, eine wirklich grandiose Idee zu haben, verzauberte mich. Von jenem Moment an lebte ich nur noch für diese eine Idee. Sie ist ganz simpel. Wer den Staat verteidigen und sichern will vor staatsfeindlichen Elementen, muss diese Elemente beobachten, sie bespitzeln und eine riesige Datenbank über sie anlegen. Wer aber wie ich etwas anderes im Sinn hatte, nämlich die Macht im Staate zu erringen, der muss etwas ganz anderes tun. Er muss alle, die in irgendeiner Form Macht ausüben, kontrollieren können. Und dazu, so sagte ich mir, genügt es, alle, die in diesem Staat etwas zu sagen haben, zu bespitzeln, Daten über diese Leute zu sammeln, über ihre Schwächen, ihre Fehler, kurz und gut:

Wenn man gegen jeden etwas in der Hand hat, hat man die Geschicke dieses Landes in der Hand. Die Idee war eigentlich das genaue Gegenteil von dem, was der Staat machte. Er bespitzelte alle, die ihm suspekt waren, und ich bespitzelte alle, die in diesem Staat Karriere machten. Was ich fortan tat, war nichts anderes, als Daten zu sammeln über all die unbescholtenen Bürger des Landes, die in Parlamenten saßen, drauf und dran waren, in der Wirtschaft, im Sport oder in der Kunst Karriere zu machen. Die bösen Buben haben mich nicht interessiert. Ich wollte alles über die Strebsamen, die Angepassten. Denn wer sie kontrolliert, der kontrolliert das Land.«

Er war so eingenommen von sich selbst, dass er uns gar nicht mehr beachtete. Jasmin schloss zwischendurch die Augen, ich befürchtete schon, dass sie einschlief, aber wahrscheinlich versuchte sie sich nur zu konzentrieren. Stefan Bader fuhr mit seinem Vortrag fort.

»Natürlich konnte ich so etwas nicht alleine bewerkstelligen. Ich brauchte vor allem Geld. Viel Geld. Es gibt nichts Wertvolleres und Teureres als Informationen. Gute Informationen. Sie können sich denken, dass ich mit meiner Idee problemlos Geldgeber fand. Ich wollte aber nicht abhängig sein von diesen Menschen, deshalb wandte ich meine Idee gleich als Erstes gegen meine Geldgeber an. Ich beschaffte mir Informationen über sie, gute Informationen. Jeder, ich betone das, jeder hat irgendetwas zu verbergen. Irgendetwas, das er niemandem offenbaren möchte, etwas wofür er bereit ist zu bezahlen, ob mit Geld oder einem guten Dienst. Es gibt die Redewendung, dass jeder käuflich ist, es nur auf den Preis ankommt. Ich behaupte, jeder ist erpressbar, man muss nur herausfinden, was er unter keinen Umständen von sich preisgeben möchte. Ich hatte es einfach, ich arbeitete nur mit Menschen zusammen, die ich bereits in der Hand hatte. Diese Leute hatten nichts zu befürchten.

Ich war ja nicht darauf aus, sie zu ruinieren, ich benötigte nur ihre Hilfe, ihre Unterstützung. Ich suchte mir gezielt Leute aus, die mir beim Aufbau der Datenbank behilflich waren. Sie können sich vorstellen, dass das nicht so einfach ist. Denn ich benötigte eine unglaublich große Menge an Informationen. Je früher man beginnt, um so besser. Ich wollte Informationen über möglichst viele Studenten, junge Polizisten, Menschen, die sich politisch aktiv am Leben beteiligen, natürlich Journalisten, Medienleute, kurz alle, die irgendwann einmal eine wichtige Rolle in der Gesellschaft übernehmen könnten. Doch im Gegensatz zur politischen Polizei sammelte ich nicht wahllos alles, was ich an Infos bekam. Ich war immer nur auf bestimmte aus. Was macht eine Person erpressbar? Wo liegen die dunklen Flecke in seiner Biographie? Sie würden staunen, wie leicht man dahinterkommt, wo die Schwächen eines Menschen liegen. Es ist eine der Besonderheiten der menschlichen Natur, dass sich die meisten Menschen bemühen, ihre Schwächen zu ihren Stärken zu machen. Was eigentlich unsinnig ist. Aber es entspricht der Tatsache. Schauen Sie sich an, wie viel Faulenzer sich im Militär als scharfe Hunde gebärden, wie viel Chaoten ausgerechnet in Berufen arbeiten, in denen höchste Präzision verlangt wird. Wie viel notorische Lügner von sich behaupten, Ehrlichkeit sei ihnen das Wichtigste im Leben. Das mag banal klingen und paradox, aber es ist tatsächlich oft so, dass sie nur jemanden nach seiner größten Stärke fragen müssen, und sie kennen bereits seine größte Schwäche. Antwortet Ihnen jemand, Willensstärke sei seine größte Tugend, dann können Sie ziemlich sicher sein, einen willensschwachen Menschen vor sich zu haben. Jemand, der behauptet, besonders pflichtbewusst zu sein, kämpft jeden Tag gegen den inneren Schweinehund, und wer behauptet, diszipliniert zu sein, benötigt immer zehn Anläufe, bis er etwas in Angriff nimmt. Lesen Sie Biographien berühmter

Leute. Da gehen Ihnen die Augen auf. Schriftsteller, denen es eine unendliche Qual bereitet, ein paar Sätze aufs Papier zu bringen. Wirtschaftsführer, die Schweißausbrüche kriegen, wenn sie die Ferien planen müssen. Selbstherrliche Diktatoren, die sich mit Pillen vollstopfen, weil sie sich sonst in die Hosen machen vor Angst. Spitzensportler, die kränkliche Kinder waren, Rationalisten, denen eine schwarze Katze den Tag verderben kann. Und so weiter. Mein Motto ist: Sag mir deine Stärke und ich weiß, wo du schwach bist. So können Sie ermessen, wie leicht es oft war zu wissen, wo man suchen muss.«

Er drehte sich zu einem der Monitore um und drückte immer wieder eine Taste. Das Bild wechselte wie beim Kabelfernsehen, nur dass auf dem Monitor immer bloß Bilder aus dem einen Gebäude zu sehen waren. Als er sich durch alle Kamerapositionen gezappt hatte, wandte er sich wieder uns zu.

»Vermutlich halten Sie das, was ich Ihnen sage, für übertrieben. Es klingt vielleicht auch abenteuerlich, ist es aber nicht. Natürlich haben die meisten Menschen keine riesigen Geheimnisse, keine echten Leichen im Keller. Aber es genügt vollkommen herauszufinden, welches Bild ein Mensch von sich zeichnet, wie er sich den anderen präsentiert. Jeder hat etwas, das dieses Bild stören würde. Genau das muss man herausfinden. Einen Journalisten, den ich als Informationsbeschaffer anheuern wollte, sagte im Gespräch mit meinem Mitarbeiter mehrmals, dass er nicht mit Geld umgehen könne, dass er ständig vergesse, Rechnungen zu schreiben und nie wisse, wie viel Geld er noch von seinen Auftraggebern zu bekommen habe. Er sagte, eigentlich mache er sich nichts aus Geld, deshalb habe er auch nie einen Überblick über seine Finanzen. Ich wusste sofort, dass Geld die große Schwäche dieses Mannes war. Er zeichnete uns das Bild eines Menschen, der ein völlig lockeres Verhältnis zu Geld hat. Ich war mir sicher, dass dahinter ein verknorzter, geiziger, nur auf den eigenen Vorteil bedachter Mensch steckte. Wo aber konnte ich den Beweis dafür finden? Wir begannen zu suchen. Und wir wurden fündig. Ich ließ mir eine Kurzbiographie des Mannes machen. Von ihm selbst. Er schrieb in Stichworten auf, was er gearbeitet hatte, wo er gelebt hatte und so weiter. Meist beließ er es bei kurzen Anmerkungen. Nur einmal machte er eine längere ironische Bemerkung. Er war ein Jahr in Schweden gewesen. Dieses Jahr rechtfertigte er mit ein paar flotten Sprüchen. Das war der Punkt, wo ich einhakte. Weshalb musste er dieses Jahr erklären? Was war die tatsächliche Motivation für dieses Jahr in Schweden? Ich wurde fündig. Der Mann hatte jahrelang für einen großen Verlag gearbeitet, aber sich vom Steueramt immer aufgrund einer alten Steuererklärung einschätzen lassen, als er noch selbstständig arbeitete. So hinterzog er Steuergelder von einigen zehntausend Franken. Um das zu vertuschen, um die Steuerschuld sozusagen reinzuwaschen, meldete er sich für ein Jahr ab, reiste nach Schweden und kam dann wieder zurück, meldete sich in einer anderen Stadt neu an. Von dem Moment an hatte ich den Mann in der Hand. Er arbeitete fortan für mich. Er arbeitet noch heute für mich. Sie können sich vorstellen, dass ich einige sehr pikante Details aus dem Leben gewisser Leute kenne. Und mit jeder neuen Information, mit jedem neuen Namen, der in meiner Datenbank vermerkt wurde, kam ich meinem Ziel näher. Ich hoffe, ich langweile Sie nicht mit meinen Ausführungen.«

Es war das erste Mal seit mehreren Minuten, dass er uns wieder wahrzunehmen schien. Sein Monolog hatte sich über unsere Köpfe hinweg an die Fische gerichtet. Jasmin Weber hatte die Augen wieder geöffnet und ihm mit starrem Blick zugehört. Einmal kniff sie mir kurz in den Arm und gab mir ein Zeichen, auf den Monitor unten links zu blicken. Ich sah, wie zwei Männer in Schutzanzügen zwei große Metallkisten durch einen Gang trugen. Ich streckte meine Gliedmaßen durch und stand auf. Stefan Baders Oberkörper wich ein wenig zurück. Ich sah, dass er eine Hand zu einem Knopf hin bewegte, der auf dem Mischpult unter den Monitoren befestigt war. Der Knopf, so vermutete ich, hätte uns eine Heerschar muskelbepackter Lakaien beschert, die Leute wie Stefan Bader brauchen, um ihr Selbstwertgefühl in Momenten der Panik aufzumöbeln. Ich winkte beschwichtigend ab, worauf er seine Hand wieder zurückzog.

»Sie wollen uns also weismachen«, sagte ich, »dass Sie der Kopf der Organisation sind und all das auf Ihrem Mist gewachsen ist, Herr Bader?«

»Ob Sie es glauben oder nicht, es ist so.«

»Dann können wir ja den Faden wieder aufnehmen, und Sie erzählen uns, was damals geschah, als Urs Imhasli Ihrem Vater auf die Pelle rückte.«

»Ich hatte schon damals einen sehr großen Einfluss auf gewisse Stellen. Amtliche Stellen. Und auf ein paar wichtige Politiker. Natürlich war ich noch weit entfernt von dem, was ich heute bin, aber es hat genügt, um meinen Vater zu schützen. Imhasli war nicht dumm. Er hat gemerkt, dass die Polizei nicht mehr an meinem Vater interessiert war. Imhasli hatte genau wie Sie keine Beweise in der Hand. Er war ein guter Detektiv. Ich konnte ihn gut gebrauchen. Ich ließ ihn überwachen, erfuhr, dass er mit einer jungen Frau zusammen war. Ich erfuhr auch, dass sie schwanger war. Imhasli ist ohne zu zögern auf mein Angebot eingegangen. Eine neue Identität, viel Geld und eine interessante Arbeit. Er hat sich um einige besonders delikate Aufgaben gekümmert.«

»Und als er aussteigen wollte«, fragte ich, »ließen Sie ihn umbringen?«

»So einfach war das nicht. Ja, er wollte aussteigen. Und er war nicht der Erste. Viele meiner ehemaligen Mitarbeiter führen heute ein ganz normales Leben, sind sozusagen pensioniert. Wissen Sie, ich habe immer darauf geachtet, dass meine Mitarbeiter keine Ahnung hatten, für was sie tatsächlich arbeiteten. Die meisten gehen wohl davon aus, dass sie für den Staat arbeiten. Sie werden gut bezahlt und haben nach ein paar Jahren ausgesorgt. Auch Imhasli hätte das haben können. Es war alles für ihn arrangiert. Ein Haus in einem Land, in dem immer die Sonne scheint, ein Bankkonto, kurz, ein angenehmes Leben.«

»Aber Imhasli wollte nicht weg, weil er sich verliebt hatte.«

»Das hätte ich akzeptieren können.«

»Was war es dann? Hat er Sie erpresst?«

»Das spielt doch keine Rolle. Imhasli ist tot. Endgültig. Kein neuer Pass kann ihn wieder zum Leben erwecken.«

Er sagte es mit einer gewissen Genugtuung. Neben den Monitoren leuchtete ein grünes Lämpchen auf, und ein kurzer rauer Ton erklang. Bader hielt einen Zeigefinger in die Höhe. Er sagte, dass er uns kurz alleine lassen müsse.

»Und versuchen Sie nicht, einen Weg nach draußen zu finden«, sagte er. »Sie finden ihn nicht. Das hier ist nur so etwas wie mein Fernsehzimmer. Es gibt hier keine Schlüssel.«

Er tätschelte liebevoll einen Monitor. Ein weiterer Blick galt dem Aquarium, dann verließ er den Raum. Die Tür fiel hinter ihm ins Schloss. Es erübrigt sich zu sagen, dass sie sowohl von außen, wie auch von innen nur mit einem Batch zu öffnen war. Jasmin machte ihrem Ärger Luft, sie schlug zweimal wuchtig gegen das Polster des Sessels, in dem sie die ganze Zeit wortlos gesessen hatte.

»Dieser Kerl ist unerträglich. Man sollte ihn ein paar militanten Feministinnen zum Fraß vorwerfen.«

»Weshalb hast du so lange geschwiegen? Das ist nicht gut für die Magennerven. Immer schön raus mit dem Ärger.«

»Ich habe die Aktivitäten in den verschiedenen Stockwerken mitverfolgt«, sagte Jasmin.

»Und was hast du auf den Monitoren gesehen?«

»Sie räumen alle Büros. Und sie verlegen Drähte und deponieren Kisten.«

»Und was schließt du daraus?«

»Sie werden diese Bunker, oder was immer es sind, in die Luft jagen.«

Damit hatte ich nicht gerechnet. Meine Magennerven zogen sich zusammen, und ich fühlte einen harten Klumpen in meinen Eingeweiden. Jasmin zeigte mir auf den Monitoren Details, die zu bestätigen schienen, was sie vermutete. Ich würgte Speichel. Sie zückte ihr Mobiltelefon und tippte eine Nummer ein. Nach zwei weiteren Versuchen begann sie zu fluchen und das Telefon gegen eine Hand zu schlagen. Es nützte nichts. Ich gab ihr mein Gerät, doch das funktionierte ebenfalls nicht.

»Trübe Aussichten«, sagte ich. »Glaubst du, dass sie sich mit in die Luft jagen?«

»Zutrauen würde ich es dem Kerl. Er redet wie ein religiöser Fanatiker. Das hier könnte genauso gut das Zentrum einer Sekte sein. Es scheint so, als sei er kurz davor, sein Ziel zu erreichen. Ich halte es durchaus für möglich, dass er seine Mission für beendet hält.«

»Und was ist mit seinem Vater? Wird er ihn auch in die Luft jagen?«

Ich zeigte auf die Glaswand, hinter der man Bernhard Bader liegen sah. Als ich genauer hinschaute, kam mir ein nicht sehr angenehmer Verdacht.

»Hat er sich überhaupt bewegt, seit wir hier sind?«

»Keine Ahnung. Aber sein Oberkörper bewegt sich leicht. Er atmet.«

»Immerhin etwas. Auch wenn es uns eigentlich egal sein könnte, ob der Kindermörder noch lebt.«

»Glaubst du, sein Sohn hat uns die Wahrheit gesagt?«

»O ja«, sagte ich, »da bin ich mir sicher. Er genießt es, endlich über sein Werk sprechen zu können.«

»Warum hat er über all die Jahre so etwas aufbauen können, ohne dass jemand etwas davon gemerkt hat?«

»Vermutlich erging es den meisten, die dahinterkamen, wie Imhasli. Die Polizei hat ihnen nicht geglaubt und Bader hat ihnen eine enorme Einkommensverbesserung versprochen. Eines muss man Stefan Bader lassen, er kennt seine Pappenheimer.«

»Und was steckt hinter dem Ganzen? Ein Umsturz oder so etwas Ähnliches?«

Sie legte ihre Arme um ihren Körper. Ich sah, dass sie Gänsehaut hatte. Ich versuchte, sachlich zu bleiben.

»Vielleicht hat es mit den zurückgetretenen Bundesräten zu tun?«

»Du glaubst, dass Bader deren Rücktritt erzwungen hat? Und nun eigene Leute dem Parlament aufzwingt? Das funktioniert doch nicht. Das Parlament hat noch nie unabhängige Kandidaten zu Bundesräten gewählt.«

»Wenn er das nach außen richtig verkauft, könnte es klappen. So wie er tut, hat er das halbe Parlament in der Tasche. Die Presse schreibt, dass angesichts der Parteienverdrossenheit eine solch ungewöhnliche Lösung bedacht werden müsse.«

»Aber weshalb lässt er sich nicht selbst aufstellen?«

»Weil er es genießt, mit Marionetten zu spielen. Genauso wie er jetzt mit uns spielt.«

»Was hat er mit uns vor?«

»Er weiht uns ein. Solange er uns noch nicht alles über seine brillanten Taten erzählt hat, sind wir in Sicherheit.«

»Und danach?«

»Müssen wir schleunigst abhauen.«

Ich sah durch das Glas, wie sich Bernhard Baders Mund öffnete wie der Mund einer Kaulquappe und sich gleich wieder schloss. Geräusche waren nicht zu hören. Wir befanden uns in einer Oase der Ruhe.

46

Nach etwa zwanzig Minuten kam Stefan Bader zurück. Allerdings zog er es vor, nicht mehr leibhaftig zu erscheinen. Sein Kopf war auf Monitor eins zu bewundern.

»Es tut mir leid, aber ich muss hierbleiben«, sagte er. »Um Ihnen einen Eindruck zu vermitteln von dem, was wir hier geleistet haben, bitte ich Sie, den Computer, der neben den Monitoren steht, einzuschalten. Frau Weber kennt sich damit ja gut aus. Es interessiert Sie sicher, was hinter der Pizza-Mailbox steckt.«

Er lächelte. Er hatte uns da, wo er uns haben wollte. Zwei seiner vielen Puppen, die er dirigieren konnte und die brav das ausführten, was der Meister ihnen befahl. Jasmin setzte sich an den Computer und startete ihn auf. Stefan Bader erklärte ihr, was sie tun musste, welches Passwort sie benutzen sollte und was für eine Idee hinter der Datenbank steckt.

»Die Pizza-Mailbox ist eine Schnittstelle gegen außen. Es können keine Daten abgerufen werden, aber via Modem können Daten in unsere Datenbank eingespeist werden. Diese Art der Kommunikation ist einfacher und sicherer als die Post oder das normale Telefon.«

Jasmin tippte eifrig auf der Tastatur herum und erklärte mir, was sie in der Datenbank alles vorfand.

»Alles nach Personen geordnet und abrufbar. Hier zum Beispiel. Ein Werner Schildknecht. Gemeinderat in Grünwil. Ein Foto, sogar ein kurzes Video ist abrufbar. Dazu Informationen zu seiner Person, seinem Werdegang, seinen politischen Ideen und vor allem natürlich Informationen über seine Schwachstellen. Er hat eine ganze Menge Schwachstellen, der Herr Schildknecht. Dass er regelmäßig in der Stadt einen bestimmten Sexsalon aufsucht, gehört noch zu den harmloseren. Und hier, schau mal, einer der amtierenden Bundesräte. Hoppla. Alkoholiker und regelmäßiger Konsum von Antidepressiva. Hat als 25-Jähriger bei einem Versicherungsbetrug eines Nachbarn eine Falschaussage gemacht. Unglaublich. Dieses Material hier ist Millionen wert.«

Aus dem Monitor eins hörten wir jemanden lachen.

»Natürlich könnte man diese Leute alle erpressen«, sagte Stefan Bader, »Geld von ihnen verlangen. Aber ich habe nie wirklich Geld erpresst. Es ist doch viel schöner zu wissen, dass ein Anruf genügt, und all diese Menschen tun einem jeden Gefallen, den man sich wünscht.«

Sein Lachen war ein seltsames Gackern. Ich unterbrach ihn.

»Hatten Sie nie Angst, dass Ihnen jemand einen Killer auf den Hals hetzen könnte?«

»Ich? Nein. Niemand musste um seine Existenz bangen, wenn er mit mir kooperierte. Und vor allem wusste gar niemand, wer hinter der Organisation steckt. Ich habe mich immer zurückgehalten. Fragen Sie diese Leute, sie werden alle bestätigen, dass ich ein kleines Würstchen bin, ein Diener des Systems. Vielleicht vermutet der eine oder andere, dass ich zu der Organisation gehöre. Aber niemand nimmt an, dass ich mehr als nur ein kleines Rädchen im Getriebe bin.«

Jasmin schaute sich einige andere Dossiers an. Alles, was in der Schweiz Rang und Namen hatte, oder das Zeugs dazu, irgendwann nach oben zu kommen, war in der Datenbank registriert. Nur der olle Maloney war nicht drin. Stefan Bader hatte mich nicht zu den hoffnungsvollen Talenten des Landes gezählt. Dafür fand Jasmin eine Akte über eine gewisse Jasmin Weber, Informatikstudentin, sehr talentiert, aber ohne Ehrgeiz. In einem Vermerk stand: *Glaubt, schuldig zu sein am Tod ihrer Mutter.* Sie fasste sich mit der linken Hand an den Hals, als sie das las. Sie würgte. Es sah so aus, als hätte Stefan Bader auch bei ihr ins Schwarze getroffen. Er wusste, welche Akte wir gerade bestaunten.

»Sie sehen«, sagte er, »ich hätte auch gegen Sie etwas in der Hand gehabt, Frau Weber. Vielleicht wäre es sinnlos gewesen, vielleicht hätte es etwas gebracht. So genau kann man das nie wissen. Wie war denn das mit Ihrer Mutter? Sie wurde in einem verwahrlosten Zustand tot aufgefunden, nicht wahr?«

Jasmin nahm eine kleine Bronzestatue, die neben dem Computer stand und warf sie gegen den Monitor. Der gab mit einem lauten Knall und ein wenig Rauch seinen Geist auf. Ich legte ihr eine Hand auf die Schulter.

»Lass dich nicht von ihm provozieren. Wir werden ihn schon kriegen.«

Sie nickte und wischte sich eine Träne aus dem Gesicht. Wütend schaltete sie den Computer aus, danach schloss sie die Augen. Sie machte Entspannungsübungen.

Mir knurrte der Magen. Auf einem Bildschirm sah ich, wie die Frau vor dem Liftschacht verzweifelt gegen die Metallwand hämmerte. Auf einem anderen Monitor sah man fünf Personen, die mit Champagnerkelchen anstießen. Im Hintergrund entdeckte ich Stefan Bader, der den Feiernden zuprostete. Es war wohl an der Zeit, sich um einen geregelten Rückzug zu bemühen. Ich fragte Jasmin, ob sie eine Idee hatte, wie man aus diesem Irrenhaus ins Freie kam.

»Hast du gesehen, wie sie Container durch den Verbindungsgang schoben?« fragte sie. »Wahrscheinlich ist das der Weg nach draußen, vielleicht eine Verbindung zu einem anderen Haus wie bei uns der Schleichweg aus den Büros. Die Frau am Lift sagte, dass die untersten Stockwerke nicht allen zugänglich sind. Wir befinden uns wahrscheinlich im zweituntersten, dann wäre der Verbindungsgang ganz unten. Oben befinden sich drei Untergeschosse. Mit Büros und Wohnungen für die Angestellten.«

»Und was ist mit dem Lift?«

»Wahrscheinlich dient er nur dazu, nach unten zu kommen.«

»Wir könnten warten, bis jemand nach unten kommt, und dann in den Lift springen«, schlug ich vor.

»Das macht die Frau auf Monitor vier seit mehreren Stunden. Das bringt nichts. Die haben alles geräumt. Wenn Bader mit seinem Vater abhauen will, dann durch den Verbindungsgang. Da bin ich mir sicher.«

»Dann müssten wir uns Papa Bader schnappen. Er könnte unsere Lebensversicherung sein.«

Sie hielt mir einen ausgestreckten Daumen entgegen, drehte sich um, verharrte aber in der Bewegung.

»Was ist eigentlich mit seiner Frau? Sie müsste doch auch hier im Gebäude sein.«

»Vielleicht leben die beiden getrennt. Das würde mich nicht erstaunen. Entweder ist sie so behämmert wie er, oder sie hätte es keine Stunde mit ihm ausgehalten.«

»Was meinst du. Ist das Verbundglas oder schusssicheres, drei Zentimeter dickes Spezialglas?«

»Ich habe leider meine Waffe nicht dabei, um es dir zu demonstrieren.«

»Vielleicht genügt das hier«, sagte sie, bückte sich und griff nach einer kleinen Bronzestatue.

Es waren die berühmten drei Affen, von denen einer nichts sieht, der andere nichts hört und der dritte nichts sagt. Sie schmiss die Affen mit voller Wucht gegen das Glas, das uns von Bernhard Bader trennte. Die Affen prallten an der Plexiglaswand ab wie ein Squashball, ich musste in Deckung gehen, um nicht erschlagen zu werden.

»Mist. Da kommen wir nie durch.«

»Wie ist das eigentlich mit diesen Kästchen für die Batches? Die arbeiten doch mit Strom, oder? Was passiert, wenn der Strom abgeschaltet ist?«

»Dann funktioniert nichts mehr. Normalerweise hat es aber für solche Fälle ein Notstromaggregat.«

»Gibt es in solchen Systemen nicht noch eine Lösung für den absoluten Notfall? So etwas wie einen Geheimschlüssel?«

»Das wäre zu einfach.«

»Und die Klimaanlage?«

»Nicht schlecht. Das könnte hinhauen.«

Wir suchten nach dem Gitterrost. Als wir es fanden, gab Jasmin einen enttäuschten Seufzer von sich. Der Schacht der Klimaanlage war gerade groß genug, um eine Katze bequem durchschlüpfen zu lassen. Wir mussten uns wohl mit dem Gedanken anfreunden, dass wir in dem Raum gefangen waren. Als wir uns wieder müde auf die Sessel setzten, meldete sich Stefan Bader auf Monitor zwei.

»Ich werde Ihnen eine Spezialausgabe der Nachrichten des Schweizer Fernsehens einspielen«, sagte er. »Diese Sendung wurde vor einer halben Stunde ausgestrahlt.«

Wir sahen einen Film, der sich schnell rückwärts bewegte, stoppte und schließlich in Normalgeschwindigkeit auf Monitor drei ablief. Ein Nachrichtensprecher meldete, dass eine Umfrage unter den Parlamentariern ergeben hatte, dass überraschend eine Mehrheit für die beiden unabhängigen Kandidaten stimmen würde, wenn an diesem Tag die neuen Bundesräte gewählt worden wären. Es folgte ein Porträt der beiden Quereinsteiger. Es waren eine kühl lächelnde Frau und ein jovialer Mann mit schuppiger Gesichtshaut. Die Frau wurde als Frau Erika Sommerhalder vorgestellt, unabhängige Geschäftsfrau. Jasmin sprang von ihrem Sessel auf.

»Sommerhalder«, schrie sie. »Aber natürlich. Das ist die Frau von Stefan Bader. Er will sie zur Bundesrätin machen.«

Tatsächlich wurde erwähnt, dass Frau Sommerhalder verheiratet war mit einem Berner Beamten. Ein Bild von Bader wurde aber nicht gezeigt. Der Mann wurde als Joachim Zumstein vorgestellt, ebenfalls verheiratet, Universitätsprofessor und Präsident der Gesellschaft für Multiple-Sklerose-Kranke. Auch Zumstein war ein politisch unbeschriebenes Blatt. Der Bericht endete abrupt. Eine Sprecherin gab bekannt, dass wegen der massiven Schneefälle der vergangenen Stunden auf den Bahnlinien und in den Städten der Deutschschweiz ein Verkehrschaos entstanden sei. Das Bild wurde in Stefan Baders Gesicht überblendet.

Jasmin schlug eine Faust gegen die offene Innenfläche der anderen Hand. Ihre Stimme war fest und ruhig, als sie Bader ansprach.

»Haben Sie all das nur gemacht, um Ihre Frau ins Bundeshaus zu hieven?«

»Meine Frau und ich, wir lieben uns nicht«, sagte Bader ruhig. »Wir bewundern uns. Sie wollte immer Macht ausüben, mir genügt es, Macht zu besitzen. So haben wir uns zusammengetan. Wir benötigen uns gegenseitig.«

»Wer ist der andere Mann?« fragte ich.

»Ein Niemand. Er ist klug, und er hat Ideen. Er wird seine Sache gut machen. Ich habe ihn in der Hand. Aber es wird nicht nötig sein, das auszuspielen. Er steht voll und ganz auf meiner Seite. Er will das Gleiche wie ich.«

»Und was wollen Sie, Herr Bader?« fragte Jasmin.

»Ich will einen anderen, einen besseren Staat. Die Demokratie, wie wir sie kennen, hat ausgedient. Das Volk ist eine manipulierbare Masse. Es stehen Probleme an, die wir nicht mit ein paar Abstimmungen lösen können. Konzepte sind gefragt. Und ein starker, ein sehr starker und effizienter Staatsapparat. Das, was jetzt geschieht, ist der letzte wichtige Stein. Es hat in anderen Ländern Leute, die ähnlich denken wie ich. Sie sind aber noch lange nicht so weit. Sie werden von unseren Erfahrungen profitieren. Ich bin sicher, dass es in ein paar Jahren ein neues, besseres Europa geben wird. Das alte politische System muss abdanken, wir brauchen eine neue politische Vision für das neue Jahrtausend. Ein Europa ganz nach meinem Sinn. Kein Brüsseler Beamtenstaat, nein, ein starkes Europa, das den Amerikanern endlich die Führungsrolle in der Welt abnimmt. Und am Anfang dieses Prozesses steht das, was jetzt in der Schweiz geschieht. Genießen Sie es, das, was Sie hier erleben, wird dereinst die Geschichtsbücher füllen.«

Es war sonnenklar, dass Bader größenwahnsinnig war. Seine Ausführungen zeigten aber, dass erst ein Etappenziel in seinem großen Plan erreicht worden war. Nach seinem neuerlichen Monolog wusste ich, dass das Gebäude so lange nicht in die Luft fliegen würde, wie Bader sich darin aufhielt. Das war immerhin etwas. Jasmin dachte wohl ähnlich, die Anspannung löste sich ein wenig aus ihrem Gesicht. Wir hatten noch etwas Zeit.

47

Auf den Monitoren verfolgten wir, wie sich Stefan Bader, flankiert von zwei bulligen Sicherheitsleuten, die Installationen zeigen ließ. Die Frau am Lift wurde von anderen Sicherheitskräften abgeführt und landete in einem Raum, in dem sich bereits ein Dutzend andere Gefangene aufhielt. Die Räumarbeiten waren abgeschlossen worden, durch den langen dunklen Gang sah man nur noch vereinzelt Leute patrouillieren. Durch das Plexiglas sahen wir, wie eine Frau den Raum betrat, in dem sich Bernhard Bader aufhielt. Sie trat neben den alten Mann und schüttelte ihn. Er wachte auf, sah die Frau erstaunt an und richtete sich auf. Die Frau redete heftig auf ihn ein. Bader schüttelte energisch den Kopf. Die Frau schüttelte den Greis wie einen Cocktail-Shaker, Bernhard Bader hielt seine Hände in die Höhe und warf den Kopf hin und her. Die Frau ließ von ihm ab. Sie schaute sich um und sah durch das Plexiglas auf uns. Sie zeigte mit der Hand auf mich und fragte Bader etwas. Bader schaute jetzt ebenfalls zu uns. Es vergingen weitere Sekunden, die durch einen heftigen Wortwechsel geprägt waren, den wir aber nur durch die Mimik der beiden mitbekamen. Plötzlich packte die Frau den Alten am Arm und zerrte ihn Richtung Tür. Wenig später öffnete sich die Tür zu unserem Raum und die Frau stieß Bernhard Bader in die Mitte des Raumes. Der alte Mann stöhnte auf, als er unsanft auf dem Fußboden landete. Die Frau drehte sich um und warf einen kleinen Schraubenschlüssel in die obere Ecke der Wand hinter uns. Wir hörten Glas splittern. Sie hatte ein Videoauge getroffen, das uns unbemerkt beobachtet hatte. Die Frau zeigte auf Bader und sprach mich an.

»Schauen Sie zu, dass er uns nicht abhandenkommt«, sagte sie. »Sein Sohn würde niemals auf uns schießen, wenn sein Alter dabei in Gefahr wäre.«

»Wer sind Sie?« fragte Jasmin.

»Nennen Sie mich Priska. Stefan Bader wird uns alle in die Luft jagen. Er hat alle Vorbereitungen getroffen. Nur sein Vater, er und zwei seiner Lakaien werden das Gebäude verlassen.«

»Und was ist mit den anderen?« fragte ich. »Bleiben die freiwillig hier unten?«

»Einige schon, die anderen hat man eingesperrt. Bader hat uns allen erzählt, dass drei der fünf Stockwerke versiegelt werden und deshalb alles geräumt worden ist. Aber ich habe den Sprengstoff gesehen. Mit dieser Menge kann man das Gebäude aus seinem Fundament heben, selbst wenn es noch so viele Untergeschosse hat.«

»Und weshalb sind Sie hier und nicht bei den anderen?« fragte Jasmin.

»Ich habe keine Lust, für Bader und seine verrückten Ideen draufzugehen. Ich habe lange genug für ihn gearbeitet. Ich weiß, was er will und ich weiß auch, dass er kurz davor ist, sein Ziel zu erreichen. Er muss dazu aber eine Menge unliebsamer Zeugen loswerden.«

»Das ist nicht wahr«, sagte Bernhard Bader unvermittelt.

Er hatte ihr zugehört und sich die Hüfte gerieben. Seine Stimme war überraschend laut und tragend. Erregt zeigte er auf die Frau, die sich Priska nannte, und begann zu fluchen.

»Dieses Luder weiß überhaupt nichts. Sie war die Geliebte meines Sohnes, aber er hat sie sitzen lassen. Glauben Sie ihr kein Wort. Sie möchte meinem Sohn schaden.«

Jasmin trat neben Bernhard Bader und drohte ihm, mit der Stiefelspitze nach seiner empfindlichsten Stelle zu treten. Er wich zurück und kauerte in einer Embryostellung neben dem Sofa. Priska blickte hämisch auf ihn hinunter.

»Vielleicht lässt dich dein Sohn hier unten verrecken wie alle anderen. Verdient hättest du es ja.«

»Niemals würde er so etwas tun«, sagte er. »Stefan liebt mich. Ihm habe ich es zu verdanken, dass ich mich meiner wissenschaftlichen Arbeit widmen konnte. Ihm verdanke ich alles. Und er verdankt mir alles. Ich habe ihn gefördert, ihm Mut gemacht. Ich habe ihm gesagt, dass eine Vision nur so stark ist wie der Mann, der sie hat. Einer allein kann die ganze Welt überzeugen. Die Welt muss überzeugt werden. Sie wartet darauf, überzeugt zu werden. Alle hocken träge herum und fragen nach dem Sinn ihres jämmerlichen Daseins. Dabei besteht der Sinn nur darin abzuwarten, bis jemand kommt, der alle überzeugt. Haben Sie die Bibel gelesen? Ein halb nackter Spinner mit langen Haaren und verrückten Ideen. Die Menschen haben darauf gewartet, von ihm überzeugt zu werden. Immer warten sie. Mein Sohn wird sie überzeugen. So wie er mich überzeugt hat.«

»Kommt«, sagte Priska, »wir müssen hier verschwinden.«

Sie zeigte auf einen Monitor. Man sah, wie Stefan Bader mit seinen zwei Muskelmännern an einer Kamera vorbeiging. Ich packte den Greis unter den Armen, er war nicht besonders schwer. Zuerst sträubte er sich, doch dann ließ er sich problemlos von mir durch die Türe schieben. Priska ging voraus, Jasmin folgte ihr, und ich stieß Bernhard Bader vor mir her. Nach etwa fünfzehn Metern kamen wir zu der schweren Eisentüre. Sie ließ sich mit dem Batch, den Priska benutzte, problemlos öffneten. Sie ging nach oben. Die Treppenstufen schienen mir in den vergangenen Stunden gewachsen zu sein. Meine Beine schmerzten höllisch bei jedem Tritt. Von oben hörten wir Geräusche. Priska öffnete eine Türe, die ich zuvor nicht gesehen hatte. Sie führte uns zu jenem Gang, durch den stundenlang Geräte und Container geschoben worden waren. Priska drehte sich zu uns um.

»Das ist ein Verbindungsgang zum Nebengebäude«, sagte sie. »Stefan Bader befindet sich drüben. Die Monitore täuschen darüber hinweg. Die eigentliche Kommandozentrale ist drüben. Dort wurde jetzt aber auch alles weggeräumt.«

Zwischen mir und Jasmin atmete Bernhard Bader schwer, er hielt unser Tempo aber ganz gut mit. Der Verbindungsgang war über hundert Meter lang, schnurgerade, erhellt nur von ein paar dürftig Licht spendenden Lampen. Jasmin zeigte auf die Drähte, die durch den Gang gelegt worden waren.

»Werden beide Gebäude in die Luft fliegen?« fragte Jasmin.

»Das ganze Areal. Das Nebengebäude hat eine Tiefgarage. Von dort aus kommt man ins Freie.«

Priska zeigte nach vorne. Jasmin blieb skeptisch.

»Und wie kommt man an den Sicherheitskräften vorbei?«

»Es gibt nicht viele. Stefan Bader misstraut jedem. Trotzdem wird es nicht einfach sein. Es sei denn, wir verstecken uns und warten, bis er weg ist und der Countdown läuft.«

»Er würde doch sicher nach seinem Vater suchen lassen«, sagte ich.

»Ja. Deshalb ist es besser, wir nehmen ihn mit. Als Pfand.«

Das Pfand grunzte missbilligend, ich musste es etwas kräftiger schubsen.

Jasmin ließ sich zu mir zurückfallen und flüsterte mir ins Ohr.

»Was ist, wenn sie uns reinlegt? Vielleicht hat Stefan Bader sie geschickt?«

Das war natürlich eine Möglichkeit. Ich überlegte mir die Konsequenzen und stellte mir vor, wie meine Körperteile zerfetzt am Bundeshaus vorbeiflogen. Das war keine besonders erfreuliche Vorstellung. Priska hatte sich leicht von uns abgesetzt. Als ich am Ende des Ganges die Muskelmänner sah, die auf uns warteten, schrie ich ihr zu, dass sie aufpassen solle. Ich stürzte mich auf Bernhard Bader und drückte ihn auf den Boden. Jasmin reagierte instinktiv und ging ebenfalls zu Boden. Ein ohrenbetäubender Knall war zu hören und eine Kugel zischte an uns vorbei. Dann hörte man eine Stimme, die schrie, man solle sofort aufhören zu schießen. Priskas linker Arm blutete.

»Schnell«, sagte ich, »wir müssen wieder zurück. Macht das Licht aus.«

Ich packte Bernhard Bader und schleifte ihn zurück. Er schrie laut um Hilfe. Jasmin streifte sich ihre Mütze über die Faust und schlug damit die Glühbirnen kaputt. Hinter uns hörte ich Priska, die Stefan Bader zurief, dass wir seinen Vater hätten, und sie ihn eigenhändig erwürgen werde, wenn einer der Sicherheitsleute den Tunnel betrete. Jetzt war auch Stefan Baders erregte Stimme zu hören. Er forderte irgendwen auf zurückzukommen. Sein Vater gab sich keine Mühe mehr, auf die Beine zu kommen, er ließ sich von mir auf dem Hosenboden durch den Gang schleifen. Jasmin war immer noch damit beschäftigt, die wenigen Lampen zu zerstören, und Priska hielt uns zur Eile an. Endlich waren wir am Ende des unterirdischen Tunnels angelangt. Wir hetzten die Treppe hoch und landeten im Fernsehzimmer. Der Raum war leer bis auf die Antennenkabel. Durch einen blechern klingenden Lautsprecher hörten wir Stefan Baders Stimme.

»Geben Sie auf«, brüllte er. »Sie haben keine Chance. Lassen Sie meinen Vater frei. Er soll alleine durch den Gang kommen.«

Priska schaute sich in dem Raum um und fand eine Wanze in der Decke. Sie schrie so laut sie konnte: »Verpiss dich, Stefan. Dein Traum ist ausgeträumt. Wir werden deinen Vater bei uns behalten. Wenn es sein muss, bis hier alles in die Luft geht.«

Sie ging aus dem Raum, winkte uns zu und zeigte auf Bernhard Bader.

»Wenn jemand weiß, wie wir hier herauskommen, dann er.«

Bernhard Bader sah in ihr Gesicht, seine Lippen zitterten, sein Kopf bewegte sich ruckartig hin und her.

»O doch«, sagte Priska. »Raus mit der Sprache.«

Sie trat an den Alten heran, griff ihm an die Gurgel und zog ihn so auf seine Füße. Er schluckte, sein Gesicht wurde tiefrot.

»Nicht, ich kriege keine Luft mehr. Lassen Sie mich.«

Sie drückte fester zu. Jasmin wollte eingreifen, ich hielt sie zurück. Bernhard Baders Augen waren weit geöffnet.

»Sag es, du Schuft. Es gibt einen Weg aus dem Gebäude. Dein Sohn hat doch immer an alles gedacht, oder?«

Der Alte versuchte zu würgen. Er schaute uns flehentlich an. Ich musste mich zusammennehmen, um Bader nicht zu Hilfe zu eilen. Aber Priska wusste genau, was sie tat. Ihr Druck verstärkte sich noch ein wenig, dann war der Alte so weit.

»Hören Sie auf«, röchelte es aus seinem Rachen. »Es gibt einen Weg.«

Bernhard Bader benötigte gut fünf Minuten, bis er wieder normal atmen konnte. Er führte uns nach unten in den Raum, in dem er gelegen hatte. Priska legte einen Finger auf die Lippen. Bader atmete schwer. Wir schauten ihn fragend an. Er zeigte auf die Wand. Ein stilvoller Sekretär stand etwas verloren an der Betonmauer. Bernhard Baders Flüstern war ein Röcheln, mehr nicht.

»Hinter dem Sekretär hat es einen Luftschacht, der nach oben führt. Er war für Notfälle gedacht, falls es einmal brennt oder so. Stefan hat mich deshalb hier einquartiert, damit ich auf alle Fälle wegkann, wenn irgendetwas schiefläuft.«

»Wann werden die Sprengsätze gezündet?«

»Um zehn. Dann, wenn Stefans Frau eine Pressekonferenz gibt. Mein Sohn sagte, er möchte das mit einem Feuerwerk untermalen.«

Ein Blick auf meine Uhr sagte mir, dass wir noch eine Stunde Zeit hatten. Da ich keine Lust hatte, es wie in einem *James-Bond*-Film auf die letzten Sekunden ankommen zu lassen, schob ich den Sekretär weg und öffnete die Luke zu dem Luftschacht. Sie war breit genug, damit man sich darin gut bewegen konnte. Metallsprossen führten nach oben. Ich streckte meinen Kopf in den Schacht und sah nach oben.

»Wie viel Stockwerke müssen wir hinaufkraxeln?«

»Das weiß ich nicht. Es gibt nur einen Ausstieg. Im Erdgeschoss. Er führt direkt zu einem Notausgang, der aber nur mit einer Karte geöffnet werden kann.«

Jasmin fragte Priska, ob sie die entsprechenden Codes auf ihrer Karte draufhabe. Priska nickte. Jasmin drohte Bernhard Bader mit ihrer Faust.

»Wehe, Sie verscheißern uns.«

»Vertrauen Sie mir. Ich habe keine Kraft mehr, ich muss hier raus.«

»Und wo sind die anderen Gefangenen?«

»Denen können Sie nicht helfen. Sie sind im anderen Gebäude.«

Priska stieg zuerst in den Schacht, dann folgte Jasmin, hinter ihr Bader, und zuletzt kam ich. Der Aufstieg war mühsam, weil Priskas Wunde es nicht zuließ, dass sie sich mit beiden Armen an der Leiter nach oben zog. Oben angelangt wuchtete ich mich aus dem Schacht in den Innenraum. Es war einige Grad kühler als unten in den gut geheizten Räumen. Die Tür in die Freiheit sprang mit einem hupenden Ton auf, als Priska ihre Karte in den Schlitz steckte. Wir fielen beinahe in den metertiefen Schnee, der über Nacht gefallen war. Ohne dass wir uns absprechen mussten, rannten wir so schnell wir konnten von dem Gebäude weg. Selbst Bernhard Bader schaute sich nicht um. Die frische Luft tat ihr Übriges. Der Alte lebte auf und stapfte keuchend durch den Schnee. Als ich auf meine Uhr schaute, war es kurz vor zehn. Wir hatten für den Aufstieg aus unserem Gefängnis über zwanzig Minuten benötigt.

48

Noch während wir uns in Sicherheit brachten, verständigte Jasmin Weber mit ihrem Mobiltelefon die Polizei. Das Telefon funktionierte wieder einwandfrei. Der Polizist nahm ihre Aussage auf und versprach, sofort dafür zu sorgen, dass das Gelände um die beiden Hochhäuser abgesperrt wurde. Zu unserem Erstaunen war das bereits geschehen. Wir waren mittlerweile mehrere hundert Meter entfernt und sahen die Absperrung und die Beamten, die die Bevölkerung darüber informierten, dass das Gelände nicht betreten werden durfte. Als wir die Beamten passierten, musterten sie uns argwöhnisch, ließen uns aber ungefragt passieren, als sie Bernhard Bader erblickten. Einer der Beamten sagte uns, dass wir den alten Mann wegbringen sollten, da man damit rechnen müsse, dass es demnächst zu einer Explosion kommen würde.

Wir gingen in eine Nebenstraße. Schneeräummaschinen waren auf den Straßen. Mir wurde erst jetzt klar, dass Jasmin und ich noch immer die albernen gelben Anzüge trugen. Bernhard Bader und Priska froren, sie waren nicht auf Temperaturen um den Gefrierpunkt eingestellt und viel zu dünn angezogen. Eine Kirchturmuhr in unmittelbarer Nähe schlug die zehnte Stunde. Ich sah auf der anderen Straßenseite in der Auslage eines Schaufensters einen Fernseher. Die anderen folgten mir. Bernhard Bader hatte jeglichen Widerstand aufgegeben. Ich hätte ihn jetzt auch dazu gebracht, ein Hip-Hop-Konzert zu besuchen. Es lief eine Übertragung der angekündigten Pressekonferenz. Die Frau von Stefan Bader genoss ihren Auftritt sichtlich. Sie hatte gerade begonnen, von ihrem mitgebrachten Blatt abzulesen, als eine gewaltige Detonation die Stadt erschütterte. Auf den ersten großen Knall, der von einer dumpfen Grandiosität war, folgten mehrere kurze, hellere Explosionen. Denen folgte ein Brodeln und Krachen sowie das Splittern von Glas.

Wir eilten mit einigen Passanten zurück. Andere blieben entsetzt stehen, standen offensichtlich unter Schock. Als wir das Gelände der Hochhäuser erreicht hatten, bot sich uns ein erschreckender Anblick. Da wo die beiden Häuser gestanden hatten, war meterhoher Schutt. Eine dicke Wolke aus Staub lag über dem Ort des Geschehens. Die Polizei hatte die umliegenden Straßenzüge großzügig abgesperrt. Es wäre kaum nötig gewesen. Die beiden Häuser waren wie in einem Lehrfilm in sich zusammengefallen. Augenzeugen berichteten, dass die Detonationen tief unter der Erde begonnen und die Gebäude mehrere Zentimeter angehoben hatte, ehe sie wie Kartenhäuser in sich zusammengebrochen waren. Ein Bauarbeiter meinte, dass da Sprengexperten am Werk gewesen waren, ein anderer Passant glaubte an eine Gasexplosion. Ich sah die ältere Frau aus dem Bürogebäude gegenüber. Sie stand am Straßenrand und blickte mit offenem Mund auf die riesige Schutthalde. Die Straße war mit Glasscherben übersät. Die Feuerwehr erschien und Krankenwagensirenen heulten. Das wahre Ausmaß der Explosionen war noch nicht abzusehen, weiter vorne sahen wir, wie zwei Passanten mit blutenden Köpfen versorgt wurden. Das Chaos wurde von Minute zu Minute größer. Eine Frau sagte, das sei wie im Krieg, ein Mann nickte und fragte sich, warum nicht mehr Polizisten zu sehen seien. Wir konnten nicht viel tun, standen nur da und blickten auf die riesige Trümmerhalde. Ich hielt nach Stefan Bader Ausschau, doch der war vermutlich über alle Berge, wenn er sich nicht verkalkuliert hatte und auf der Suche nach seinem Vater selbst in die Luft geflogen war. Bernhard Bader dachte wohl Ähnliches. In seinen Augen sah ich Tränen. Auch Priska weinte, doch bei ihr war es die sich lösende Anspannung. Jasmin Weber telefonierte bereits wieder. Wir blieben noch einige Minuten und gingen dann ein paar Querstraßen weiter, bis wir ein Taxi fanden, das uns ins Hotel brachte.

Im Radio wurde live von dem »Ort des Schreckens«, so nannte man die Explosionsstelle, berichtet. Mehrere Reporter waren im Einsatz. Sie schilderten in einer Mischung aus Kriegsberichterstattung und Livereportage, was alles vor sich ging. Dutzende von Augenzeugen, Polizisten, Sanitäter, Feuerwehrleute und herumstehende Passanten wurden befragt. Der Erkenntniswert all der Aussagen war nicht sehr groß. Dafür machte es den Machern unheimlich Spaß, endlich einmal über etwas wirklich Erschütterndes berichten zu können. Vermutlich erzielte der Lokalsender an diesem Tag eine Rekordeinschaltquote.

Ich saß mit Jasmin am Boden, während Bernhard Bader auf dem Bett lag, die Augen weit geöffnet, mit rasselnder Lunge. Priska war unter der Dusche. Wir hatten mit verschiedenen Dienststellen bei der Polizei telefoniert, gewannen aber den Eindruck, dass unsere Aussagen niemanden besonders interessierten. Aus dem Radio vernahmen wir, dass die Polizei bereits eine Viertelstunde vor der Explosion die Straßen abgesperrt hatte, sie also gewarnt worden war. Man spekulierte darüber, ob eine fundamentalistische islamische Gruppe hinter dem Attentat stecken könnte. Jasmin schaltete den Fernseher an.

»Die haben schon vor unserem Anruf gewusst, dass die Bomben hochgehen werden«, sagte sie. »Jemand muss sie gewarnt haben. Ist dir aufgefallen, dass sofort Krankenwagen zur Stelle waren?«

Auch im Fernsehen lief eine Sondersendung. Man war

wesentlich zurückhaltender bei den Spekulationen und brachte aussagekräftigere Statements. Ein Sprecher der Polizei sagte, dass eine Nachrichtensperre verhängt worden sei. Die Frage, ob in den Hochhäusern Menschen waren, als es passierte, verneinte der Polizeisprecher. Die Polizei gehe aber davon aus, dass sich im Untergeschoss eines Gebäudes Personen aufgehalten hatten. Jasmin klatschte in die Hände.

»Die wissen genau Bescheid. Die stecken doch alle mit Bader und seiner Organisation unter einer Decke.«

Wie auf ein Stichwort richtete sich Bernhard Bader im Bett auf und sah uns an.

»Stefan ist tot.«

Ich ging zu dem Alten und setzte mich neben ihn.

»Wie kommen Sie darauf?«

»Es ist etwas schiefgelaufen. Das zweite Gebäude hätte erst zehn Minuten nach dem ersten explodieren sollen.«

Aus dem Badezimmer kam Priska. Sie trug nur ein T-Shirt und einen Slip. Sie sah gut aus. Sie setzte sich neben Jasmin Weber auf den Boden, schaute aber mich an.

»Ich glaube auch, dass etwas schiefgelaufen ist«, sagte sie. »Die Detonation war viel zu stark. So viel Sprengstoff hatten die gar nicht zur Verfügung. Da, sehen Sie?«

Im Fernsehen liefen die Aufnahmen eines Videoamateurs. Sie zeigten eindeutig, dass auch in den oberen Stockwerken der Gebäude Sprengsätze detoniert waren. Ein Experte sprach von einer fachmännischen Sprengung. Er hätte das nicht besser machen können. Priska klopfte sich auf die Oberschenkel.

»Wahnsinn«, sagte sie. »Damit hatte Stefan nicht gerechnet. Die haben ihm keine Chance gelassen. Wetten, dass die genau gewusst haben, dass er noch in dem Gebäude war?«

»Von wem reden Sie?« fragte ich.

»Vom Staatsschutz oder dem Geheimdienst. Wer sonst könnte so etwas inszenieren?«

Wenn das stimmte, hätten uns die lieben Freunde vom Staat skrupellos zur Hölle geschickt, ohne zu kontrollieren, ob in dem Gebäude auch noch ein paar unschuldige Maloneys drin waren. Die Geschichte gefiel mir ganz und gar nicht.

»Das klingt mir alles ein wenig zu abenteuerlich«, sagte ich. »Ich dachte, dass Stefan Bader alles im Griff hat. Weshalb sollte er dann nicht auch den Staatsschutz im Griff haben?«

»Stefan hatte nicht alles im Griff. Das war eine Illusion, der er sich hingab. Es ist durchaus möglich, dass man von der Organisation wusste. Vielleicht wussten die auch, dass Stefan vorhatte, die Gebäude in die Luft zu jagen. Die sind ihm einfach etwas zuvorgekommen.«

»Und was ist mit seiner Frau?« fragte Jasmin.

Wenig später wurde ihre Frage via Fernsehen beantwortet. Man erfuhr in einer eiligst zusammengewürfelten Pressekonferenz, dass die beiden neuen Hoffnungsträger und unabhängigen Kandidaten für den Bundesrat ihre Bewerbung zurückzogen. Eine Erklärung für den Rückzug gaben sie nicht ab. Ein Kommentator stellte aber dennoch eine direkte Verbindung zu der Explosion in Berns Innenstadt her. Es herrschte aber Unklarheit darüber, wo die Verbindung zwischen den beiden Ereignissen sein könnte. Und uns, die wir im Hotelzimmer saßen und alles wussten, uns fragte niemand.

»Stefan hat mir gesagt, weshalb er Urs Imhasli umbringen ließ«, sagte Bernhard Bader plötzlich.

Er legte eine Hand auf meinen Unterarm. Ich zog den Arm schnell zurück.

»Imhasli hat ihn hintergangen. Er hat ihn betrogen.«

»Mit was?«

»Mit Frau Koller.«

Meine Verblüffung war so groß, dass ich Bernhard Bader anstarrte wie ein UFO, das gerade gelandet war. Der alte Knabe war immer wieder für eine Überraschung gut.

»Frau Koller kennt Ihren Sohn nicht«, sagte ich. »Ich habe ihr ein Foto von ihm gezeigt.«

»Natürlich kennt sie ihn nicht«, sagte er. »Aber Stefan liebte diese Frau. Seit er ihr vor zwanzig Jahren das erste Mal begegnet war.«

»Tolle Liebe ist das, von der die Frau nichts weiß«, sagte ich.

»Stefan hat ihr damals einen Antrag gemacht. Er hat sie in einer Badeanstalt gesehen und sie angesprochen. Er sagte, es habe wie ein Blitz bei ihm eingeschlagen. Sie habe aber nur gelacht und gesagt, sie warte auf einen Mann, der ihr mehr bieten könne als nur ein bisschen Herz. Und sie sagte zu ihm, dass sie Büromenschen langweilig fände. Das hat Stefan sehr gekränkt.«

»Eine rührende Geschichte, die Sie uns da auftischen.«

»Sie ist wahr. Stefan hat mir alles erzählt. Er weinte, als er davon sprach.«

»Möchten Sie aus ihm jetzt noch postum einen herzensguten Menschen machen?«

»Ich möchte, dass Sie ein vollständiges Bild von ihm bekommen. Stefan ist mir sehr ähnlich.«

»Das glaube ich Ihnen gerne.«

»Wir sind beide sehr, sehr große Romantiker.«

Als er das sagte, prusteten sowohl Jasmin als auch Priska drauflos. Ihr Gelächter wirkte so befreiend, dass sie sich gegenseitig immer neue Zwerchfellstöße versetzten. Erst nach Minuten hatten sie sich wieder beruhigt. Bernhard Bader hatte die Lachsalven mit stoischer Ruhe ertragen.

»Ich weiß«, sagte er, »Romantik zählt heute nichts mehr.«

»Ich würde mal sagen«, sagte ich, »dass sie aus dem Mund eines Kinderschänders einen ziemlich üblen Beigeschmack erhalten.«

»Stefan hat immer an die große, die unbedingte Liebe geglaubt. Seit der Begegnung mit Frau Koller gab es für ihn keine andere Frau mehr.«

»Und weshalb hat er dann eine andere geheiratet?« fragte Jasmin.

»Es war seinen Plänen dienlich, mehr nicht. Er hatte immer gehofft, eines Tages vor Frau Koller treten zu können und von ihr ein ›Ja‹ zu erhalten.«

»Als mächtigster Mann der Schweiz?« fragte ich.

»Sicher. Das war ein Ansporn für ihn. Er wollte ihr beweisen, dass er mehr war als nur ein Büromensch. Er wollte ihr zeigen, wie stark seine Liebe zu ihr war.«

»Und was hat das mit Imhasli zu tun?«

»Imhaslis letzter Auftrag für meinen Sohn war, Frau Koller ausfindig zu machen und sie zu beschatten.«

»Hatte Ihr Sohn das nicht schon längst gemacht?«

»Nein. Er hatte zu viel Respekt davor. Und wahrscheinlich wollte er auch gar nicht allzu genau wissen, was Frau Koller so trieb. Er wusste, dass sie verheiratet war. Als er dann aber hörte, dass sie sich von ihrem Mann getrennt hatte und alleine lebte, sah er seine große Chance gekommen. Darauf hatte er zwanzig Jahre gewartet. Jetzt war er nicht mehr ein Nichts, jetzt war er über sich und alle anderen hinausgewachsen. Mein Sohn hat sich aus dem Nichts zu einem der mächtigsten Männer des Landes hochgearbeitet. Das verdient unser aller Respekt.«

»Hören Sie auf mit dem Schwachsinn«, sagte ich, »sonst drehe ich Ihnen persönlich den Hals um. Erzählen Sie weiter, aber verzichten Sie auf die Lobpreisungen Ihres Sohnes.«

»Imhasli sollte Frau Koller beobachten und wenn nötig einschreiten«, sagte er.

»Was heißt das denn wieder?«

»Er sollte verhindern, dass sie sich mit einem Mann einlässt.«

»Verstehe«, sagte ich. »Und stattdessen hat er sich selber mit Frau Koller eingelassen. Und das hat Ihr Sohn spitzgekriegt.«

»Imhasli hat meinem Sohn gesagt, er hätte sich in Frau Koller verliebt. Und dass sie sich in ihn verliebt hätte. Das hat Stefan nicht akzeptieren können.«

»Und deshalb hat er Imhasli umbringen lassen«, sagte ich. »Glaubte er etwa, nach Imhaslis Tod wieder Chancen bei Frau Koller zu haben?«

»Das weiß ich nicht«, sagte Bernhard Bader. »Er hat mir nur erzählt, weshalb er Imhasli ermorden ließ, mehr nicht. Nur ein echter Romantiker kann das nachvollziehen.«

»Sollten wir unserem Freund hier nicht ganz romantisch das Laken in den Hals stopfen?« fragte Jasmin.

Sie stand auf und näherte sich Bernhard Bader drohend. Der verkroch sich wie ein kleines, ängstliches Kind unter dem Bettüberwurf.

Ich sagte Jasmin, sie solle auf ihrem Mobiltelefon eine bestimmte Nummer anwählen. Dann wandte ich mich Bader zu.

»Wir machen jetzt ein kleines Spiel. Wir werden unseren gemeinsamen Freund, Herrn Hugentobler, ans Telefon holen, und dem werden Sie den Mord an dem kleinen Sebastian Steiner beichten. Wir erwarten ein vollständiges Geständnis. Wenn Sie sich weigern sollten, werde ich nichts dagegen haben, dass Priska an Ihnen noch einmal den Würgegriff übt.«

Ich lächelte ihr zu, doch sie brauchte nicht aufzustehen. Bernhard Bader legte ein vollständiges Geständnis ab und beantwortete alle Fragen von Hugentobler. Ich versprach ihm, Bader spätestens am nächsten Tag im Polizeipräsidium abzuliefern. Hugentobler wollte wissen, ob wir etwas mit dem Chaos in Bern zu tun hatten. Da ich keine Lust auf seine Sprüche hatte, gab ich das Telefon an Jasmin weiter, die stöhnte laut in den Hörer und hängte dann auf. Wir versuchten noch einige Male, mit der Polizei in Bern ins Gespräch zu kommen, doch niemand wollte unsere Geschichte glauben. Ein netter Beamter mit wohlklingendem Bariton sagte mir, dass fast alle fünf Minuten jemand anrufe, um eine neue Theorie über die Explosion loszuwerden.

Da wir in Bern nichts mehr verloren hatten, peppten wir uns mit viel Kaffee auf, packten die Koffer und fuhren mit Jasmins Wagen nach Hause. Schließlich gingen wir davon aus, dass die bösen Buben, die uns beobachteten, jetzt keinen Auftrag mehr hatten. Bernhard Bader saß hinten, neben Priska. Er schlief. Es schneite wieder, und die Wagen fuhren auf der Autobahn im Schneckentempo. Priska erzählte uns, dass sie jahrelang für Stefan Bader gearbeitet hatte, weil sie glaubte, Bader wolle den Staat reformieren und für mehr Gerechtigkeit sorgen. Ich sagte ihr, dass es nicht einmal mir als Privatdetektiv immer gelang, für mehr Gerechtigkeit zu sorgen. Im Radio wurde durchgegeben, dass unter den Trümmern bereits mehrere Leichen gefunden worden waren. Lawinenhunde seien im Einsatz. Noch aber fehlte die Bestätigung, dass Stefan Bader unter den Toten war.

49

Wir lieferten Bernhard Bader im Polizeipräsidium ab. Den Rest des Tages verbrachten wir in der Wohnung über dem Männerwohnheim der Heilsarmee. Wir schliefen ein paar Stunden. Ich wachte aber immer wieder auf, weil ich plötzlich wieder die Detonation spürte. Es war, als würden Druckwellen durch meinen Körper gehen und mir so den Schlaf rauben. Jasmin ging es nicht viel anders. Ich hörte, dass sie sich Kaffee machte. Die Einzige, die gut schlief, war Priska. Es war gegen Mitternacht, als Jasmin auf ihrem Computer das Fernsehbild aufstartete und wir uns die Spätausgabe der Tagesschau anschauten. Die Explosion in Bern war das Gesprächsthema Nummer eins. Man sah eindrückliche Bilder von der Detonation, dem Einsturz der Häuser und dem anschließenden Chaos. Bis zur Stunde dauerte die Suche nach Opfern an. Unter den Trümmern seien die Leichen von fünfzehn Personen gefunden worden. Der Tagesschausprecher sagte, ein Polizeisprecher hätte bekannt gegeben, es handle sich bei den Toten mehrheitlich um illegale Einwanderer. Erste Ermittlungen hätten ergeben, dass die Häuser einem Schleppernetz gehört hätten, das die illegalen Einwanderer in den Kellergeschossen der Gebäude untergebracht hätten. Vermutlich seien in den Untergeschossen der Gebäude auch Drogen versteckt worden. Kopf dieser Schlepperbande, die auch mit Drogen handelte, sei der ebenfalls unter den Leichen befindliche Stefan Bader, Ehemann jener Frau, die sich für den Bundesrat zur Verfügung gestellt hatte und nun zurückgetreten war. Wir schüttelten beide nur den

Kopf, als der Bericht zu Ende war. Jasmin schlug mit der Handfläche auf die Schreibtischplatte.

»Das darf doch nicht wahr sein. Die vertuschen wieder alles. Illegale Einwanderer! Was für ein Schwachsinn. Dabei war das ein versuchter Staatsstreich.«

»Aus Liebe zu einer Frau.«

»Komm, lass das«, sagte sie. »Stefan Bader war ein Verrückter.«

»Ich überlege mir nur, ob ich meiner Klientin die Wahrheit sagen soll.«

»Was für eine Wahrheit? Die Wahrheit über Bader und seinen Sohn?«

»Was wäre wohl geschehen, wenn Sie damals Stefan Bader das Jawort gegeben hätte?«

»Na, was wohl? Stefan Bader hätte sofort daran gezweifelt, dass sie die Richtige ist. Diese Art von Romantiker brauchen das Scheitern. Das ist keine Romantik, das ist hochgradig neurotisch. Wie die meisten Liebesgeschichten.«

»Wenn dich jetzt dein Eishockeytrainer hören könnte.«

»Ich glaube, ich erzähle ihm überhaupt nichts von unseren Erlebnissen. Das glaubt uns sowieso kein Mensch.«

»Wir haben immerhin zwei lebende Zeugen.«

»Es gibt auch Hunderte von lebenden Zeugen, die behaupten, UFOs gesehen zu haben.«

Wieder einmal musste ich ihr recht geben. Ich verbrachte ein paar angenehme Tage und Nächte mit Priska; eine Woche später reiste sie ab, und ich sah sie nie wieder. Bernhard Bader kam wegen des Mordes an Sebastian Steiner vor Gericht. Da er sich schuldig bekannte, gab es keinen aufwendigen Prozess, und es war auch nicht nötig, die Rolle seines Sohnes publik zu machen. Hugentobler erwähnte den Fall mir gegenüber nie mehr, und irgendwann verschwanden wohl auch die letzten Papiere und Akten, die über die Baders Auskunft gaben. Im Gefängnis soll Bernhard Bader weiter an seiner Katastrophentheorie arbeiten. Aber auch er schwieg sich aus über die wahren Hintergründe, die zum Tode seines Sohnes führten. Überhaupt schwieg man sich allerorten über die seltsame Affäre aus. Stefan Bader wurde als Kopf einer internationalen Schlepperorganisation dargestellt, seine Ehefrau als skrupellose Politikerin, die nach Macht strebte. Alle, die in irgendeiner Form zu der Organisation gehört hatten oder von ihr unter Druck gesetzt wurden, schwiegen. Vielleicht hing das auch damit zusammen, dass die Computer und die Datenbestände, die Stefan Bader hatte wegschaffen lassen, nie wieder auftauchten. Wo auch immer die Daten landeten, diejenigen, die Zugriff darauf hatten, konnten auch einen sehr direkten Zugriff auf führende Persönlichkeiten im Staate haben.

Stefan Bader war tot, aber möglicherweise war längst ein anderer oder eine neue Organisation an seine Stelle getreten. Und wer wollte sich schon der Gefahr aussetzen, von diesen Leuten liquidiert zu werden? Ich jedenfalls hütete mich nach diesen Ereignissen noch mehr vor Politikern und anderen machthungrigen Personen. Jasmin Webers Klientin war froh darüber, dass der Mörder ihres Sohnes doch noch vor Gericht kam, und meiner Klientin, Frau Koller, erzählte ich nach langem Zögern die ganze Wahrheit über den Tod von Urs Imhasli, den sie als Basil Huber leben und lieben gelernt hatte. Bis heute weiß ich aber nicht, wer damals in Imhaslis Wagen verbrannte. Auch seine damalige Freundin Graziella Colombo, die mir einen langen Brief aus Italien schrieb mit einem Foto, das sie zusammen mit ihren strahlenden Eltern und dem Enkelkind zeigte, brachte nie in Erfahrung, wer damals anstelle von Urs Imhasli starb. Jasmin meinte bloß, dass man vermutlich eine Leiche in den Wagen gesetzt hatte. Das hätte bedeutet, dass neben Imhasli auch noch ein unbekannter Mann zweimal gestorben war. Und da soll noch einer behaupten, es gäbe kein Leben nach dem Tod.

Roger Graf

Roger Graf, 1958 in Zürich geboren, schrieb bereits während seiner Ausbildung zum Sportartikelverkäufer erste Gedichte und Kurzgeschichten. Er verfasste Drehbücher und Filmkritiken und ersann fürs Radio Satiren, Sketche, Spiele und Nonsens. 1989 konzipierte er die Hörspielreihe *Die haarsträubenden Fälle des Philip Maloney*, die inzwischen seit mehr als 30 Jahren jeden Sonntag zwischen 11 und 12 Uhr vom Schweizer Radio SRF ausgestrahlt wird. Philip Maloney, den Graf als Parodie auf Raymond Chandlers Kultdetektiv Philip Marlowe erfand, ist heute der wohl bekannteste Privatdetektiv der Schweiz.

ATLANTIS

Roger Graf

Üble Sache, Maloney!

Kriminalroman

Philip Maloneys beste Fälle
in einem großen Sammelband

Sein bester Freund ist Whisky, er schläft am liebsten auf dem Boden unter dem Schreibtisch in seinem schäbigen Büro. Der kauzige Privatdetektiv begeistert seit über dreißig Jahren zahllose Krimifans, und das nicht nur in der Schweiz. Auch in Deutschland ist Philip Maloney längst Kult, und seine haarsträubenden Fälle machen süchtig. Der vorlaute Schnüffler mit zweifelhaftem Charakter und ständigen Geldsorgen hat immer einen frechen Spruch auf den Lippen und hangelt sich geschickt von Fall zu Fall und von Leiche zu Leiche. Nur die Frauen hemmen mitunter seine Zielstrebigkeit – und die Ermittlungen. Und noch einen Störfaktor gibt es: Hugentobler, seines Zeichens Kripobeamter, der sehr viele Makel hat, was Maloney so auf den Punkt bringt: »Dümmer als Topflappen.«

»Roger Graf führt die Leser in ein Dickicht, aus dem es
kein Entrinnen gibt – es sei denn im Weiterlesen.«
NZZ

ATLANTIS

Roger Graf

Ticket für die Ewigkeit

Kriminalroman

Konkurrenz in unmittelbarer Nachbarschaft
und ein verschwundener Journalist

Philip Maloney hat eine neue Nachbarin, auch sie ist Detektivin, spezialisiert auf vermisste Personen. Während seine Geldreserven gerade noch für zwei Monate reichen und er sich nicht mal das Inserat leisten kann, mit dem er neue Klienten anwerben könnte, hat sie gleich zwei Fälle auf dem Schreibtisch: eine junge Frau, die seltsame Postkarten erhält und vermutet, dass diese von ihrem Vater stammen, den sie nie kennengelernt hat, und einen Journalisten, der vor vier Wochen mit seiner Freundin vor dem Kino verabredet war, dort aber nie aufgetaucht und seitdem spurlos verschwunden ist. Philip Maloney behauptet zwar noch, nicht darauf angewiesen zu sein, Klienten von der Konkurrenz vermittelt zu bekommen, geht der Sache aber trotzdem nach, hangelt sich von Leiche zu Leiche und löst seinen bisher verquersten Fall.